alice Clayton

A ruiva popstar

São Paulo
2014

UNIVERSO DOS LIVROS

Título original: *The Redhead Plays Her Hand*

Published by arrangement with the original publisher, Gallery Books, a Division of Simon & Schuster, Inc.

Diretor editorial: **Luis Matos**
Editora-chefe: **Marcia Batista**
Assistentes editoriais: **Aline Graça e Rodolfo Santana**
Tradução: **Thiago Dias**
Preparação: **Giovanna Milhã**
Revisão: **Nathália Fernandes e Geisa Oliveira**
Arte e adaptação de capa: **Francine C. Silva e Valdinei Gomes**
Foto: **YuriyZhuravov/Shutterstock**

Dados Internacionais de Catalogação na Publicação (CIP)
Angélica Ilacqua CRB-8/7057

C558a

Clayton, Alice

A ruiva popstar / Alice Clayton; tradução de Thiago Augusto.
-- São Paulo : Universo dos Livros, 2014.

224 p.

ISBN: 978-85-7930-722-5

Título original: *The Redhead Plays Her Hand*

1. Literatura americana 2. Romance Erótico I. Título
II. Augusto, Thiago

14-0739 CDD 813.6

Universo dos Livros Editora Ltda.
Rua do Bosque, 1589 – Bloco 2 – Conj. 603/606
CEP 01136-001 – Barra Funda – São Paulo/SP
Telefone/Fax: (11) 3392-3336
www.universodoslivros.com.br
e-mail: editor@universodoslivros.com.br
Siga-nos no Twitter: @univdoslivros

Este livro é dedicado ao professor Jim Miller, que me ensinou que nada pode ser grande demais, chamativo demais, e que a vida é infinitamente melhor com um grupo de sapateado. Obrigada por ser o primeiro adulto a perceber meu lado engraçado, e obrigada por me dar um lar e um palco que iluminou minha simpatia.

agradecimentos

A família que ajudou a trazer a série *Redhead* é grande, leal e incrível em sua dedicação. Não somente em relação a mim e à minha loucura enquanto eu finalizava este livro, mas na dedicação deles a vocês, maravilhosos leitores da série. Toda a equipe que colaborou para produzir este livro sempre manteve vocês, leitores, na mente e também no coração. Tudo isso enquanto trabalhavam para assegurar que Grace e Jack conseguissem comunicar suas histórias, com seus trejeitos.

Obrigada a Micki Nuding, a editora mais incrível e uma super-heroína. Este é o primeiro livro no qual tivemos a oportunidade de trabalhar juntas, e eu me sinto abençoada demais por ter alguém como ela no começo da minha carreira. Obrigada por acreditar em mim e por fazer desta a minha nova vida.

Obrigada a toda a equipe Simon & Schuster e Gallery Books, o melhor grupo de mulheres com o qual eu já tive o privilégio de trabalhar. Saber que tenho o suporte e o apoio de vocês significa todo um mundo para mim.

Obrigada à minha agente, Karen Solem, pela paciência e gentileza dedicadas a uma novata como eu. É muito importante ter alguém como você ao meu lado nessa jornada.

Obrigada, Lauren, Deb e Sarah, pela leitura paciente e persistente, lendo minhas páginas às duas da manhã e depois me enviando comentários, às vezes em menos de vinte minutos. Eu de fato jamais poderia ter terminado este livro sem vocês, sou grata e sem palavras por ter vocês como leitoras e críticas.

Obrigada a você, Nina, uma das melhores amigas e maiores torcedoras que uma garota poderia desejar. Quando digo que isso não teria sido possível sem você, não estou simplesmente assobiando "Dixie". Mesmo não sabendo assobiar...

Obrigada a você, minha melhor amiga desde a faculdade e "a voz" da série *Redhead* em audiolivros, Keili Lefkovitz. Quando descobri que seria lançada uma versão em áudio desses livros, soube imediatamente que eu tinha que ter a minha garota fazendo a narração. Todos vocês que amam a personagem Holly com certeza irão amar a voz de Keili.

Obrigada à minha família. À minha mãe, que sabia que isso aconteceria antecipadamente, e ao meu pai, que ainda não consegue acreditar que isso tenha acontecido, mas que está muito contente. À minha irmã, que comprou o máximo de cópias que podia do meu livro e me promoveu para os amigos dela como se fosse seu trabalho.

Obrigada às blogueiras, mulheres incríveis que promoveram o livro por amor e por se sentirem como eu me sinto quando leio um livro que amo: precisamos contar a todo mundo sobre ele! Obrigada por me apoiarem quando ninguém sabia quem eram Jack e Grace, e por contarem essa história a todos.

Obrigada às Doidinhas, as leitoras que estiveram sempre ali, desde quando isso tudo era apenas um capítulo, uma ideia, uma parte estranha de um imenso fenômeno, e que me deixaram ser verdadeira com minha própria Doidinha interior.

E, como sempre, obrigada a você, Peter, por quem sou apaixonada desde quando tinha dezesseis anos. Obrigada por sempre me dizer como sou fofa, e por ser a única pessoa no planeta que poderia cuidar de mim e continuar vivo para contar. Eu adoro você.

um

– Não, não posso fazer isso.

– Você tem que fazer. Você me prometeu que tentaria.

– Eu sei o que eu disse, mas agora que chegou a hora, estou nervosa demais.

– Promessa é promessa.

– Você não pode me obrigar a fazer algo que eu não quero, sabe...

– Certo, vamos tentar fazer isso de novo... Nós podemos ir o mais devagar que você precisar. Pronta, amor?

– Céus, eu acho... eu ainda não posso acreditar que concordei com isso... dói demais.

– Você vai se sentir melhor assim que continuarmos, eu prometo.

Eu fechei os olhos, respirei fundo, abri-os mais uma vez, e assenti. Os olhos dele encontraram os meus no espelho, e ele sorriu daquele jeito que, ele sabia, sempre me conquistava.

Afundei minhas mãos em seu cabelo, percorrendo meus dedos por seus cachos sedosos e acariciando sua cabeça. Pisquei, afastando as lágrimas. Ergui um pedaço para o alto, peguei a tesoura... e cortei.

E cortei.

E cortei.

E cortei mais um pouco.

Ele continuou me encorajando, porque ele o queria curto.

A primeira vez que me pediu para cortar o cabelo dele, recusei. Disse a ele que de jeito nenhum. Ele me lembrou de que se ele fosse cortar em algum salão, dentro de minutos estaria no Twitter, e os *paparazzi* iriam rodear o lugar.

– Mas eu amo seus cachos. Eu preciso dos seus cachos! Por favor, não me faça cortá-los. Eu-eu-eu faço qualquer coisa! – implorei, ajoelhando--me aos seus pés de maneira dramática. Talvez estivéssemos no banho naquela hora...

– Você pode, por favor, parar de fazer drama por causa disso? Mas já que está aí embaixo... – ele sorriu, e eu imediatamente fiquei de pé.

– De jeito nenhum. Corte esse cabelo e poderá dizer adeus a qualquer tipo de ação oral. O seu Senhor Hamilton não vai ficar muito feliz com isso – ameacei, pegando o sabonete líquido. O cheiro de amêndoas preencheu o ar.

– Grande coisa, eu também posso jogar esse jogo. Você quer me deixar sem isso? Eu também posso tirar algumas coisas do cardápio.

Você não pode deixá-lo tirar ISSO *do cardápio...*

Droga. Ele me pegou. Um dia sem oral é simplesmente um dia que não vale a pena ser vivido.

Então ali estávamos nós, no banheiro dos hóspedes, centímetros e centímetros de gloriosos cabelos loiros enrolados ao nosso redor, enquanto seu sorriso se abria mais e mais.

E minha testa, bem, franzia mais e mais.

Quando ele julgou bem-sucedida minha carnificina, eu já estava à beira de uma explosão nuclear.

– Céus, George, eu o arruinei!

Ele estava espetado para o alto em alguns lugares, achatado em outros, de modo geral, um desastre. Parecia que uma criança de cinco anos o tinha cortado.

– Hmm, até que ele está com um interessante visual desalinhado, não é, amor? – ele riu, passando as mãos pela cabeça, lançando um cacho desertor no chão.

– Acho que vou vomitar – choraminguei, pousando a tesoura.

– Vamos lá, Doidinha, termina – ele apertou a máquina de raspar contra as minhas mãos.

Máquina de raspar?

– Terminar?

– Quantos soldados você conhece sem o cabelo raspado? – perguntou ele, tentando o seu novo sotaque sulista. Alabama, diretamente de Londres, uma combinação interessante.

– Quando você disse que precisava se preparar pra esse filme, eu não tinha ideia de que ficaria com a parte mais difícil – eu suspirei e peguei a máquina depois que ele a ajustou. Ele tinha escolhido bem curto. Isso seria rápido.

– Como assim, você está ficando com a parte mais difícil disso tudo? – perguntou ele, puxando-me por entre suas pernas, enquanto estava parada diante dele.

– Eu sou aquela que tem que olhar para você, Doidinho – e dei uma piscadela.

– Raspa – disse ele com os olhos brilhando.

E eu raspei. Enquanto o cabelo continuava a cair, nós conversamos sobre nossas agendas, sobre todas as mudanças que estavam por vir.

O nome de Jack estava nos lábios e nos sonhos de toda mulher ao redor do mundo, e também na lista de todo diretor de elenco. Holly, minha melhor amiga e agente tanto de Jack quanto minha, estava sob uma avalanche de ofertas. Diretores, produtores, anfitriões de *talk-show* – todo mundo queria um pedaço dele.

E eu *tinha* um pedaço dele. Frequentemente.

Antes do sucesso de *Tempo*, um filme baseado em uma série de contos eróticos populares lançado no outono passado, Jack Hamilton era apenas mais um ator britânico mediano em Hollywood. E com apenas 24 anos ele tinha estado em alguns filmes pequenos e independentes, e atuado um pouco em teatro de repertório, mas assim que foi escalado como Joshua – o cientista superssexy que viajava no tempo seduzindo mulheres ao longo dos séculos – sua vida mudou. Agora ele era um dos mais *sexies* atores novos de Hollywood. Nossa agente estava determinada a não deixar que ele se tornasse apenas mais um que logo seria esquecido.

Holly Newman era uma grande amiga e agente. Ela tinha um instinto fatal e era conhecida por encontrar novos talentos. Tinha cuidadosamente moldado a carreira de vários dos mais respeitados atores da atualidade, e estava preparada para fazer o mesmo por Jack. Recusando vários filmes de ação de alto orçamento, ela agora guiava Jack para um filme menor: um filme seco, em estilo documentário, sobre soldados no Afeganistão. Jack poderia facilmente ter encabeçado um enorme *blockbuster* de verão, mas em vez disso ele escolheu trabalhar com um elenco cujos papéis eram distribuídos de maneira igualitária entre os atores, e com uma história importante.

E o essencial era raspar sua cabeça. Ele era um jovem soldado do Alabama, e precisava incorporar o papel.

– Ai, ai...

– Você acabou de suspirar, Grace?

– Sim – eu deslizei mais uma última vez a maquininha e depois passei minha mão sobre seu couro cabeludo quase careca.

– Está assim tão ruim? – perguntou ele, sua expressão tornando-se tensa por um momento.

Sorri e cocei sua cabeça. Ele se inclinou para mim, como sempre fazia, e o olhei com atenção. Os olhos verdes eram os mesmos, escureceram um pouquinho enquanto minha mão o acariciava por trás do pescoço. Suas mãos apertaram meus quadris, levando-me para junto dele. Seu cabelo se fora, mas o calor continuava lá. De fato, seus traços pareciam ainda mais fortes. As maçãs do rosto, a mandíbula, tudo ainda mais esculpido, e sua barba de dois dias mais sexy que o normal. Sua língua molhou os lábios por um momento, os dentes mordendo seu lábio inferior do modo que ele sabia que evocaria uma resposta.

– Tenho que admitir, agora que eu posso realmente apreciar isso, até que está... hmmm – arrisquei.

– Até que está...

– Sexy?

– Sexy. Sério? – seus polegares traçaram um desenho junto da pele logo acima da linha da minha calcinha, que agora ele puxava de leve.

– Sim, sim, é verdade. Mesmo eu tendo assassinado seu cabelo, você ainda é o homem mais sexy da América – suspirei mais uma vez, agora de um modo diferente, enquanto seus dedos abriam os botões da minha camisa.

– Só da América? – ele riu, sua cabeça raspada com cabelinhos espetados fazendo cócegas na pele abaixo da minha mandíbula, enquanto ele se esfregava no meu pescoço.

– Você está forçando a barra, George – avisei, minha voz se rendendo às risadas que explodiram enquanto ele me empurrava contra a porta do banheiro.

– Só da América? – insistiu ele, levantando minhas mãos e segurando-as acima da minha cabeça.

– Ok, das Américas. Do Norte e do Sul juntas – empurrei meu quadril contra o dele enquanto ele me apertava.

– Falando em sul – sussurrou ele em meu ouvido, uma mão escorregando lentamente abaixo da...

Ding dong.

– Quem diabos...? – resmungou ele, mantendo-me apertada contra a porta, a mão continuando o caminho em direção a...

Ding dong. Ding dong.

– Pode ser o Michael. Ele disse que talvez viesse nessa noite – afastei-me deslizando entre Jack e a porta e olhei para mim mesma no espelho. Desgrenhada, corada, feliz.

– Maldito Michael – rosnou ele, vindo me agarrar enquanto eu me encaminhava para a porta.

– Maldito nada. Vocês dois são amigos agora. Comporte-se – eu ri, esquivando-me de suas mãos enquanto saía pelo corredor a caminho da porta da frente.

– Isso ainda não terminou! – gritou atrás de mim, e meu coração deu um pulinho.

– Não vou deixar você se esquecer disso – gritei de volta, pensando em todas as possibilidades de como ele poderia, e iria, terminar isso. E como certamente eu iria deixá-lo fazer. Desde que Jack e eu começamos a nos relacionar ano passado, a química entre nós foi e permaneceu além do esperado. Ele tinha superado tudo. Ele tinha me superado e se lançado nos ares comigo.

Eu ri ao ouvi-lo gemendo, sabendo que ele estava se ajeitando não tão discretamente agora. Eu me endireitei um pouco, e então abri a porta para ver meu amigo Michael sorrindo de volta para mim.

– Você demorou um bocado – resmungou ele.

– Alguém me segurou – gesticulei para que ele entrasse. Olhou para o meu pé e riu.

– Você parece um *hobbit*. Tem alguma coisa que queira me contar? – ele apontou para baixo.

Eu olhei e percebi que tinha cachos do cabelo de Jack entre os dedões do pé.

– Ah, bem, um corte de cabelo que deu errado – expliquei, acenando para que ele entrasse, enquanto ia até a cozinha para pegar uma vassoura. Eu tinha deixado um rastro.

– Corte de cabelo que deu maravilhosamente certo, você quer dizer – corrigiu Jack, entrando na cozinha e passando a mão pela cabeça.

– Uou, o que aconteceu com você? – Michael deu uma risadinha, com seus olhos castanhos zombeteiros.

Michael e eu tínhamos feito faculdade junto com Holly e tínhamos uma amizade de anos. Bem, nós *tínhamos* uma amizade, até que uma ficada de uma noite ofuscou tudo que tinha sido bom, tornando ruim. Nós ficamos anos sem contato, e então, por meio de uma série de coincidências, ele acabou me escalando para seu novo musical poucos meses atrás. Dessa vez outro erro de uma ficada de uma noite quase estragou tudo, mas recobramos nossos juízos e permanecemos grandes amigos.

E mais: apesar do musical em que trabalhamos juntos de Nova York não ter dado certo, havia interesse o suficiente no projeto para mantê-lo vivo de uma nova maneira. Logo após as festas de fim de ano, descobrimos uma empresa de produção interessada em desenvolvê-lo para um programa de televisão. Como HBO e Showtime, Venue era o novo canal de TV a cabo a que todo mundo estava assistindo. Comédias afiadas, dramas sombrios – o repertório deles estava causando grande sensação. Nós trouxemos algumas pessoas do elenco original de Nova York conosco, filmamos um breve piloto, e a Venue o comprou. E eles iriam colocar o novo show de Michael bem no meio da programação de outono.

O conceito original de Michael era um musical tradicional, com uma reviravolta moderna. Encenado no estilo *workshop*, nós tínhamos trabalhado com uma banda ao vivo. Agora, a história de Mabel, uma linda rainha de meia-idade passando por um divórcio e redefinindo a vida em seus próprios termos, passava-se tendo Los Angeles como pano de fundo – uma cidade perfeita para apresentar a maneira distorcida com que nossa cultura vê as mulheres e o envelhecimento. O show agora era uma mistura de *Glee*, *The Real Housewives of Beverly Hills*, e *Sex and the City*. Era sagaz, sexy, e eu era a estrela. Espera, eu, a estrela?

Sim, Grace, você é a estrela.

Balancei minha cabeça como se estivesse sonhando, esperando, de repente, acordar.

– Está com água nos ouvidos, meu amor? – perguntou Jack ao me ver balançando a cabeça.

– Fica na sua, você – avisei, enquanto ele dava um tapinha em minhas costas a caminho da geladeira. Eu me sentei no banquinho do bar e observei duas das minhas pessoas favoritas, uma com a outra. Era verdade: eles eram amigos, mas como tentativa. Jack sabia que Michael e eu tínhamos quase, bem, *quase*... enquanto eu estava em Nova York. E mesmo Michael e eu sendo apenas amigos agora, eu sabia que isso era difícil para Jack.

Mas, na verdade mesmo, ele era muito mais maduro do que eu, apesar de nove anos mais novo. E agora os dois estavam se movendo cuidadosamente para essa coisa estranha que é a amizade entre homens.

– Não, sério, cara, o que aconteceu com seu cabelo? – perguntou Michael mais uma vez, agarrando a cerveja que Jack tinha lançado para ele. Sem nem avisar. De novo, coisa estranha de caras.

– Um filme. Começo a gravar na semana que vem. Não pude adiar mais – explicou Jack, dando uma golada na sua cerveja.

– É mesmo, o novo filme do Daniel Richards. Afeganistão, não é? Já há um grande burburinho. Um escritor amigo meu deu uma olhada no roteiro. Parece que vai ser bem intenso. Você vai filmar em Mojave, certo?

– Sim, vamos filmar um pouco aqui, depois no deserto. Acho que vai ser divertido – Jack sorriu, levantando mais uma vez sua garrafa e a secando. Pegando outra do freezer, ele se sentou no banquinho do bar diante de mim, ainda esfregando a cabeça, pensativo.

– O que vai ser divertido? – eu ouvi uma nova voz vinda do corredor cantarolando, com saltos batendo no chão. Minha outra pessoa favorita.

Holly entrou na cozinha, avaliou a trupe reunida, e suspirou dramaticamente. Acenou para mim.

– Debiloide.

– Fedorenta – eu acenei de volta, indicando a garrafa de vodka que tinha tirado do freezer e erguendo uma sobrancelha na direção dela.

– Por favor. Meu Deus, por favor. Você não vai acreditar no dia que eu tive hoje. Eu odeio essa cidade! Lembre-me de nunca mais trabalhar com alguém que tenha estado na CW, nunca mais – ela choramingou.

Eu me ocupei fazendo martinis secos. Holly subiu em cima da bancada, chutou seus saltos para o chão, e pôs os pés no colo de Michael, apontando para eles.

– Massageie-os. E você, carequinha, atrás de mim. Trabalhe nesses ombros aqui – instruiu ela, gesticulando para Jack. Com uma careta, ele obedeceu, e a expressão de surpresa de Michael deu lugar à de bobão enquanto ele trabalhava nos calcanhares de Holly. De formas voluptuosas como uma estrela pornô, o belo visual natural de Holly tendia a fazer com que todos os homens ficassem um pouco patetas perto dela, incluindo os homens em questão. Eu passei o drinque para ela, sorrindo ao vê-la sorver tudo com rapidez, devolvendo-me uma taça vazia.

– Sério, frutinha, foi um dia insuportável. Vou precisar de dois. E com mais força, por favor, Michael – ela gemeu quando ele atingiu um ponto bem no meio da sola dos pés. Eu ri, enquanto ela começava a nos contar sobre seu dia, e fiz outro drinque para ela. Por cima dos seus ombros, cruzei com os olhos de Jack, e ele deu uma piscadela para mim.

A vida era boa.

★ ★ ★ ★

Um jantar improvisado se seguiu e, depois, nós acabamos sobre as cadeiras almofadadas no quintal. Los Angeles no inverno era um tanto fria à noite, pelo menos o suficiente para que a caxemira que eu tinha trazido fosse necessária. Aconchegados no nosso grande assento do amor, Jack brincava com meu cabelo enquanto ríamos e conversávamos com nossos amigos. Faixas de luz branca pontilhavam as figueiras e ameixeiras lá atrás, e os limoeiros, cheios de frutos que emolduravam o pátio, lançavam sua fragrância pela noite. Inclinei-me para o calor de Jack, seu hálito forte e denso de conhaque enquanto ele e Holly iam e voltavam para o assunto da agenda de filmagem. Ele partiria em poucas semanas, mas dessa vez seria diferente de quando nos separamos no ano passado. Agora, eu tinha que ficar aqui, em minha casa, na qual eu tinha trabalhado duro e que eu mal tive a oportunidade de aproveitar antes de voltar para Nova York. Eu podia trabalhar onde era meu lar, e sentia prazer pelo que me cercava.

Eu criei um espaço para mim exatamente da maneira que eu queria. Construída nos lados das colinas de Los Angeles, embora com certeza houvesse casas maiores e mais grandiosas, meu bangalô em Laurel Canyon era o que eu queria. E com Jack morando junto comigo? Bem, isso o tornava ainda mais o meu lar.

Enquanto Holly e Jack ficavam cada vez mais agitados e tentavam se livrar de algumas entrevistas planejadas para ele, eu me virei para Michael.

– Você ainda está procurando um novo lugar para alugar?

– Sim, a moradia da empresa é boa, mas agora que eu estou criando algumas raízes aqui acho que quero algo mais meu. Mas esse corretor imobiliário que eu contratei está me mostrando muitos lugares em Wilshire, aqueles prédios enormes. Eles são ótimos, mas eu acabei de sair de Nova York, sabe? Queria algo um pouco mais perto do chão.

– Entendo você. Raízes, hmm... Você quer comprar? É uma ótima época pra isso – eu o incitei.

– Não tantas raízes assim. Eu ainda quero alugar. Quero raízes de aluguel – respondeu ele, fazendo com que Holly parasse no meio da sua fala com Jack.

– Eu tenho uma corretora imobiliária. Vou pedir para ela enviar uma lista de lugares. Você quer uma casa? Com piscina? Ou um típico apartamento de solteiro de L.A.?

– Isso, casa. Piscina, talvez. Apartamento de solteiro, não. Nada de neon – ele sorriu.

– Eu posso encontrar isso. Se quiser, vou com você olhar as casas na semana que vem – ofereceu ela, dando um gole em seu conhaque.

– Isso seria ótimo. Você tem certeza que tem tempo pra isso?

Eu me aconcheguei para mais perto de Jack.

– Claro. Posso tirar uma tarde livre. O trabalho vai continuar lá do mesmo jeito. E por falar nisso, Jack, a gente ainda tem que falar sobre...

– Holly, você não se cansa nunca? Por hoje chega, ok? – disparou Jack, surpreendendo a todos. Nós nos viramos para encará-lo, enquanto ele percorria as mãos pelos seus cabelos inexistentes. Suspirou, e então matou o que restava do seu conhaque. Com olhos pesados, olhou para Holly.

– Desculpa. Acho que estou cansado, é isso – murmurou, os olhos caindo para o copo vazio.

– Sem problemas, Jack. Amanhã a gente conversa. Você me liga de manhã? – perguntou ela, levantando da cadeira com um rápido olhar para mim.

Eu dei de ombros e me levantei também.

– Já vai?

– Sim, está na hora... reunião amanhã cedo com uma criança aí, com *três* nomes. Desde quando todo mundo decidiu batizar seus filhos com nomes tão longos? Se eu me deparar com mais um Noah Jonathan Blablablá vou ficar louca. Sério – exclamou ela, puxando Michael da cadeira dele. – Vem, você pode me acompanhar até meu carro.

– Ah, sim, claro, ok. Hum... boa noite, Grace! Até mais, Jack! – gritou Michael por cima do ombro, enquanto os dois se dirigiam para dentro da casa.

– Você está bem? – perguntei, pegando seu copo vazio e pousando-o sobre a mesa. Fui rapidamente puxada para seu colo, seus braços fortes envolvendo-me de repente por inteiro. Fui pressionada, seu corpo me prendendo junto dele.

– Juro, às vezes ela não sabe a hora de parar! – exclamou ele, suspirando em minha nuca enquanto me apertava com mais força.

– Ela só está fazendo o trabalho dela, Doidinho. Não leve para o lado pessoal – aconcheguei-me mais em seus braços.

– Como não levar para o lado pessoal? Ela está administrando minha vida, não só minha carreira. Eu só... Porra, não sei.

– Ei, ei. Eu sei, *shiu* – eu disse suavemente, fazendo-lhe um cafuné e sentindo-o relaxar. Seu hálito de conhaque pairava intenso ao nosso redor, e eu fui lembrada mais uma vez de como ele era jovem. Ninguém poderia tê-lo preparado para a vida e tudo o mais que viria com ela para que ele a enfrentasse quando decidiu o que faria. Um papel que ele fazia muito bem, considerando todas as coisas.

Ficamos aninhados por um momento, o *canyon* calmo e silencioso nos cercando.

– Ei, eu contei as boas notícias pra você?

– Não, o quê, Doidinha? – perguntou ele, seus lábios roçando a beirada da manga da minha camisa. Aparentemente, ele estava mais animado.

– Eu consegui meu próprio trailer! Dá pra acreditar nisso?

– Claro que você conseguiu seu próprio trailer. Você é a estrela do show, meu amor – lembrou-me ele.

Isso ainda não parecia realidade para mim.

– Olha, isso é uma grande coisa pra mim, viu? Nem todo mundo é uma grande estrela do cinema – eu o lembrei, sentando-me mais ereta no colo dele.

– Quando você diz "grande", do que exatamente está falando? – perguntou ele, gentil e firme, fazendo-me dar um pulinho no colo dele.

– Ah, me poupe – eu ri enquanto ele enterrava o rosto no meu pescoço, soprando um hálito de conhaque com framboesa.

– Estou orgulhoso de você – sussurrou, suas mãos agora passeando livremente pelas minhas costas, familiares, mas ainda assim plenamente capazes de me fazer arrepiar. – Está com frio?

– Não, George, eu estou quente em todos os sentidos – sussurrei em seu ouvido, sentindo mais um arrepio quando ele literalmente me fez voar em seus braços para pousarmos direto em nossa cama.

dois

– Então, essa noite eu vou para essa balada e pensei que... – disse ele na manhã seguinte.

Ao menos acho que é isso o que ele disse. Eu estava debaixo do chuveiro, e alguém estava com as mãos espalmadas em meus peitos. Para me ajudar a não perder o equilíbrio, claro.

– Você vai sair de novo hoje? – falei, cuspindo água.

– De novo? Eu fiquei em casa ontem – respondeu ele, curvando-se para enfiar a cabeça sob o próprio jato d'água.. O chuveiro que ele tinha instalado continha dois bocais. Embora normalmente acabássemos juntos do mesmo lado.

– Verdade, mas você saiu quase todas as noites semana passada.

– É agora que você vira a namorada reclamona? – ele deu uma piscadela, deixando a água correr por seu rosto, descendo pelo seu peito e barriga, fazendo com que o caminho da felicidade se destacasse ainda mais. Isso com certeza me fez feliz.

– Acho que sim. Espere um pouco, deixe-me pôr minha cara de reclamona – disse severa, franzindo o rosto de maneira exagerada. – Querido, você não acha que devia ficar em casa e limpar as calhas? – reclamei, pondo minhas mãos nos quadris e batendo o pé. Um gesto que teria sido mais vigoroso se eu não tivesse escorregado como escorreguei. Ele me segurou, rindo, enquanto eu lutava para ficar ereta. Ele me deu uma beliscadinha de leve no bumbum enquanto me punha de pé.

– Acontece que eu ia perguntar se gostaria de vir comigo hoje.

– Eu? Sair com o clube dos bolinhas? Sério? – provoquei, entregando-lhe uma toalha de banho.

Jack estava passando cada vez mais tempo com os caras do seu novo filme, algo que eu de início o encorajei a fazer. Apesar de todo o sermão que ele me dava por amar *Supergatas*, eu tinha que lembrá-lo com frequência que ele era um rapaz novo na cidade e precisava viver a juventude. Ultimamente, ele andava acatando minha sugestão, às vezes com disposição demais.

– Claro, por que não? Achei que já era hora de você conhecer os caras. Afinal, não são esses os caras pelos quais eu tenho que estar disposto a morrer?

– Num filme, meu amor. Morra por eles num filme. Vai ter lugar para dançar? – perguntei.

– Imagino que sim.

– Você vai dançar?

– Eu sou inglês. Nós não dançamos.

– Eu posso dançar?

– Eu espero que sim. Caramba, Grace, você devia ver-se agora – ele suspirou. Eu estava curvada com a cabeça para trás sob o chuveiro, e se eu estava me certificando de que meus seios estavam empinados e apontados para o alto? Claro que estava.

Legal. Fazendo pose para o seu homem.

Não faz mal.

Eu senti a boca dele começando a descer pelo meu pescoço, e saí da água para tomar fôlego.

– Ei, a gente não vai poder fazer isso agora, Doidinho. Vou me encontrar com Holly em quarenta e cinco minutos, e ela não para de pegar no meu pé quando me atraso.

– Só preciso de cinco minutinhos; aguenta aí, sua doida.

Eu ri enquanto ele escalava, deslizando, meu corpo com o seu, cada nervo faiscando até tomar vida. Porém, faíscas e água não dão certo juntas, e eu o afastei na distância do meu braço.

– Sério, não posso. Holly não vai me deixar usar sexo com você como desculpa por ter me atrasado.

– Como você sabe? Tenta.

– Quietinho aí, você. Sabonete, por favor – eu o instruí, apontando. Ele o entregou para mim, nós nos cobrimos de espuma, e eu tentei finalizar a tarefa de tomar banho. O que estava difícil.

Porque ele estava...

Porque ele estava lá.

Vinte minutos depois, ele se sentou no banco ao pé da cama enquanto eu me arrumava.

– Hoje, então? Sim? – perguntou, entregando-me o sutiã, que ele segurava com reverência. Acho que ele estava com ciúmes porque o sutiã podia segurar meus peitões o dia todo, algo que ele mesmo preferiria fazer.

– Sim, hoje. Posso levar Holly? Ela está louca para sair para dançar. A gente pode agitar essa noite! – disse excitada, parando diante dele e percorrendo minhas mãos pela sua cabeça. Levaria algum tempo para me acostumar, mas até que eu estava aceitando. Ele parecia mais velho e mais novo ao mesmo tempo. Era meio hipnotizante.

– Leve quem você quiser, meu amor. Apenas me mande os nomes, e eu passo para o Adam.

– Adam?

– Adam Kasen, do filme. Ele vai assegurar que qualquer convidado nosso esteja na lista – respondeu, aninhando a cabeça na palma da minha mão.

– "Na lista"? Você está pagando de celebridade de Hollywood pra cima de mim, George?

– Falou a garota que está indo para uma reunião discutir seu cronograma de filmagem para sua nova série de TV.

– Uau, minha nova série de TV. Pode falar isso de novo?

– Minha nova série de TV?

– Não, *minha* nova série de TV.

– Foi isso que eu disse, essas mesmas palavras – ele sorriu, e joguei minha toalha nele. Ele grunhiu quando saltei para longe das suas mãos, que tentavam me agarrar.

– Melhor você ir para sua reunião, sua provocadorazinha, antes que eu segure você aqui o dia todo.

– Ok, então vejo você à noite?

– Uhum, eu vou ser aquele do canto com os outros soldados do batalhão atrás da corda vermelha de veludo – ele acenou, deitando-se de costas na cama, os lençóis bagunçados por causa das nossas atividades anteriores.

– Maravilha. Minha xoxota adora um batalhão – provoquei, ao que ele revirou os olhos para mim.

– Você tem cinco segundos para sair daqui, Grace.

– Saindo – eu gritei enquanto me dirigia à cozinha, pegando minha garrafinha d'água da bancada.

– Ei, sua doida? – ouvi os passos dele no assoalho de carvalho atrás de mim.

– Sim? – sorri de volta, vendo-o enfiar a cabeça na esquina do corredor.

– Eu vi alguns carros que pareciam bem familiares ontem, lá embaixo. Cuidado, ok? – ele sorriu, os olhos brilhando na direção dos meus.

– Sem fotos. Entendido – e fiz de conta que bati continência.

– Não quero que eles nos transformem nos próximos Ashton e Demi. As pessoas adoram ver um casal se separando.

– Você acabou de me comparar à Demi?

– Desculpa. Acho que você é um pouco mais velha que ela, não é? – provocou, puxando meu rabo de cavalo enquanto eu colocava um boné.

Eu costumava provocá-lo tanto por usar boné, e agora eu dificilmente saía sem um, em especial enquanto dirigia pela vizinhança. Eu era obcecada em garantir que não descobrissem onde eu morava. Sabia que isso não duraria muito, mas eu queria manter nossa bolha intacta o maior tempo possível.

– Sério, George, essas burcas que a gente está usando estão salvando a nossa pele – eu o fitei, deixando-o alisar meu rabo de cavalo.

– Só toma cuidado lá fora, está bem? – disse ele, com o olhar preocupado.

– Pode deixar, meu amor. Vejo você depois – acenei, soprando-lhe um beijo.

– Eu tenho algo aqui que gostaria de um beijinho... – eu o ouvi murmurar enquanto ia para o quarto.

Dei uma risadinha, pegando minhas chaves e saindo para a luz do dia.

Mesmo no inverno, Los Angeles era dourada. Sorri para mim mesma enquanto andava em direção ao carro, parando por um momento para sentir o cheiro dos limoeiros, as folhas do pinheiro que caíram atapetando o gramado, o Taurus bege andando não muito devagar, mas não muito rápido também... Espera... O quê? Eu me apressei para me esconder atrás do volante, entrando dentro do meu carro bem no momento em que o outro carro passava pelo largo pinheiro no limite da propriedade. A maioria das casas dessa parte de Laurel foi construída longe da estrada, mas não muito.

Paranoia demais?

Os *paparazzi* eram quase uma preocupação diária. Deparar-se com um deles não era mais uma surpresa ocasional, era o limite da chateação. O carro novo de Jack tinha sido flagrado inúmeras vezes, embora, de alguma maneira, até agora nós tenhamos conseguido evitar perseguições no caminho para casa. Mas estava se tornando cada vez mais arriscado. Certa vez, quando o seguiam muito de perto na Robertson Boulevard, um carro em frente ao dele parou tão de repente que ele quase bateu. Foram tiradas fotos dele irritado atrás do volante, o boné abaixado ao máximo. Isso estava começando a ter um preço para Jack. Era um lado da fama para o qual ninguém poderia se preparar.

Eu consegui evitar sair numa foto com ele de novo, embora nós dois soubéssemos que isso iria acontecer cedo ou tarde. Mas isso fazia parte de ser a namorada do novo Garoto Sensação.

Namorada.

Eu era a sua namorada, e, junto com isso, vinham todos os tipos de coisas com as quais nós mal estávamos preparados para lidar. Quando nós dois voltamos de nossas férias nas Seychelles em janeiro, eu tinha que ficar atrás da bagagem enquanto aterrissávamos no LAX. Os *paparazzi* que tinham acampado no aeroporto, cansados, sujos e aos frangalhos, estavam lá para caçar Jack. Alguém, havia sempre alguém, avisou que ele logo aterrissaria, e eles vieram como um enxame de abelhas assim que ele apareceu. E tiraram milhões de fotos. Mais tarde, ele me disse que quase não conseguiu segurar sua bolsa de viagem, pois eles estavam tão perto e tão grudados nele enquanto ele corria até o carro que havíamos pedido para *nós dois*. Enquanto isso, eu estava esperando na esteira de bagagem, observando e esperando. E pagando um carregador para me ajudar a carregar sem alarde todas as nossas coisas até um táxi.

Desde que chegamos estamos sendo bem-sucedidos em não chamar a atenção. Não saíamos juntos à toa, e se saíamos, passávamos por lugares pouco frequentados e disfarçadamente. Nós vivíamos juntos, amávamos juntos, mas mantínhamos as coisas o mais privado possível. Holly continuava extremamente a favor dessa tática. Desde *Tempo*, a quantidade de suas fãs mulheres cresceu de maneira considerável, e a existência de fãs na internet não parava de crescer.

Era uma legião de fãs ainda sem saber se queriam Jack Hamilton envolvido com alguém, muito menos com uma mulher mais velha do que ele. Depois das fotos que tiraram de mim na estreia de seu filme, e de terem esquecido esse episódio, suas fãs tinham me deixado em paz. Mas eu estava prestes a embarcar em meu próprio trabalho nem um pouco discreto. A série de TV iria trazer aquelas fotos e outras à tona para os holofotes.

Eu mantive isso em mente quando optei por manter o teto do conversível fechado. Apertei o boné com mais força e o afundei ainda mais na cabeça, e peguei um atalho no *canyon* a caminho do escritório de Holly. Com os olhos apertados, comecei a procurar por aqueles sedans marrons aparentemente aleatórios. Era de lá que os *flashes* costumavam vir. Era incrível o quão rapidamente você podia se acostumar em cuidar da sua retaguarda enquanto seguia adiante.

três

– Certo, então temos os três primeiros roteiros prontos, cronograma de filmagem decidido, ensaio na semana que vem. Sobre o que mais precisamos conversar? Sabe, nós, estrelas de TV, temos muitas coisas para fazer, pessoas para encontrar – dei uma piscadela, espreguiçando-me na cadeira diante da mesa de Holly. Nós duas e Michael estávamos resumindo os detalhes há quase uma hora.

Depois de muita luta, Michael tinha conseguido manter o controle criativo do programa. Afinal, era seu show, era sua criação, e apesar de ser financiado exclusivamente pela emissora, ele ainda era o piloto do navio. Ele estava o tempo todo junto ao diretor, certificando-se de que seu show mantivesse a essência original, enquanto ele mudava e se adaptava naturalmente de produção teatral para a tela da TV. David Lancaster era um diretor conhecido e respeitado, que tinha trabalhado em algumas das melhores e mais bem-sucedidas séries de TV dos últimos dez anos. Também era conhecido por ser um pouco cabeça dura, durão e teimoso. Ele já tinha compartilhado com Michael algumas anotações específicas, e os dois estavam entrando em acordo sobre o tom geral e o conteúdo do show. Apesar de Michael ter experiência em escrever e dirigir, nunca tinha trabalhado nesse nível, e seu nervosismo era compreensível.

– Estamos quase terminando. Só há mais umas coisas para conversarmos, e podemos encerrar – Holly remexeu algumas notas sobre sua mesa.

– Graças a Deus. Eu estou morrendo de fome – gemi, levantando-me e pegando alguns doces que ela tinha numa estante debaixo do seu prêmio de Agente do Ano, que ela havia dado a si mesma.

Voltei a me sentar, oferecendo um punhado de minhoquinhas de goma para Holly, as quais ela recusou. Ela e Michael trocaram um olhar, e ele assentiu quase imperceptivelmente para ela. Ele respirou fundo e suspirou. E então voltou à sua cara de "Negócios são negócios". Tudo isso aconteceu em menos de três segundos, e eu não perdi nada. Engoli seco. Holly virou-se para me encarar, e eu ouvi a voz que frequentemente vinha dela, mas que raramente era dirigida para mim.

– Então, a gente tem aqui algumas notas dos produtores depois que eles assistiram ao piloto. Só coisa boa, mas eu tenho um *feedback* para você. Eles foram bem específicos nisso, antes de a gente começar a filmar – disse ela, Holly Newman, a agente, não Holly Fedorenta, melhor amiga e companheira de aventuras.

Eu engoli uma minhoquinha de goma.

– Certo, o que foi? – perguntei, imaginando o que mais teria que engolir.

Michael se remexeu na cadeira.

– Então, você sabe que é fabulosa; todos nós sabemos disso. Eu acho você incrível. Eu falo sério, mesmo – disse ela, sem me olhar diretamente nos olhos.

– Ah, certo... você é incrível também? – respondi de volta, olhando para Michael, que tinha parado de se remexer e agora estava imóvel. Ele estava congelado, na verdade.

Holly sorriu um pouco, então continuou.

– Esse show tem um visual bem específico, muito estilizado, muito Hollywood. Tudo nesse show vai ser acima da média do considerado normal. Você sabe disso.

– Sim, eu sei. Caramba, Holly, desembucha – eu lancei outro punhado de minhoquinhas boca adentro.

– Nós precisamos que você emagreça uns sete quilos, Grace.

As minhoquinhas pararam em minha garganta e ficaram lá.

– Ou sou *eu* que devia desembuchar, pelo visto – brinquei, engolindo com esforço.

– É o seguinte. Isso é muito comum. Os produtores querem o pacote todo – tudo, entendeu? Eles enviaram milhões de notas, do tipo de carro que você tem que dirigir até o tom do assoalho de madeira da sua casa no *set*. Talvez seu cabelo devesse ser um pouco mais escuro. E, bem...

– E minha bunda menor – completei, devolvendo as minhoquinhas à prateleira e me endireitando, esticando o rosto e murchando a barriga.

– Não, na verdade a gente tem ótimas notas sobre sua bunda – ela respondeu, remexendo nos papéis sobre a mesa. Olhei horrorizada para Michael.

– Eu estava brincando! – eu ri, forçando minhas mãos a destravarem dos punhos que tinham se formado de nervosismo.

– Ah, Grace, qual é, você é linda, eu... – começou Michael, mas Holly o interrompeu.

– É o seguinte. A nota é exatamente esta: "Nós precisamos que ela tenha maçãs um pouco mais salientes, as linhas da mandíbula mais definidas, menos bochechudinha" – ela leu, olhando por cima dos óculos para mim quando terminou.

– Menos bochechudinha – repeti, calculando mentalmente a quantidade de quilômetros que eu já corria em uma semana, e imaginando quantos mais eu teria que aumentar.

– Grace, escuta. Você faz ideia de quantas vezes eu já tive essa conversa com alguém que eu represento? A essa altura não consigo nem contar – ela começou, cansada.

– Isso é um saco – comentei de maneira sucinta.

– É um saco *mesmo*, mas você escolheu trabalhar nessa indústria. Tem o lado bom, mas tem o ruim também. Menos bochechudinha só na categoria melhor amiga, ok? – disse ela, com os olhos faiscando.

– Vamos olhar para isso com outros olhos, talvez... – começou Michael, mas eu ergui minha mão.

– Sou bem grandinha, literalmente, pelo visto. Eu consigo lidar com isso – eu disse, e Holly suspirou.

– Eu te amo, sua frutinha, mas é assim que funcionam as coisas. Você recebeu uma oportunidade incrível, uma que outros atores dessa indústria estão há anos tentando conseguir e viveriam de alface e Coca-Cola Diet durante meses por isso. Você entende. Faz parte do trabalho – os olhos dela tornaram-se mais suaves. – Tenho certeza de que você consegue. Eu sei disso. – Ela sorriu.

– Ei, se é isso que eu preciso fazer, eu vou fazer, certo? Sem problema – assegurei a ela, mostrando os dentes num sorriso.

– Tem certeza? – perguntou Michael, claramente desconfortável com essa conversa.

– Deixa comigo – garanti, assentindo.

– Tudo certo, então? – perguntou Holly.

– Tudo certo – eu assenti mais uma vez.

Nós ficamos sentados, em silêncio. Três amigos que tinham se encontrado na aula de teatro da faculdade e agora estavam trabalhando juntos no mesmo ramo, ocupando posições com as quais a maioria das pessoas poderia apenas sonhar. Que mundo estranho.

– Então, fiquei sabendo que vamos dançar hoje, é isso? Conte-me mais – disse Holly, recostando-se na sua cadeira e colocando os pés sobre a mesa, indicando que a parte de negócios da nossa reunião tinha acabado.

Comecei a contar sobre os planos para a noite, mas aquelas malditas minhoquinhas de goma não saíam da minha cabeça.

★ ★ ★ ★

Dirigindo de volta para casa, eu abaixei o teto do conversível, não me importando com quem pudesse ver. Minha mente estava um turbilhão e eu precisava de ar. Com o volume do som alto, naveguei pelas ruas da cidade que eu amava, a cidade para a qual eu tinha batalhado para voltar.

Depois de deixar Los Angeles pela primeira vez, passei vários anos – a maior parte de uma década, na verdade – banhando meus sentimentos em milk-shakes. E hambúrgueres. E muito, muito Doritos. Eu senti tanta vergonha por não ter conseguido durar nem um ano em L.A., que quando cheguei em casa, fiquei lambendo minhas próprias feridas, e os dedos sujos de chocolate também. E então entrei num casulo.

Anos se passaram, até que consegui um ótimo trabalho que me permitia usar um pouco da minha criatividade, mas tudo atrás do computador. Eu não saía muito, não tinha encontros, e enquanto os pesos se acumulavam e minha tristeza crescia, perdi muito de mim mesma, muito do que Jack tão rapidamente identificou como sua doidinha. Até que por fim consegui me erguer, numa época boa para voltar para L.A. e tentar mais uma vez. No período de um ano, eu estava prestes a viver cada um dos sonhos que eu já tive, e o sonho de qualquer atriz. Esse seria o papel que me lançaria, de uma forma ou de outra.

Então o que são sete quilos, afinal de contas?

Não eram nada, além do fato de que eu já administrava o que eu comia com muito cuidado. E me exercitava religiosamente. Namorar um cara mais novo trouxe de volta vários dos meus medos – não era boa o suficiente, não era jovem o suficiente, não era magra o suficiente –, mas finalmente estava tudo bem. Estava tudo muito bem com Jack, e eu estava satisfeita com minha aparência. Pela primeira vez em muito tempo, eu me sentia bem quando me olhava no espelho.

Então eles precisam de sete quilos. Se eles pedissem para você tingir seu cabelo com um tom mais avermelhado, você o faria?

Uhum.

Se eles dissessem que o seu personagem precisa ter olhos azuis, você usaria lentes de contato?

Tenho medo de encostar nos olhos.

Mas, ainda assim...

Sim, eu usaria.

Então o que são sete quilos? Com certeza eles não vão ficar no seu caminho para isso... Vão?

De fato, não devem ficar.

O telefone interrompeu meu monólogo interior. Era Holly.

– Pode parar.

– Pode parar o quê?

– O que quer que você esteja fazendo. Não deixe isso fazer você surtar.

– Uau, você é boa nisso.

– É por isso que ganho quinze por cento. O que, com base no contrato que eu negociei para você, dá uma boa grana. Então confie em mim, está bem?

– Confio, eu confio.

– Então para com isso. Vá para casa, fique linda, e vamos agitar o esqueleto pela cidade toda hoje. Isso é uma ordem.

Eu sorri ao telefone, desistindo da briga antes que ela começasse. Parei num encosto da Beverly Boulevard, recostando minha cabeça no banco do carro. Com os olhos fechados por um momento, eu podia sentir a deliciosa luz do sol banhando meus poros, o cheiro dos *canyons* adiante enchendo o ar. Fumaça, talvez, mas com certeza misturada ao cheiro dos *canyons*.

– Pego você às onze, Fedorenta.

– Tarde assim? Meu Deus, como estamos velhas – Holly riu.

– Fale por você – eu desliguei o telefone e segui para casa. Para a casa que eu compartilhava com um rapaz de 24 anos.

Sete quilos. Entendido.

Tanto faz, garota...

★ ★ ★ ★

– Meu Deus, olha essa fila! – eu disse no meio de um bocejo, enquanto estacionávamos em frente ao bar The Door tarde da noite. Muito mais tarde da noite. Eram onze e meia, e a juventude de Hollywood estava em peso nas ruas. Holly e eu saímos do carro para o *valet* estacionar e nos encaminhamos até a frente da fila. Olhei para meu vestidinho preto, grata por Holly ter me convencido a me vestir elegantemente. Seus instintos, como sempre, estavam certos, uma vez que as mulheres esperando para entrar estavam todas em trajes formais. Olhos – olhos irritados – caíam sobre mim, enquanto nos dirigíamos até a entrada. Olhos que diziam: "Vadia, se você entrar na minha frente...".

Sim, de vez em quando era bom estar namorando o novo Garoto Sensação.

– Jack disse que nossos nomes estariam na lista – sussurrei para Holly enquanto nos aproximávamos do enorme segurança. Seus olhos eram mais gentis que os das mulheres na fila. Ele sorriu quando nos aproximamos.

– Oi, somos convidadas do Adam Kasen – Holly sorriu, os cabelos loiros balançando sobre os ombros, deslizando por sobre o vão dos seios. Ela estava linda. Cordas vermelhas de veludo foram afastadas, sorrisos foram trocados, e nós fomos encaminhadas para dentro.

Para um mundo completamente diferente. Paredes negras, teto espelhado, bares por todos os lados e música. Música *house* intensa, gritante. Pesada, ela entrou pelos meus ouvidos e martelou dentro do meu cérebro. Tudo dentro desse lugar era sexy e estava lotado de pessoas sexy. Dançando, misturando-se, beijando, já não era mais Los Angeles. Era Hollywood. E era quente.

Um outro segurança lá dentro nos levou imediatamente para a área VIP, e lá, cercado por mais cordas vermelhas de veludo, estava Jack. Recostado contra uma banqueta de couro e pelúcia vermelha, ele estava bebendo Heineken e observando ao redor. Ele estava cercado por jovens *hipsters* de Hollywood. Eu reconheci a maior parte da formação da NBC de outono. Era uma oportunidade única de vê-lo em seu elemento não tão natural assim.

Ele não tinha ideia de como sua personalidade era forte, qualidade inata de estrela que ele possuía. O fato de ele não saber disso o tornava ainda mais encantador. No entanto, ele era o único que não sabia, e ao nos aproximarmos mais eu vi todas aquelas garotas. Quem poderia culpá-las?

Alguns outros caras do filme estavam lá, não tão tranquilos quanto ele. Esses caras eram atores também, e ocupavam o mesmo lugar que Jack dois anos atrás: por dentro, mas ainda não no centro.

E lá estava Adam Kasen. Ele *era* o Garoto Sensação, aquele em quem essa cidade tinha apostado tudo há poucos anos. Na época, ele estava no lugar que Jack ocupava agora: aquele com quem todo mundo queria trabalhar. Mas em vez de ser esperto como Jack, Adam fez um arrasa-quarteirão atrás do outro, filmes grandiosos que custavam milhões e falhavam desgraçadamente em bilheteria. Teve mais algumas poucas críticas negativas, alguns escândalos em tabloides, e sua estrela com rapidez caiu do céu de Hollywood. Ele tinha a reputação de ser alguém difícil de trabalhar, sempre se atrasando e fazendo birra – um pesadelo no *set*. Um pesadelo embrulhado num pacote muito bonito. Cabelos negros, olhos esticados com um olhar ameaçador, ele era muito atraente. E um pouco perigoso, o que explicava por que, apesar de não ser nem um pouco requisitado como alguns anos atrás, ele ainda tinha uma loira em cada braço.

Jack estava rindo de alguma coisa que Adam estava dizendo. Quando os dois se conheceram, Jack imediatamente gostou de Adam, me dizendo como ele tinha sido injustiçado, que as histórias sobre ele eram exageradas, que ele não era o *bad boy* que todo mundo fazia dele. Eu esperava que sim.

Jack cruzou o olhar com o meu enquanto nos aproximávamos, e um sorriso lentamente se espalhou por seu rosto. Secando a cerveja que segurava, ele gesticulou para que o segurança nos deixasse passar pelas cordas, e assim, de repente, nos tornamos VIP. Ele se levantou para abraçar Holly e então deixou seus braços envolverem minha cintura. Um pouco familiar demais. Eu gentilmente o empurrei para trás. Balancei minha cabeça de leve, e ele revirou os olhos. A última coisa de que precisávamos era uma foto de nós dois brigando num barzinho, que sairia em dois minutos no Twitter. Ele começou a dar um passo para trás numa distância respeitável, mas não pôde resistir a dar um beijo rápido na minha bochecha, um beijo que poderia ser interpretado como de amigos, exceto pelo que ele sussurrou em meu ouvido antes de me soltar.

– Seus peitos estão maravilhosos nesse vestido, sua doida.

– Comporte-se, George – eu o censurei, dando um tapinha em seu peito e obtendo uma distância segura. As garotas na banqueta foram rapidamente empurradas para o lado para nós duas nos sentarmos.

– Você deve ser Grace. Meu amigo aqui ficou a noite toda olhando aquela porta – disse Adam, parando próximo da gente e pegando minha mão.

– Sim, e você é o Adam. Muito obrigada pelo convite dessa noite. Este lugar é incrível! – eu disse empolgada, apertando a sua mão e notando que de perto ele era tão atraente quanto de longe. Esse cara devia ser de matar.

– Não acredito que você nunca tinha vindo aqui antes. Eu vivo dizendo pro Jack chamar você pra sair também – respondeu ele, ainda segurando minha mão.

– Sou muito caseira, acho. Você conhece a Holly? – perguntei, indicando minha melhor amiga – ela é a agente de Jack.

– Claro, claro que conheço a Holly. A gente se encontrou uma vez. Se eu tivesse sido esperto, devia tê-la contratado anos atrás. Quem sabe ela poderia me manter na linha – ele sorriu, soltando minha mão e segurando a dela.

– Eu duvido. Mas que bom ver você de novo. Fiquei surpresa quando fiquei sabendo que você também trabalharia nesse projeto – respondeu, apertando a mão dele.

– Surpresa? Por quê?

– Não me leve a mal. Acho que vai ser ótimo para você. Só fiquei surpresa em vê-lo num filme sem o perfil de ação – ela respondeu, sorrindo genuinamente quando viu Adam apertar a mandíbula.

Enquanto eu assistia aos dois, a mão de Jack ficava passeando pelo meu joelho. Ele estava com a mão toda boba hoje. Devia ser por causa da Heineken. Eu o afastei, percebendo várias garotas na multidão logo ao lado da área VIP não perdendo nada.

– Bem, digamos que eu aprendi minha lição. Hoje em dia eu sou um escoteiro comparado a antes – respondeu Adam, puxando uma das loiras para seu colo e gesticulando para um garçom trazer outra garrafa de champanhe. Ele ergueu sua taça para um brinde, enquanto Holly ria, pegando sua própria taça quando lhe foi oferecida.

– Aos escoteiros – brindou ela, revirando os olhos para mim por trás da taça. Eu segurei uma risada, tirando mais uma vez a mão de Jack do meu joelho. A música estava bombando, e eu estava morrendo de vontade de dançar.

– Vamos? – eu perguntei a Holly, indicando com a cabeça a pista de dança.

– Óbvio, hoje eu quero ferver – disse ela, matando o resto de champanhe na taça e dirigindo-se para as cordas de veludo. Adam estava ocupado com as loiras e já tinha perdido o interesse na gente.

– Você vem? – perguntei a Jack.

– Vou ficar assistindo – ele sorriu maliciosamente, recostando-se e pegando mais uma garrafa da bandeja do garçom enquanto ele passava.

– Assistir não tem graça, George – provoquei, me afastando.

– Depende do que você está assistindo – ele deu uma piscadela, dando um gole em sua cerveja e passando a língua em torno dos lábios, ao que eu senti um arrepio percorrer meu corpo.

Continuei indo em direção à pista, contornando as cordas de veludo e me certificando de rebolar um pouco mais, ciente de que ele estava me observando. Juntei-me a Holly na pista enquanto a música mudava, o baixo pesado bombando pela boate. Lancei minha cabeça para trás e me entreguei à batida. Holly e eu abrimos nosso próprio espaço de dança, perdendo-nos na música e na *vibe*. Sintetizadores gritantes e uma guitarra furiosa chegavam esbofeteando todo mundo, mãos se agitando e quadris rebolando enquanto enlouquecíamos na pista. Dançamos uma música atrás da outra, sentindo a energia faiscar e rodopiar por tudo.

Sexo jorrava das caixas de som, deslizando pela pista e fazendo todos pegarem fogo enquanto dançávamos. A escuridão nos envolvia, quente, grudenta e suada. Lancei meu cabelo para trás, tirando-o do rosto, e senti mãos em meus quadris, puxando-me contra outro corpo. Eu sorri, olhando por cima do ombro para o dono das mãos. Era só mais um cara no clube, procurando por alguém com quem dançar. Alto e bonito, suas mãos me acompanhavam rebolando, e olhei por cima do seu ombro para procurar Jack.

Ainda recostado na banqueta de couro vermelho, seus olhos faiscavam em direção aos meus ao perceber que eu estava dançando com outro cara. Eu ergui as mãos para o alto, a barra do meu vestido erguendo-se muito acima das minhas pernas. Deixei minhas mãos se entrelaçarem entre os fios do cabelo do cara, sentindo meu corpo se apertar contra o dele, descendo e subindo, meus dedos agora se enroscando por trás do seu pescoço enquanto nos mexíamos juntos. Eu me virei para lançar um sorriso ao meu parceiro, quando notei que seu namorado tinha aparecido e estava dançando atrás dele. Movendo-me suavemente, deslizei entre os dois, sentindo os dois homens me cercarem, uma perna enfiando-se entre as minhas, pressionando-me com força. Deixei minha cabeça cair para trás, sobre o ombro do meu novo parceiro, sentindo o ritmo da música deslizar e martelar dentro do meu cérebro.

Fechei os olhos, e pude sentir a batida me entorpecendo, me relaxando mais do que o álcool. Fui girada rapidamente, e depois de sorrir para Holly, perdida em seu próprio mundo com um cara muito bonito que não parecia ter mais do que vinte e tantos anos, relanceei para a área VIP, curiosa em saber se Jack ainda estava apreciando a sua vista. Eu senti mãos descendo sobre minhas pernas e puxando meu vestido mais do que provavelmente era apropriado, e de repente fui puxada para trás, uma boca muito molhada encontrando meu pescoço e sugando com força. Comecei a me virar quando aquela mesma boca molhada grudou em meu ouvido.

– Sua doidinha da porra, você me deixa louco, sabia? – sussurrou meu inglesinho, os dentes afundando em minha pele e me paralisando. Meus olhos viraram do avesso quando o senti duro e grosso contra as minhas costas. Tentei segurá-lo, mas ele impediu minha mão, prendendo-a atrás num aperto. Ele mesmo a pressionou contra si, deixando-me sentir exatamente o que eu tinha feito a ele. Eu gemi, o ritmo pulsando e continuando a enquanto ele virava meu rosto para o lado. Beijando a lateral do meu pescoço, ele deu um empurrão contra minha mão, e eu não pude resistir em apertá-lo.

Ouvi um gemido subir lentamente por sua garganta, e ele soltou minha mão, envolvendo minha cintura com seus braços fortes, puxando-me ainda mais excitada de encontro a ele, movendo-se agora no ritmo da música. Eu envolvi meus braços em torno do seu pescoço, e uma de suas mãos subiu para beliscar meu mamilo, fazendo-me ofegar.

– Pensei que você não dançava – eu disse, empurrando meu quadril de encontro ao dele, deleitando-me na luxúria que cozinhava nessa pista de dança.

Ele me virou bruscamente em seus braços, erguendo uma das minhas pernas em torno do seu quadril, seus dedos perigosamente próximos da minha calcinha. Ele brincou com os dedos no elástico, deslizando por baixo e me roçando de leve, observando meus olhos se arregalarem.

– Eu não estou dançando – arfou ele, pressionando sua boca contra a minha. Em plena pista de dança, em plena Hollywood, Jack Hamilton me dedilhou, escondido da multidão, sem que ninguém soubesse dele ali ,exceto eu. Acompanhando a batida, o verde em seus olhos pegou fogo enquanto eu lutava para permanecer equilibrada.

– Meu Deus, o que você está... Ahhh – gemi. Saber o quão perigoso isso era deixou tudo ainda mais gostoso, e eu já estava em êxtase com sua pele encontrando-se na minha em apenas um segundo.

– Eu adoro assistir você – ofegou ele, mantendo-me alçada firmemente nele, totalmente à sua mercê, sua mão escondida entre nossos corpos.

– Isso, isso! Meu Deus, Jack, isso – arquejei, cavalgando a mão dele sem pudor, minhas unhas cravando-se em suas costas enquanto ele silvava de dor.

– Vamos? – perguntou ele, seus olhos presos aos meus quando eu estava perto, tão perto, tão, tão perto. Eu assenti, incapaz de proferir uma palavra, perdida.

– Ótimo, então vamos – sorriu ele de ponta a ponta, retirando sua mão e ajeitando meu vestido. Eu cambaleei um pouco, e ele segurou minha mão, guiando-me pela boate. Acenando para Holly, ele gesticulou para a porta enquanto ela sorria de volta, dizendo com os lábios: "Amanhã eu ligo".

Eu estava atordoada, minha pele ainda quente pelo seu toque, ainda comichando pelo que tinha acabado de acontecer. Balancei minha cabeça para sair do meu torpor, sem poder acreditar que tinha deixado as coisas chegarem tão longe. Eu o deixei me guiar para a porta, e ele soltou minha mão quando nos aproximamos da entrada.

– Mal posso esperar pra gente chegar em casa – sussurrou ele em meu ouvido, aquele sorriso que sempre me fazia sorrir abrindo-se em seu rosto.

– Você me paga por isso, George – avisei, suspirando enquanto ele curvava os lábios num beijo silencioso.

– Conto com isso – ele deu uma piscadela e levou a mão à porta.

Que se abriu para uma saraivada de *flashes*.

quatro

Jack entrou na minha frente, espremendo-me na parede quando os *paparazzi* surgiram, protegendo-me dos *flashes* vindos de todos os lados. Minha cabeça bateu no tijolo, e eu soltei um grito de dor enquanto tateava em busca de equilíbrio. As pessoas estavam gritando seu nome, berrando, se esgoelando e tentando conseguir sua foto.

– Jack! Jack! Aqui!

– Ei, Hamilton, quem é essa aí com você?

– Ei, Jack, olha pra cá! Pode sorrir pra câmera? Ah, vamos lá, olha pra cá!

Um segurança nos levou de volta para dentro em segundos, mas demorou alguns minutos até que eu pudesse voltar a enxergar com clareza. Jack grudou em mim, fazendo-se de escudo enquanto outro cara da segurança nos guiava para outra parte da boate, mais calma e isolada.

– Meu Deus, você está bem, Grace? Que merda! – exclamou ele. Eu pisquei, ainda enxergando os *flashes* e aceitei uma garrafa d'água de alguém.

– Está tudo bem. Está tudo bem! – eu lhe disse enquanto ele me olhava. – É sério. Está tudo bem – tentei sorrir, massageando atrás da minha cabeça.

– Onde diabos está a segurança desse lugar? Que merda, por que não tinha ninguém na porta? – gritou Jack enquanto o gerente vinha apressado.

– Sr. Hamilton, eu sinto muito, senhor – tentava se explicar o gerente. – Eu não percebi que você estava indo naquela direção, eu achei...

– Você está brincando, não é? De que serve ter uma área VIP se você não pode nem manter aqueles animais de merda longe da minha namorada? – ele explodiu, sacando seu celular do bolso e discando furiosamente.

Eu me coloquei na frente dele, colocando uma mão em seu braço.

– Pra quem você está ligando?

Ele levantou um dedo no ar.

– Alô, Bryan? Ei, você pode vir pegar a gente? Isso, estamos no bar The Door. Ótimo, vinte minutos? Valeu, cara – e desligou, guardando o celular e segurando minha mão.

Bryan. Seu novo segurança, que ele usava para aparecer em público.

Seu namorado tem seu próprio segurança...

Uau, acho que Hollywood está me acertando em cheio hoje.

– O Bryan já está vindo, ele vai levar você pra casa.

Jack me deu um beijo na testa e ficou me segurando perto dele.

– Por que você não me deixa levá-la pra casa? – ouvi uma voz familiar. Eu olhei para trás e vi Holly chegando por trás de Jack. Ele fechou os olhos, mordendo o lábio inferior – mas não da maneira que eu costumava vê-lo fazer.

– É, por que eu não vou com a Holly? – acariciei sua cabeça e o fiz abrir os olhos.

– Eu realmente prefiro que você vá com o Bryan. Ele pode fazer você entrar e sair daqui sem...

– Sem o quê, Jack? *Paparazzi*? – perguntou Holly. – Vai ser mais fácil se eu e ela sairmos juntas. Eles já viram você. Eles só querem a Grace se ela estiver com você. Saia com o Bryan, e nós duas vamos sair por outro lado.

– Não sei, acho que me sentiria melhor se...

– Jack. Você é famoso. Ela ainda não é, mas vai ser. Vocês dois já querem ser descobertos? Pois é o que vai acontecer. Deixe-me levá-la pra casa – interrompeu Holly, assumindo o tom de voz de quem não aceita discussão.

– Vejo você lá, ok? – eu disse, inclinando-me em sua direção e apertando com carinho sua mão antes de sair seguindo Holly.

– Eu sinto muito, Grace – gritou atrás de mim.

– Ei, não sinta. E *você*, tome cuidado – gritei de volta, encontrando os olhos dele, que agora estavam vermelhos e cansados. Deixando que Holly me guiasse de volta à boate lotada, lancei um último olhar para Jack, vendo-o de cabeça baixa.

Isso não era bom.

★ ★ ★ ★

– Isso foi bizarro – eu disse vinte minutos mais tarde. Holly e eu estávamos em seu carro subindo a Robertson em direção aos *canyons*.

– Isso? Isso não foi nada. Você só sentiu um gostinho. Vai piorar. Você se lembra como foi a estreia dele, não lembra? – Ela me passou sua garrafa d'água. Agora que eu estava fora do clube, podia sentir meu vestido grudando em mim. Abri a minha janela e deixei o vento armar meu cabelo e arejar um pouco meu cérebro. No caminho para a saída da boate, eu tinha percebido como a pista de dança estava lotada.

Puta merda, eu realmente tinha deixado Jack quase me dar um orgasmo no meio daquela balada? Hollywood... Caramba, é uma droga perigosa.

– Eu me lembro. Eles mal ligaram pra mim e pro Nick no começo. Mas ficaram loucos quando o Jack apareceu – estremeci, lembrando-me daquela noite.

– *Pff*, eles quase não prestaram atenção em você, até que um deles sacou que você era a ruiva misteriosa. Eu passei a noite toda cuidando dos efeitos colaterais depois disso! Me dá isso aqui – ela gesticulou para a água.

Estremeci mais uma vez, lembrando-me de quando um fotógrafo ligou os pontos e descobriu que eu era aquela que estava envolvida com Jack durante meses. Não havia muitas fotos de nós juntos, mas antes da estreia de *Tempo* tínhamos passado algumas semanas de relativo anonimato, no começo do nosso relacionamento. Nós não nos importamos muito em demonstrar afeição em público, e as fotos ainda estavam por aí.

– Aquela noite toda foi horrível – eu fiz uma careta. Muitos drinques e uma ideia muito abalada sobre mim mesma formaram a combinação que resultou em um dos meus piores momentos da vida. Eu quase tinha perdido Jack para sempre.

– Olha, eu sei que nem sempre ele quer me escutar, mas o meu trabalho... na verdade, meu único trabalho é fazer a vida dele funcionar para ele mesmo. É isso. Ele precisa se lembrar disso – ela girou o volante, virando para Laurel Canyon.

Eu pensei com cuidado no que ela disse antes de responder. Logo ela estaria fazendo esse trabalho para mim. Talvez. Possivelmente.

– Ele sabe, Holly. Ele só está tendo dificuldade. É tanta coisa pra se acostumar. Acho que ele está se saindo bem, se considerarmos tudo.

– Com certeza, mas é meu trabalho considerar tudo isso, e ainda temos que ver o que faremos em relação a vocês dois.

– O que tem nós dois?

– Presta atenção, Debiloide. No começo, era fácil administrar vocês dois juntos. Ele ainda não era um fenômeno, e você, bem, você não era ninguém.

– Valeu.

– Você sabe o que eu quis dizer – ela riu, virando para a minha entrada de carros. Ela desligou o carro e as luzes, e ficamos sentadas em silêncio por um momento. – Agora ele é o cara, todo mundo quer um pedaço dele, e você está prestes a seguir seu próprio caminho. As mesmas regras não se aplicam mais.

– Então o que você sugere? Que a gente assuma tudo em público? Pensei que você achasse que as fãs dele não aguentariam isso – eu suspirei, passando a mão em meus cabelos e franzindo meu nariz ao sentir o cheiro que ficou da boate.

– E não vão. Não mesmo – ela disse, ocupando-se com as próprias unhas. – Ah, só preciso de um tempo pra pensar nisso. Ter umas ideias. Não se preocupe – ela sorriu.

– Você vem? – eu perguntei, gesticulando em direção à casa.

– Não, sem chances. Estou exausta. Tenho um dia cheio de reuniões amanhã. Dê boa noite ao Jack por mim.

– Pode deixar – saltei do carro, mas me virei quando a ouvi chamar meu nome. – Sim? – perguntei, enfiando a cabeça pela janela.

– Ele não vai querer ouvir isso de mim, mas o Jack precisa tomar cuidado com Adam, ok?

– Com Adam? Por quê?

– Só diz pra ele ficar de olho.

– Alguma coisa com que eu precise me preocupar?

– Acho que não. Não ainda, de todo modo. Só diz pra ele, por favor?

– Claro. Me liga amanhã.

– Boa noite, Debiloide.

– Noite, fedorenta.

Entrei em casa, o peso da noite me atingindo como uma tonelada de tijolos e me fazendo sentir muito cansada.

Ficar de olho em Adam?

Hmmm.

* * * *

Com um bom banho, tirei o fedor de boate do corpo, e enquanto pensava nos acontecimentos daquela noite, me senti grata por ter conseguido escapar. Será que as coisas foram longe demais? Foram. Era um pilantra, esse meu Jack; quando ele queria alguma coisa, ele conseguia. E isso incluía quase um show de masturbação no meio da pista de dança. Imagens mentais do que poderia ter acontecido se alguém tivesse registrado aquilo num celular me fizeram arrepiar, mesmo debaixo da água quente. Imagens de como ele tinha feito eu me sentir me arrepiaram mais uma vez, por um motivo muito diferente.

Enrolei meu cabelo em uma toalha, vesti uma camisola de algodão e andei em volta da casa enquanto esperava Jack chegar. Eu estava um pouco surpresa por ele não ter chegado ainda, mas eu sabia que Bryan o traria para casa são e salvo. Não era difícil ele ficar dando voltas por um tempo, tentando despistar possíveis perseguidores. Um comentário triste, mas verdadeiro, sobre nossa vida juntos.

E você quer seguir essa carreira também?

Quero.

Quando passei por um espelho a caminho da cozinha, parei e me analisei um pouco. Fiquei vendo onde poderia haver um pouco mais de bochecha. Fiz uma nota mental, para conseguir um *personal trainer* essa semana.

Amanhã.

Fiz outra nota mental, para conseguir um *personal trainer* amanhã. Droga.

Eu fui para a cozinha, me servi de uma taça de vinho, e fui até o pátio interno para esperar Jack. Aconchegando-me no assento do amor, me deixei relaxar noite adentro. Mal tinha começado a me preocupar de novo sobre por que ele estava demorando tanto, quando ouvi um carro estacionando na entrada. Momentos depois, através das janelas enfileiradas da sala de estar, eu o vi andando pela casa. Ele percorreu um caminho um tanto tortuoso em direção ao pátio. Ele sabia onde eu estaria.

– Como foi lá? – perguntei, enquanto ele pisava pelo caminho de pedras. Seus olhos estavam injetados, seus passos pesados, enquanto ele se sentava na cadeira oposta à minha. Sentou-se de uma vez, deixando cair a jaqueta pelos ombros e virando-se para mim.

– Vem cá – disse ele, sua voz calma, mas seus olhos começavam a escurecer.

– Então... Deu tudo certo? – deduzi, tirando a toalha da minha cabeça e balançando meus cabelos um pouco. – Eu estava ficando um pouco preocupada, mas imaginei que Bryan tenha feito você ficar um pouco até que...

– Grace? – interrompeu ele.

– Oi?

– Vem cá – repetiu ele, fazendo sinal com dois dedos para que eu me aproximasse. Assim que cheguei perto o suficiente, ele me puxou para o seu colo, pressionando o corpo todo contra o meu. O calor do uísque evaporava dos seus poros, sombrio e um tanto perigoso.

– Não quero falar sobre essa noite – sussurrou contra minha pele, sua mandíbula lixando minha pele de um jeito muito bom.

– Você não acha que a gente devia? Quer dizer, o que vai acontecer se...

– Não quero mais falar sobre essa noite – murmurou ele, sua boca se deliciando com a minha.

Seus lábios estavam convictos e insistentes, sua língua explorava a minha com uma necessidade que foi correspondida com rapidez.

Suas mãos levantaram minha camisola, procurando, necessitando, encontrando minha pele. Eu estremeci ao seu toque, não apenas pelo frio da noite, mas porque suas mãos em mim sempre causavam o mesmo efeito. Eu precisava dele, sempre.

– Eu preciso... Meu Deus, eu só preciso – balbuciou ele entre beijos enrijecidos sobre meus lábios, minhas bochechas, logo abaixo do meu ouvido.

– Do que, meu amor, do que você precisa? – perguntei, curvando-me sobre ele, segurando-o comigo.

– Porra, Grace, eu preciso disso – ele grunhiu, suas mãos fortes e nem um pouco gentis. Eu não precisava que fosse sempre gentil. E ele precisava de mim.

Mãos fortes fizeram um atalho sob minha camisola, e ele curvou sua cabeça sobre meus seios, arrastando sua língua por mim, deixando-me molhada, ainda mais necessitada dele. Eu montei em cima dele, abrindo minhas pernas uma para cada lado. Ele me trouxe para mais perto, pressionando meu calor contra o dele enquanto dava um impulso para cima, abrindo-me ainda mais enquanto eu gemia sem pudor. Seus olhos estavam selvagens quando me miraram, mordendo o lábio inferior de uma maneira feita para que qualquer pensamento que um dia eu pudesse ter sobre fazer sexo se derretesse. Vizinhos? Quem se importava, estávamos no *canyon*. Sexo no *canyon* era o melhor.

Eu tirei sua camisa, sibilando quando senti sua pele quente deslizar pela minha. O calor se intensificou entre nós, envolvendo-nos em nosso ninho de luxúria.

Mãos fortes e dedos rígidos escancararam minhas coxas. Ele me encontrou instantaneamente, sendo já familiarizado com a paisagem. Minhas próprias mãos tatearam sofregamente para desabotoar seu jeans, enquanto eu me apoiava em meus joelhos. Isso trouxe meus seios ao alcance de seus lábios mais uma vez, mamilos endurecendo sob o trabalho de sua língua gloriosa. Eu enfim o encontrei, duro e desejoso em minhas mãos. Rebolei em cima dele, indo e voltando, em busca de fricção, qualquer fricção que eu pudesse obter, pressionando suas mãos com força em minha pele macia.

– Caralho, Grace, não aguento mais – grunhiu, puxando-me para baixo em cima dele, com um empurrão para dentro de mim. Eu gemi alto, enquanto ele me preenchia, grosso e maravilhoso. Sua boca se abriu em meu pescoço, dentes roçando e mordiscando, depois mordendo com força quando ele se enfiou ainda mais dentro de mim. Lancei minha cabeça para trás, cavalgando-o, apoiando-me na força que ele usava em mim, seu corpo possuindo o meu, completa e totalmente. Seus impulsos eram pontuados por sua voz, deliciosa e suja, chovendo obscenidades enquanto ele guiava meu quadril de encontro ao dele, erguendo-me e então me puxando para baixo mais uma vez, amparando-me com seu corpo. Deixei seus braços segurarem meu peso, e curvei meu corpo para trás. Suas mãos se cravaram em minha pele, dedos grudados nela, guiando-me no seu ritmo, veloz e furioso.

– *Mmm,* Jack – suspirei, meus olhos se abrindo para a noite escura, as estrelas acima piscando, enquanto a estrela sob mim me atingia profundamente.

Eu ofeguei quando ele me puxou em cheio contra ele, minhas mãos cruzadas atrás do seu pescoço, seus braços em torno de mim enquanto eu olhava dentro de seus olhos. Sua testa franziu, e ele estava frenético, gemendo enquanto continuava metendo e metendo, sem parar, meus uivos agora ecoando pela noite enquanto ele me devastava. Ele mudou de ângulo de repente, e então estava lá, pressionando perfeitamente o ponto, aquele ponto certo, que somente ele conhecia e conhecia bem o suficiente para explodir em mim algo tão intenso.

O que Jack Hamilton era capaz de fazer com meu corpo não dava para definir. Eu desmoronei naquela noite no Sul da Califórnia, distendida e sem estar ciente de nada exceto da sensação de tê-lo dentro de mim, exatamente onde ele deveria estar, seu próprio corpo esticando-se e apertando-se quando ele urrou em sua parte especial de prazer. A estrela tinha explodido.

Ele se agarrou em mim, trêmulo enquanto eu me despedaçava, o rosto aninhado entre meus seios enquanto sua respiração vinha tão carregada quanto ele mesmo.

– Eu te amo, Grace. Eu te amo... tanto – suspirou instantes depois, os olhos sonolentos e satisfeitos ao levantar o olhar para mim. Eu o beijei de novo e de novo, roçando meus lábios por seu nariz e cílios, sentindo o roçar áspero de seu novo corte de cabelo em minha boca.

– Eu também te amo, Jack – murmurei enquanto ele me juntava para ainda mais perto, sem querer abandonar meu corpo.

O *canyon* finalmente silenciou. Coloquei minha estrela para dormir.

cinco

Eu acordei no dia seguinte prazerosamente dolorida, ao lado do homem que tinha me deixado assim. Ele tinha apalpado a cama em busca dos meus peitos enquanto dormia, mas no lugar deles encontrou um travesseiro e puxou-o para si. Eu me apoiei sobre um cotovelo, observando-o enquanto o sol da manhã dançava pelos traços dele, sublinhando o tom vermelho da sua barba rala. Percorri minha mão por seu cabelo recém-raspado, deleitando-me com a sensação da sua cabeça na palma da minha mão, enquanto ele parecia se inclinar para mim, curtindo meu carinho mesmo dormindo.

Lembrei-me da noite anterior, corando as minhas bochechas enquanto lembrava como nós dois estávamos fora de controle na pista de dança. Em vez de ouvir a voz da razão no que se refere à demonstração pública de afeto, eu lancei toda prudência – e quase meu vestido, também – para os ares na noite passada. A poucos passos de onde os *paparazzi* estariam esperando, deixei o homem mais lindo da balada entrar e explorar o interior da minha calcinha. Precisava tomar mais cuidado. Mas quando suas mãos estavam em mim, era difícil permanecer no controle. Ainda assim, só de pensar que estávamos cercados por todas aquelas pessoas – todas com dedos rápidos no celular e que poderiam ter postado nosso breve ensaio pornô para o mundo todo...

Você está na cidade certa, se é pornô o que procura.

Estremeci mais uma vez, pensando nos quases e no que poderia ter acontecido, e continuei observando o Jack dorminhoco. Deparei-me com aqueles olhos verdes fixos em mim.

– No que você está pensando, Doidinha? – murmurou ele, sonolento, o hálito ainda denso pelo uísque da noite anterior.

– Quando você acordou? – perguntei, aninhando-me ao seu lado e curtindo o seu calor.

– Há um minuto mais ou menos. Com o que você está quebrando a cuca aí, de manhã tão cedo?

– Cedo? É quase meio-dia, Jack.

– Eu sou um ator. É cedo – ele sorriu, beliscando meu bumbum. – O que está fazendo você ficar tão tensa?

– Tensa?

– Preocupada. Sua testa está toda cheia de linhas.

– Não deixe eu me esquecer de conversar sobre as coisas que você nunca deve dizer para a sua namorada mais velha – dei uma piscadela, antes de ele me puxar para os travesseiros e se aninhar em meu pescoço. Acariciei sua cabeça enquanto ele brincava distraído com meus seios, causando os mais sutis arrepios até a ponta dos dedos dos pés.

– Estava pensando sobre a noite de ontem. Foi estranha, né?

Ele sussurrou a Musiquinha Feliz do Jack sob a minha pele.

– Você está falando de quando me deixou explorar a sua calcinha?

– Quando? – eu ri, enquanto suas mãos se tornavam menos distraídas e mais determinadas.

– Você foi uma menina muita safada, Gracie – sussurrou em meu pescoço, as mãos começando a mergulhar cada vez mais embaixo.

– Ei, mão boba, você não acha que a gente tem que conversar sobre ontem, não? – perguntei, tentando distraí-lo, o que nunca era fácil de fazer.

– Sobre o quê?

– Hum, vamos ver... Por que nós quase fomos atacados por fotógrafos? – eu ri, cruzando meus dedos com os dele e trazendo-os para a segurança acima das cobertas.

Ele ficou quieto por um momento.

– O que tem pra conversar sobre isso?

– Olha, eu sei que você está mais acostumado a isso que eu, mas eu ainda acho que é uma má ideia nós dois sermos fotografados juntos. A Holly falou...

– Ah, dane-se o que a Holly falou. É ridículo que eu não possa nem sair para dançar com minha namorada sem que isso se transforme num evento da mídia.

– Evento da mídia? – perguntei, enquanto ele virava de lado na cama.

Ele pegou seu celular no criado-mudo e começou a mexer. Encontrando o que procurava, entregou-o a mim, sentando-se na cama.

Eu olhei e perdi o fôlego.

TMZ. Primeiro, fotos de quando a gente tentou sair juntos. Eu estava quase toda escondida atrás dele, exceto pelo cabelo vermelho que aparecia.

O arrasa-corações Jack Hamilton foi visto no bar The Door na noite passada. Seria essa a ruiva misteriosa? Mais tarde, na madrugada, ele foi flagrado saindo da mesma boate com a companhia rotineira de Adam Kasen, além de uma loira e uma morena. É isso aí, Cientista Sexy...

Ele parecia irritado na primeira foto, e bêbado na segunda.

– Você foi embora com o Adam? – perguntei, colocando minha mão em suas costas.

– Fez sentido, na hora. O Bryan achou que era um bom momento pra sair, o Adam precisava de uma carona, e a gente achou que a atenção seria desviada das fotos anteriores. Acho que me enganei. Agora eu estou indo embora de uma boate com caçadoras de celebridades – ele gemeu.

Interessante. Ele nunca se chamou de celebridade antes.

Mas ele é. É uma genuína estrela de cinema de Hollywood.

– Acho que vou ficar em casa na próxima vez em que você sair, Jack. Não é a minha praia, de todo modo – eu suspirei, devolvendo-lhe seu celular.

– Talvez seja melhor, até que sua série vá ao ar. Então você vai ter pessoas tentando tirar fotos suas também – ele disse por cima do ombro.

– Duvido que isso vá acontecer. Tenho sorte de ter esse trabalho, mas a minha carreira nunca vai seguir o mesmo caminho que a sua.

– Você não sabe disso. Por que você está falando assim? – ele se virou de modo que pudesse olhar para mim.

– Só quero dizer que, bem, você é o Cientista Superssexy. As mulheres amam você. Elas ficam loucas quando você aparece em qualquer lugar. Ter uma nova série que ninguém viu ainda não é a mesma coisa – apoiei-me sobre um ombro de modo que pudesse tocá-lo. – Além disso, se eu ficar muito famosa e nós dois assumirmos publicamente, eles vão vir com um daqueles nomes combinados pra cima da gente, tipo Grack ou Jace – sorri, observando seu rosto se abrir.

– Ou George e Gracie – ele sorriu, esticando o braço para correr os dedos pela corrente que ele me deu, a palavra "sentimental" do lado de fora, nossos nomes secretos do lado de dentro. George ama Gracie.

– Ninguém sabe disso – sussurrei, as mãos dele agora estavam doces e gentis. Ele se inclinou sobre mim e me beijou suavemente, de modo sucinto, nossas frontes recostando-se uma na outra. Ficamos assim por um momento, sentindo a respiração um do outro.

– Certo, Doidinho, por mais que eu queira muito ficar de namorico o dia todo nessa cama, tenho que levantar meu traseiro e ir pra academia. A mamãe aqui precisa arrumar um *personal trainer* – contei, afastando-me das mãos dele enquanto ele se deitava. Enfiei-me dentro da minha camisola ao pé da cama e passei as mãos no cabelo.

– O quê? Um *personal*?

– Isso mesmo. A Operação Bochechudinha está a todo vapor. Vamos começar a filmar na semana que vem, e eu preciso perder uns sete quilos pra ontem, então pode ir se despedindo disso aqui, mocinho – levantei minha camisola e apertei as gordurinhas na barriga. Eu costumava ficar tão envergonhada em mostrar o corpo para os outros, mas me apaixonar por Jack fez minha autoestima ficar alta como nunca. Se ele amava meu corpo, por que eu não iria?

Você que pensa...

– Operação Bochechudinha? Que diabos é isso? – exclamou ele, se afundado nos travesseiros na cama.

Eu parei por um instante para admirar a visão. Longo e esguio, malhado e relaxado, ele poderia estar posando para uma capa de revista agora mesmo enquanto conversávamos.

– Bom, os produtores assistiram ao piloto, e parece que eu preciso de maçãs um pouco mais salientes no rosto, menos bochecha, o que quer dizer que preciso perder uns sete quilos mais ou menos. Então vou contratar um *personal* para arrasar.

– Quanta lorota, Grace.

– Sim, bem, mas o que quer que seja isso, é diferente com as mulheres nesta cidade, principalmente na minha idade. Então vou fazer o que tiver que ser feito. Sem dramas – eu me curvei sobre ele para lhe dar um beijo.

– Eu vou ganhar milhões com esse novo filme, Doidinha. Vamos parar de trabalhar e mudar pra Londres. Nunca mais vamos precisar sair do quarto – ele deu uma piscadela enquanto eu me dirigia ao banheiro.

– Amor, demorou anos para eu conseguir voltar para cá. Eu não vou deixar sete quilos ficar no meu caminho. Agora vem com seu charme inglês pra cá – eu ri, desviando-me do travesseiro que ele lançou em minha direção.

Nós tomamos banho. Demorou mais do que eu esperava.

Sempre demora...

★ ★ ★ ★

Eu estava a caminho da academia quando minha consciência me ligou.

– Você viu as fotos?

– Vi, Holly, eu vi as fotos. O que podemos fazer quanto a isso? – eu perguntei, revirando meus olhos.

– Agora nada, fedorenta, mas a gente realmente precisa trabalhar essa sua cara de criança que foi pega fazendo coisa errada nas fotos. Não combina, agora que você vai ter o próprio show na TV.

Meu coração ainda dava pulinhos quando eu a ouvia dizer isso.

– Fui pega totalmente desprevenida. Nem vem.

– Você está namorando o Jack Hamilton. Você nunca pode ser pega desprevenida.

– Eu sei, eu sei. Mas e aí, qual a boa?

– Acabei de falar com o David. Eles vão modificar o cronograma de filmagem, e eles querem você no *set* de filmagem da semana que vem.

– O quê?

– Sim, eles adiantaram tudo. Eles conseguiram que o show fosse encaixado no verão, o que significa que eles precisam ter todos os seis episódios filmados pra ontem. Isso não é um problema, é?

– Não, mas a Operação Bochechudinha ainda nem começou!

– Eu adoro quando você fala parecendo um personagem de *A supremacia Bourne*. O mais estranho é que eu a entendo totalmente.

– É sério! Eu estou a caminho da academia agora mesmo.

– Não se preocupe com isso. Vai ficar tudo bem. Você vai arrumar um *personal trainer*?

– Sim, mas não sei em quanto tempo vou conseguir isso. Agora eu estou preocupada, embora imagino que possamos filmar as cenas comigo andando com uma bolsa enorme na minha frente – brinquei.

– Exatamente. Eles vão trabalhar com o que têm. Sem problema.

Nossa, era só uma piada...

– Hum, eu estava brincando quando falei da bolsa.

– Engraçado, porque eu não estava brincando nem um pouco – rebateu Holly. – A gente já falou sobre isso.

– Sim, sim, eu sei, mas...

– Mas nada, Grace. Eu amo você. Isso é estranho pra você? É. Mas não para mim. É o meu trabalho. É um saco que eu tenha que ficar dizendo para as garotas perderem a porra do peso? É. Não sou obrigada a dizer para garotas, que só um ano atrás eram as mais populares do colégio, que elas são genéricas demais para dar certo nessa cidade? O tempo todo. Eu odeio isso, mas essa indústria não vai mudar tão cedo, e tirando isso, eu amo o que faço. Então aprenda a lidar.

Eu inspirei e expirei.

– Você está com medo de mim agora? – perguntou ela, a voz preocupada.

– Na verdade, estou mais assustada por você continuar uma conversa inteira sozinha.

Ela riu.

– Não me odeie, você é linda.

– Certo, está ficando um pouco tenso aqui – eu encostei o carro no estacionamento da academia. Vi três garotas lindas entrando, blusinha e shortinho justos, pernas turbinadas e peito para dar e vender. *Ai ai.*

– Amo você, sua frutinha.

– Frutas eu ainda posso comer – bufei, desligando na cara dela enquanto ela ria. Eu observei as gostosonas se encaminhando para dentro. Eu odiava academia. Mesmo quando estava perdendo todo o meu peso, malhava o tanto quanto podia em casa ou fora dela. Mas era lá onde se encontravam os *personal trainers*, então...

Nada de macarrão...

Ok, ok, ok.

Eu repeti dentro da minha cabeça as palavras *meu próprio show de TV, meu próprio show de TV* enquanto me dirigia para dentro da academia.

⋆ ⋆ ⋆ ⋆

– Eu não posso ir para lugar nenhum. Não posso nem me mexer – eu gemi.

– Nem mesmo para correr e pegar alguma coisa pra comer? Precisamos de mantimentos, meu amor. Não tem nada em casa – choramingou Jack, puxando-me pelo tênis.

Eu tinha desmoronado quando cheguei da academia, meu corpo todo parecia uma geleia. Eu tinha me esgotado. No estilo Hollywood. Quando meu *personal* não estava admirando seus abdominais no espelho, estava me enviando para mais uma série de corrida ou até o chão para morrer com abdominais. Ele era bom no que fazia, sem dúvida. Mas era claramente um capeta.

– Pega o seu carro e vai. Me deixa aqui. Sou inútil pra você agora – choraminguei, tentando erguer minha cabeça do sofá e desistindo imediatamente.

– Qual é, Grace, sai dessa – ele provocou, puxando-me pelos dois tênis agora. Eu podia sentir meu corpo escorregando pelo sofá.

– Leve o seu traseiro colina abaixo até o mercado e compre um sanduíche pra você. Deixe-me morrer em paz – instruí, tentando chutá-lo enquanto ele me puxava ainda mais pelo sofá. Mas chutar exigia músculos, e isso era impossível. Cada músculo meu estava em greve agora.

– Ó, meu amor, jamais a deixarei morrer – ele proferiu dramaticamente, enfim conseguindo me arrancar do sofá e me lançar no seu colo.

– Ai! Ai! Ai! – eu gritava, enquanto ele me envolvia com seus braços. Assim que me ajeitei, ele passou suas mãos subindo e descendo pelas minhas costas, seus dedos pressionando contra minha pele suavemente. Meus músculos relaxaram, ainda que não muito.

– Quantos dias você vai ficar nesse projeto maluco de malhar?

– O Chip quer que eu vá duas vezes por dia todos os dias dessa semana.

– O nome do seu *personal* é Chip? – ele riu em meu pescoço.

– Sim, o nome dele é Chip. E acho que você gostaria de saber que Chip também é um ator.

– Ele é bonitão? Preciso ficar preocupado?

– Ele é um rato de academia. Você não tem com que se preocupar. Além disso, do jeito que estou dolorida, é até capaz que eu não tenha energia para acompanhar o seu ritmo por um tempo. Chip, o capeta em forma de homem, acaba comigo.

– Ah, sem problemas, vou te provocar bastante. Não posso ter minha namorada tão cansada a ponto de ela não me dar a devida assistência – ele suspirou, recostando-se na parede e me trazendo junto do seu colo. Eu me aconcheguei nele e bocejei.

– Eu juro que estou rindo por dentro, George. Só não tenho força abdominal suficiente pra rir – bocejei mais uma vez. Ficamos sentados em silêncio por um momento, enquanto ele me acariciava passando as mãos em meus cabelos, até que ouvi seu estômago grunhir.

– Certo, o senhor vai até o mercado comprar alguma coisa pra comer. Enquanto eu vou tentar ir até o quarto e chegar até a cama – eu disse, tentando sair do colo dele. Ele se levantou comigo, pegando-me nos braços e me lançando sobre o ombro como se eu fosse um saco de batatas.

– Você deve descansar, eu me viro com os sanduíches. Você quer salada de frango? – ele perguntou.

– Isso parece uma boa ideia, e me traz também um saco de Chex Mix e... Espera! Não, me traz pepinos. E um pouco de ar. Posso ingerir ar o quanto eu quiser. – Soltei um suspiro, enquanto ele me colocava na cama. Ele deu uma risadinha enquanto eu erguia meus braços para o alto, gesticulando para que ele tirasse meu moletom para mim.

– Pepino e ar, entendido. E por quanto tempo você vai ficar na dieta de ar?

– Até que eu não precise carregar uma bolsa enorme – eu bufei, deitando minha cabeça no travesseiro. A última coisa que eu ouvi antes de mergulhar no sono foi a voz dele me perguntando que diabos uma bolsa enorme tinha a ver com tudo isso.

★ ★ ★ ★

Acordei com o som agudo do meu celular tocando. Abri os olhos, piscando, olhando confusa ao redor. Estava escuro feito breu. Céus. Por quanto tempo eu tinha dormido?

– Jack? – chamei, sem resposta. Olhei para o relógio. Eu tinha dormido por algumas horas. Onde ele estava? Dei um pulo quando o celular tocou mais uma vez e estremeci quando me estiquei na cama para pegá-lo. Era o próprio.

– Ei, se perdeu no caminho? – eu sorri para dentro do fone.

– É, mais ou menos isso – ele resmungou, e eu parei no meio dos travesseiros. Ele soou estranho.

– O que aconteceu, onde você está?

– Em algum lugar de Santa Monica. Preso no trânsito.

– Que diabos você está fazendo em Santa Mônica?

– Um maldito fotógrafo no mercado... Eu dei partida e comecei a voltar para subir a colina, e ele me seguiu. Ficou me seguindo aonde quer que eu fosse. Eu não queria voltar para casa ainda, então continuei dirigindo. E ele também. E acabei dando voltas em torno das colinas e voltei a descer e então...

– Jack, ei, calma. Está tudo bem. Onde você está agora?

– Não está tudo bem! Isso tudo é ridículo! Grace, você tinha que ver como esse cara estava grudado atrás de mim. Era um maníaco – só pra você ter uma noção! Ele era um louco! Eu...

– Ok, amor, só volta pra casa. Ele ainda está seguindo você?

– Acho que não. Não tenho certeza. Ele... Droga! Ele ainda está lá atrás, e agora tem mais um. Merda!

Um medo começou a formigar vindo da base da minha espinha, percorrendo todo o caminho até o topo. Eu comecei a andar de um lado para o outro no quarto, esquecendo-me dos meus músculos doloridos.

– Jack? Ei, Jack?

– Estou estacionando. Isso é loucura. Ei! Olha aqui...

Ouvi pneus cantando. Ouvi metal se chocando. A ligação caiu.

– Jack? Jack? Ei, você está aí?

seis

A estrela de cinema Jack Hamilton envolveu-se em uma briga hoje na esquina entre Santa Monica Boulevard e a Doheny Drive. Vários carros se chocaram quando Hamilton deu uma guinada contra o tráfego, alegadamente para evitar um carro dirigido por um fotógrafo. Ninguém foi seriamente ferido, embora Hamilton tenha recebido atendimento por alguns arranhões na cena da batida.

O cientista enlouqueceu?

O novo arrasa-corações e cientista sexy Jack Hamilton, do sucesso nos cinemas *Tempo*, bateu seu carro num poste de luz, causando um acidente que envolveu três outros veículos ontem, em Beverly Hills. Testemunhas reportam que Hamilton saiu da sua mão, causando um pequeno acidente. Os *paparazzi* invadiram a cena, registrando a estrela sentada à beira da estrada com a cabeça entre as mãos. Até o momento, não se sabe se as autoridades suspeitam de ter sido um ato intencional.

A Doheny Drive se transformou num circo da mídia ontem, quando a estrela de cinema Jack Hamilton saiu a toda velocidade da via, tentando se livrar de fotógrafos intrusos. Ninguém foi seriamente ferido no acidente, mas demorou mais de 45 minutos para que a estrada fosse liberada, e policiamento extra teve de ser chamado para lidar com a multidão, depois de ter sido reportado no Twitter que o primeiro e único Cientista Sexy estava sentado à beira da estrada em Beverly Hills. Hamilton ficou famoso no ano passado com o sucesso do filme *Tempo*, o primeiro da série que rendeu mais de U$ 300 mil ao redor do mundo. Fãs de Hamilton chamam a si mesmos de O Bando do Jack, e são fiéis em sua devoção ao seu ator favorito. "*Ele é, tipo, muito gato*", disse efusivamente uma delas. Ela então gritou declarando seu amor por Jack enquanto ele conversava com a polícia depois do acidente. Depois de ter recebido cuidados médicos por um pequeno arranhão na testa, Hamilton foi colocado às presas dentro de um SUV e logo partiu com seus seguranças. Seu carro foi rebocado. Não houve informações se alguma queixa foi prestada.

★ ★ ★ ★

Recostei-me em minha cadeira, respirando fundo pelo nariz e soltando o ar pela boca. Meu coração parecia querer sair pela boca, meu pulso acelerado, e as palmas das minhas mãos estavam mais molhadas que uma tigela de sopa.

Para me acalmar e desviar minha atenção dos meus nervos, permiti que meus olhos percorressem a sala, notando os balões de congratulações no canto, o buquê de muito bom gosto de peônias rosa-bebê na mesa em frente do sofá, e os potinhos com balas cuidadosamente espalhados ao redor. Enquanto meus olhos passeavam, eles aterrissaram no espelho diretamente à minha frente. Estudei meu rosto enquanto continuava a trabalhar em minha respiração.

Ei, frutinha, você consegue. Sem doces.

Sim, eu consigo. É verdade.

Baixei os olhos para o cesto de revistas próximo de mim, sorrindo quando vi meu garoto em quase todas as capas, sorrindo despreocupadamente para a câmera, lançando aquela energia de puro sexo para todo o país. Jack estava fora, em algum lugar de Mojave, com o resto do elenco de seu filme. Os *paparazzi* tinham sido implacáveis desde o acidente, caçando-o incansavelmente noite e dia. Os olhos verdes, o cabelo muito curto, o sorriso de matar – sim, ele era uma estrela de cinema agora, pura e simplesmente. Ele tinha sido consagrado como O Homem Mais Sexy do Mundo, mesmo depois do corte de cabelo terrível que fiz nele. Ah, quer dizer, *hello*, eu já sabia disso há algum tempo. Como sempre, quando meus pensamentos se dirigiam para Jack, borboletinhas voavam pela minha barriga certamente a caminho de algum lugar ao sul. Antes que meus pensamentos ficassem ainda mais pervertidos, ouvi uma forte batida na porta, e meu coração começou mais uma vez a martelar.

– Senhorita Sheridan, estão chamando-a no *set* – a primeira assistente de produção chamou da porta.

Primeiro dia no *set* gravando minha nova série para televisão. Grande coisa.

Realmente, uma grande coisa.

É o que você diz.

Eu peguei meu roteiro, dei uma ajeitada final em meus cachos, e desci os degraus do meu trailer, dando um grande sorriso para a mulher que bateu à porta.

– Sem senhorita Sheridan. Pode me chamar de Grace.

Enquanto me dirigia ao *set*, vi Michael acenando para mim. Piscando para a assistente de produção, fiz um atalho na direção dele, segurando sua mão e apertando-a com firmeza.

– Que bom que você não está usando Adidas hoje. Boa escolha – eu ri, olhando para baixo.

– De jeito nenhum. Eu sei como você gosta de vomitar neles – ele riu também, enquanto olhávamos nervosamente um para o outro. Anos de história, meses de uma amizade que tinha sido reatada, e semanas de intenso trabalho tinham nos trazido para este momento. Estávamos prestes a começar a filmar nossa série de TV, e isso era um pouco surreal.

– Posso confessar uma coisa? – sussurrou ele, enquanto nos encaminhávamos para o *set*.

– Claro – eu sussurrei de volta, acenando para alguns assistentes enquanto eles passavam apressados.

Era um *set* incrível, e havia movimentação por todo lado. Eu estava lá desde cedo, fazendo meu cabelo e maquiagem. Esse era o mundo com o qual eu sonhava desde pequena, e agora ele estava inteiramente aqui, bem diante de mim. A partir do momento em que nós filmamos o piloto e todo mundo percebeu como eu ainda não estava no ponto, fui mandada para uma aula de "atuação diante da câmera". Finalmente descobri como era trabalhosa uma produção para televisão, depois de todos aqueles anos vendo tudo pronto como telespectadora.

– Eu meio que não consigo acreditar nisso! – guinchei silenciosamente, refreando o impulso de gritar e berrar. Eu estava aqui! Eu estava fazendo isso! Santo Deus, eu estava fazendo isso!

– Eu também meio que não consigo acreditar, mas estamos acostumados. Calmos. Nada de novo pra ver, apenas dois profissionais da indústria – ele apertou minha mão com ainda mais força quando avistamos uma cadeira com meu nome atrás.

– Uau – eu disse, soltando sua mão para percorrer meus dedos pelas costas da cadeira, sobre as letras do meu nome. – Eu preciso tirar uma foto disso. Não me importo se parecer estúpido – saquei meu celular para uma foto rápida e imediatamente a enviei em mensagem de texto para Jack.

Olha, olha! Eles me deram minha própria cadeira!

– Você enviou isso para o Jack? – perguntou Michael enquanto me sentava em minha cadeira. *Minha* cadeira!

– Enviei. Queria registrar o começo de uma diva – ri, fazendo uma pose enquanto ele também tirava uma foto.

– Ah, por favor. Eu acho que eu tenho uma Polaroid de verdade com esse momento registrado em algum lugar do porão da casa dos meus pais – bufou ele, enquanto digitava rapidamente no celular. – Por falar nele, como ele está? Aquele acidente com os fotógrafos pareceu tenso.

– Para quem você está mandando essa?

– Holly. Ela precisa ver isso também.

– Claro. Ele está bem, sabe. A gente deu uma reforçada nos muros do nosso forte. Bryan foi em casa para checar tudo, melhorar o sistema de segurança, esse tipo de coisa.

– Então ele está bem?

– Está, na medida do possível. Normalmente, quando alguém sofre um pequeno acidente de carro, não acaba no noticiário da noite – eu suspirei, baixando os olhos para meu celular ao senti-lo vibrar.

Que ótimo, Doidinha! Aproveitando que você está tirando fotos, preciso de uma nova. Peitões brilhantes?

Eu sorri. Ele estava bem surtado depois de tudo que tinha acontecido, sem mencionar o acidente que eu quase causei tentando chegar até ele. Quando seu celular morreu, eu quase saí da minha própria pele. Minha mente viajou pelas piores possibilidades, acalmando-se somente quando Holly foi capaz de entrar em contato com Bryan e descobriu onde ele estava. Bryan era capaz de rastreá-lo com seu celular – esse mundo não é estranho? Quando o segurança do seu namorado podia encontrá-lo apenas apertando alguns botões num celular?

Tão estranho quanto um mundo em que você tem o seu nome numa cadeira e pessoas perguntando se a marca da garrafinha de água no seu trailer é do seu gosto.

Touché.

Jack estava contente por sair da cidade e ir para o deserto para seu novo filme. Sua mente já tinha incorporado o personagem, e ele andava trabalhando ao lado dos outros caras do elenco. Eles passaram uma semana num campo de treinamento antes de começarem a filmar, e ele estava realmente curtindo. Meninos. Eles gostaram de correr e pular na lama. Mas nem sempre ficam bem fazendo isso...

Meu campo de treinamento, por sua vez, consistia em pepinos e ar, treinos diários duas vezes ao dia, novos apliques no cabelo, um tom mais escuro de vermelho, e um ou dois bronzeamentos artificiais. Eu já tinha perdido quatro quilos e meio, mas por sorte não tinha perdido meus meninos, que Jack tanto gostava. Ele ficaria grato por isso.

– Ei, como está a nova casa, por falar nisso? – perguntei a Michael.

– Uma maravilha. Me mudo na semana que vem. Essa Holly realmente conhece a cidade de cor e salteado, não? Ela encontrou aquela casa apenas numa tarde. Tudo que eu queria, ela encontrava.

– Fico feliz por ela estar no nosso time. Não gostaria de arrumar encrenca com ela – eu ri, endireitando-me em minha cadeira quando David, o diretor, se aproximou. David Lancaster era conhecido por ser duro com novatos. Até agora ele tinha sido tranquilo, legal... até mesmo engraçado. Mas eu sabia que ele tinha alguma coisa a ver com aquelas notas que os produtores fizeram sobre meu peso, e eu ainda não tinha sido capaz de ter uma boa leitura sobre ele.

– Pronta pra filmar, Grace?

Você consegue; você consegue; você consegue. Você. Consegue. Frutinha.

– Prontíssima, David – respondi, minha voz saindo num guincho, que rapidamente se transformou em risadinhas nervosas. – Um pouco nervosa, talvez.

– Sem problemas. Vamos pegar de leve hoje. Vamos começar com a cena da cozinha: seu ex traz uns papéis pra você assinar, e ele vem junto com a nova namorada. Você recebeu o roteiro revisado ontem, não recebeu?

– Sim. Está muito bom – respondi, com uma piscadela pra Michael.

– Certo, vamos começar com sua primeira fala. Nós mudamos um pouco sua posição. Vamos começar com você atrás desse vaso de planta, ok?

Sei, atrás desse vaso de planta.

Em meu primeiro dia no *set* da minha própria série, aprendi que artifícios de cena podem fazer muita coisa, assim como pepinos e ar.

★ ★ ★ ★

Naquela noite, fui para cama cedo. Não era fácil ser uma estrela de TV.

Você realmente acabou de dizer isso em voz alta dentro da sua própria cabeça?

Totalmente. E ainda fiz uma dancinha ao mesmo tempo.

Antes de ir para a cama, andei pela casa, fechando cortinas e checando duas vezes as trancas. Sempre fiz isso, mas agora eu estava tendo um cuidado extra. Assim que escorreguei para debaixo dos lençóis, Jack ligou.

– Oi, meu amorzinho, como foi seu primeiro dia?

– Foi cansativo! Mas incrível. Como foi a corrida na lama?

– Cansativa, mas incrível também. Mas, sério, me conta como foi?

– O que você sabe sobre vaso de plantas?

– O quê?

Eu ri enquanto apagava a luz e me aconchegava para recapitular meu dia com meu doidinho. Falei de negócios, e ele sabiamente me deixou ficar toda atrapalhada, tentando explicar o que era um chefe dos *cameramen*. Quando estávamos prestes a desligar, eu ouvi alguém ao fundo da ligação.

– Quem é esse que eu ouvi? Outro soldado? – eu disse, bocejando. Ele e os outros caras da equipe chamavam uns aos outros de soldados. Era tão difícil para mim não revirar os olhos.

Acho que você acabou de fazer isso...

– Isso. Eu e o Adam estamos indo para um bar aqui da vizinhança. Parece que muitos motociclistas costumam ir para lá!

Ouvi Adam rindo. Jack era obcecado pela cultura americana e morria de vontade de fazer uma *road trip*.

– Você e o Adam, é? – perguntei, torcendo os lençóis em minhas mãos.

– Sim, por quê?

– Nada. Esperava um pouco de ação por telefone com você hoje – sussurrei, minha pele vibrando diante da ideia.

– Ah, estava, é? O que exatamente você tem em mente, Grace? O que você tá escondendo debaixo da calcinha, hein?

– Porra, você precisava falar *calcinha*, não é? – gemi ao telefone.

– Eu sei como deixar você doidinha, Doidinha. Podia falar sacanagem com você hoje, mas eu não estou sozinho e...

Eu podia ouvir Adam rindo mais uma vez:

– Não acredito que estou ouvindo isso! Desligue o telefone e vamos!

Jack disse para ele calar a boca.

– Não, tudo bem. Pode ir – eu disse a ele. – Vá tirar um racha de moto. Só tome cuidado com os caras em calças de couro, ok? – franzi um pouco o cenho.

Relaxa. Ele tem 24 anos. Claro que ele vai sair.

– Ligo pra você quando chegar em casa?

– Não, me liga amanhã. Preciso acordar cedo, e ainda encaixar uma corrida antes de ir para o *set*.

– Olha só você, uma profissional veterana.

– Agora são cinco.

– O que são cinco? – perguntou ele.

– Cinco vezes em que você me chamou de velha. Toda vez que você diz alguma coisa sobre linhas na testa ou velhice de modo geral, são cinco orgasmos que você me deve, estamos entendidos?

– Porra, Grace, não fala isso – gemeu ele.

– Boa noite, amor – sussurrei, e desliguei enquanto ele protestava.

Bela jogada...

Ri comigo mesma enquanto me virava de lado na cama, deixando uma mão repousar sobre o travesseiro dele. Saiu com o Adam. Hum.

Mandei uma mensagem de texto para ele.

Se cuida, George. Te amo, bjo.

★ ★ ★ ★

E assim foi. Eu estava no *set* durante a maior parte dos dias, e mesmo em algumas noites, amando cada segundo. A filmagem estava correndo bem, e o pessoal do elenco estava se familiarizando entre si. Leslie tinha assinado para atuar mais uma vez como minha inimiga, e era bom ter mais uma pessoa do elenco original de Nova York por perto. Ela tinha fotos do Jack penduradas no trailer dela e não tinha reservas em me dizer que se um dia nós terminássemos, ela seria a primeira da fila. Não a culpava nem um pouco. Mas ninguém além de mim ficaria com meu inglesinho.

A imprensa escreveu um pouco mais sobre a série estar sendo produzida, e eu estava começando a perceber uma onda começando a se formar: onde quer que eu fosse mencionada, Jack era mencionado também. Eram revistas específicas da indústria, como *Variety*, *Deadline*, mas mesmo assim. Eu não estava me iludindo. Sabia que eu era sortuda demais por ter esse trabalho. Era raro que produtores escolhessem uma desconhecida como eu para encabeçar uma série desse tipo. Na verdade, isso era quase inédito. Eu também tinha conseguido por mim mesma, mas ainda assim.

– Não se preocupe com isso, fedorenta. Vem junto com o pacote. As pessoas querem saber quem você é, por que você conseguiu esse papel. É normal... Numa cidade em que nada é normal – contou-me Holly um dia. Nós ficamos rolando na cama em meu trailer até que ficássemos tontas, aproveitando as regalias que vinham junto com uma produção de grande orçamento. Ela tinha vindo para me dizer que contrataria um estilista para mim.

– O quê? Você quer dizer que eu não posso continuar a sair por aí todo dia com calças de yoga? – ri, pulando da cama e pegando um prato cheio de pepinos. Minha primeira cena de sexo estava marcada dali a poucos dias, e apesar de não precisar mais de vasos de planta, eu parecia ter um monte de cenas em que eu estava segurando um livro. Logo mais eu diria adeus aos pepinos e ficaria só com o ar. Grandes e saborosas goladas de ar.

– Não, querida, você precisa de um visual. Vou mandar alguém pra cá amanhã. Ela vai trazer um monte de coisas ótimas. Deixe-a vesti-la. Você vai amar. E certifique-se de que ela escolha alguma coisa pra festa na semana que vem – instruiu Holly, inclinando-se sobre o espelho e inspecionando seu rosto.

Olhando para ela, não dava para saber que ela estava no lado dos negócios no ramo do entretenimento. Ela sempre parecia impecável. Mas ela fazia grandes cabeças de estúdios ficarem de joelhos quando trabalhava em algum acordo – figurativamente falando, é claro – e ela amava o seu trabalho. Parte dele consistia em combinar trabalho com diversão, e em breve ela daria uma de suas famosas festas. Jack e eu nos conhecemos na sua última festa.

– Ok, ok... E o Lane, vem? – perguntei, observando com cuidado sua expressão. Ela era sempre vaga quando falava sobre Lane, que tinha interpretado o papel de assistente de Jack no filme *Tempo*. Alto e inacreditavelmente bonito, talhado como um deus e capaz de fazê-la ver estrelas, os dois estavam num relacionamento puramente sexual fazia meses. Acendia-se; apagava-se. Acendia-se; acendia-se *de verdade*; apagava-se. Lane era ótimo – um amor de pessoa – mas acho que os dois sabiam que o que tinham era só para aliviar uma comichão, um coçando as costas do outro.

Credo.

– Acho que sim. A Rebecca também. O Nick vai tentar vir. Ele está pra voltar de Oregon algum dia da semana que vem – ela respondeu, as bochechas corando imperceptivelmente.

Hmmm. Viajando, de novo?

Uau, a gangue toda reunida. A Rebecca nós conhecemos por meio de Jack. Ela também era parte do elenco de *Tempo*. E o Nick, bem, era o Nick.

– Ele ainda está trabalhando naquela série?

– Tentando. Ele quer tanto tornar legítimo, mas sente demais a falta de Hollywood.

Ela soltou um suspiro ao se levantar para partir. Nick era roteirista e andava trabalhando em um documentário para a PBS. Ele estava em alguma locação na maior parte do tempo. Seria bom vê-lo. Ele me mandava mensagens o tempo todo, dizendo o quanto sentia falta de mim, mas eu sabia que secretamente ele também sentia falta de outra pessoa. Ele tinha uma grande queda por Jack, e ele amava deixar isso tão óbvio quanto podia. O que era muito óbvio.

Depois que Holly saiu, eu olhei para mim mesma no espelho. Podia notar uma diferença. Definitivamente eu estava menos "bochechudinha", podia enxergar melhor minhas maçãs, mas será que isso significava que eu estava pronta para sensualizar diante da câmera? Virei-me de um lado, depois de outro, checando meu corpo de todos os ângulos. Eu achei que estava com uma ótima aparência, mas aquela maldita câmera. Dizem que ela engorda sete quilos, mas acho que isso acontece só quando se está abaixo dos trinta. Acima dos trinta, acho que engorda um pouco mais que isso. David fazia questão que eu assistisse cada um dos episódios para ver como eu realmente estava.

Mandei mensagem para Chip, o capeta em forma de homem, e marquei um treino extra para essa noite.

Ar é saboroso.

★ ★ ★ ★

No fim das contas, tentei como uma condenada ficar com as maçãs do rosto do jeito que eles queriam. Eu mal comi por três dias, me arrastei para corridas, subindo e descendo o *canyon* como se estivesse recebendo para isso, o que na verdade eu estava, e trabalhei mais do que jamais havia trabalhado durante toda a minha vida. Desci um quilo na escala. *Um quilo*! E não pensem que não tive que ouvir, todo mundo queria meter o bedelho no quilinho. Dicas de dieta, livros sobre perda de peso, apertar ainda mais meus horários, todo mundo tinha algo a dizer. Mas também tínhamos um cronograma de filmagens apertado ao qual se ater, então quando o Dia da CS (Dia da Cena de Sexo) chegou, eu respirei fundo e fui em frente.

Tínhamos ensaiado a cena mais cedo naquela manhã, o ator com quem eu estava trabalhando nesse momento da história era ótimo, um amor e muito bonitão. Relativamente novo para a indústria, ele estava tão nervoso quanto eu, então um dava apoio psicológico para o outro.

Era estranho deitar-me na cama com outro ator, e ainda tentar fazer com que parecesse natural, quando, na verdade, era mais ensaiado que minhas apresentações de líder de torcida no colegial. Mão aqui, joelho dobrado aqui, empine sua bunda aqui, mas deixe-a coberta com o lençol, era como jogar um Twister para adultos. Mabel, minha personagem, teria um caso de uma só noite, e quando eu conheci o ator pude entender o porquê.

Poucos minutos antes de estarmos prontos para filmar, eu me dirigi para a mesa de trabalho para pegar uma garrafinha de água, pois minha garganta tinha de repente secado só de pensar que estaria rolando numa cama de calcinha fio dental quase transparente. Murmurando um mantra da Operação Bochechudinha dentro da minha cabeça, eu virei por um corredor e ouvi a voz de David falando com o assistente de produção. Gostaria realmente de não ter ouvido.

– Está tudo bem, o pessoal do figurino vai mandar um monte dessas roupas femininas, só diga a ela que vai ser mais sexy se ela se cobrir, mais sugestivo assim – disse o assistente.

– Sugestivo, isso, é uma boa palavra. Eu tenho uma atriz principal que não pode ficar nua para as câmeras e não pode fazer algo simples como perder sete quilos.

Sete quilos?

– Estou dizendo, a camisola vai funcionar bem.

– Vai ficar parecendo uma velha – David bufou, e os dois se encaminharam de volta ao *set*. Eu fiquei lá parada por um momento, em choque.

– Você está com frio? – ouvi uma voz atrás de mim. Michael.

– Frio? – perguntei, fechando meus olhos para afastar as lágrimas.

– É, você está tremendo – disse ele, me contornando para parar à minha frente e esfregar meus braços. Eu podia contar para ele. Eu podia contar para ele o que tinha acabado de ouvir; ele era meu amigo e muito provavelmente intercederia a meu favor.

Mas não estava tão certa se esse era o tipo de coisa sobre o qual alguém gostaria de chamar a atenção, era?

Não, não era.

– Nervosismo, acho – murmurei, abrindo meus olhos a tempo de ver a figurinista se aproximar.

– Grace? A gente vai fazer uma mudança de última hora. O David achou que talvez seja mais sexy você usar um desses, vai dar ao público mais o que pensar, ok? – perguntou ela, balançando penca de rendas pretas para mim. Michael, sem nada saber, sorriu e corou.

– Claro, vamos dar a eles algo mais para pensar – concordei, começando lentamente a pegar fogo.

Pobre daquele ator, eu acabei com ele naquela cama. Remexendo e rebolando com minhas curvas e rendas pretas, eu fiz questão de que David visse como uma velha poderia ser sexy. Algo que poderia ter feito a antiga Grace, do ano passado – se encolher e se curvar como um tatu-bola – fez a Grace atual, desse ano, ficar irritada e ousada. Quando gritaram, encerrando o dia de filmagem, eu saltei para fora da cama, depois de dar nota máxima ao meu coadjuvante, ignorei o robe que alguém tentou me dar, passei direto por David o tempo todo encarando-o nos olhos, e desfilei pelo resto do caminho até o meu trailer. Do outro lado do estacionamento. De rendas pretas. E chinelos Adidas femininos. Para um coro de cantadas e assobios de cada membro da equipe de filmagem por quem eu passava.

No momento em que eu subia os degraus do meu trailer, eu tinha um largo sorriso no rosto e gargalhava. Quando escancarei a porta, meus olhos repousaram sobre a única coisa que poderia ter deixado meu sorriso ainda maior. Jack.

★ ★ ★ ★

– O que você está fazendo aqui? – Eu sorria de ponta a ponta, aproximando-me do sofá onde ele estava relaxando.

– Céus, Grace, o que você está vestindo?

– Acabei de filmar minha primeira cena de sexo – eu disse orgulhosamente enquanto ele me puxava para seu colo.

– E você andou por todo o estacionamento assim? – perguntou ele, os olhos percorrendo meu corpo de cima a baixo, as mãos prontas para acompanhá-los.

– Esclarecendo uma questão, e agora sendo bem específica: o que você está fazendo aqui? Não achei que você chegaria antes de amanhã – guinchei enquanto ele me beijava debaixo da orelha.

– Eles não precisam mais de mim, então eu peguei um voo mais cedo e vim direto pra cá. Se soubesse que tinha cinta-liga envolvida na história, teria vindo mais cedo – ele sorriu, apreciando, dando uma puxada de orelha e fazendo-me balançar em seu colo.

– E eles deixaram você entrar facilmente no *set*? No meu trailer?

– Graças a Deus, todos os assistentes de produção leem *People* – ele riu, inclinando-se para trás para me olhar melhor. Eu corei, sendo mais uma vez lembrada que estava seminua. Aproveitei a oportunidade para observá-lo também. Céus, como ele estava bem. Fortemente bronzeado e seus olhos verdes-esmeralda mais profundos a cada segundo. Ele ainda estava com o cabelo curto, ainda mais loiro por causa do sol. Lindo.

Tentei pensar em todas as implicações de tê-lo no *set*. Qualquer um poderia dar com a língua nos dentes; qualquer um poderia vender essa matéria para os tabloides.

Jack Hamilton encontra-se com Grace Sheridan em *set* de nova série de TV para uma rapidinha...

Ele podia me perceber perdida em pensamentos, sabendo exatamente o que me preocupava quando mordia meu lábio.

– Ei, sua doidinha. Está tudo bem. Nós somos adultos, pelo amor de Deus, todo mundo sabe exatamente o que estamos fazendo aqui – ele riu, as risadas morrendo enquanto seus lábios exploravam minha pele. Eu suspirei sem perceber, minhas mãos indo até seu cabelo e prendendo-se neles.

– Mas e se alguém contar? E se... Caramba, isso é bom.

Tentei me concentrar, mas meu cérebro se embaralhava e qualquer pensamento coerente tornava-se cada vez mais difícil. Não que eu deixasse de confiar no elenco e na equipe, e enquanto estávamos cuidadosos com nosso comportamento em público, éramos muito menos cuidadosos num ambiente profissional. Só porque nós não fazemos nenhum comentário publicamente e permitimos que Holly dissesse à imprensa que éramos apenas amigos, não significava que não fôssemos um casal quando estávamos só nós dois ou com pessoas conhecidas. No entanto, isso ainda me fazia sentir um pouco exposta.

Falando em me sentir exposta...

– Eu acabei de passar duas semanas no deserto com um bando de caras, e se eu não entrar dentro de você imediatamente, não me responsabilizo pelos meus atos, ouviu? – ele murmurou em meu ouvido, beijando e mordiscando meu ombro, minha clavícula, minha mandíbula.

– Minha nossa, isso é bom – gemi enquanto ele me erguia colocando--me sobre a mesa.

– Por favor, não fale como se fosse uma das *Supergatas* agora; talvez seja a única coisa que vai me fazer parar a essa altura – ele implorou. Gargalhando, eu passei meus braços em torno dele e me entreguei ao que eu estava sentindo, minha pele esquentando enquanto suas mãos percorriam meu corpo, envolvendo o rendado preto, cada vez mais atrevidas. Com um sorriso malicioso ele lançou minha calcinha para o outro lado da sala, e eu perdi o fôlego quando ele caiu de joelhos. De repente eu não estava mais tão preocupada com o trailer balançando e com as piadas que certamente se seguiriam depois.

– Acho que você disse que eu devia cinco para você, certo? – perguntou ele, mordiscando minhas coxas, afastando cada vez mais minhas pernas.

– Você pode ir devagar; não precisa ter presa pra... *mmm* – gemi, enquanto ele me puxava para ele.

Veio à minha mente uma imagem breve do filme *Tubarão*, de quando o cara escorrega do barco inclinado deslizando em direção à boca do tubarão que o aguardava, mas foi rapidamente afastada da minha mente pela visão desse homem maravilhoso ajoelhado entre minhas pernas.

– Magnífico – sussurrou ele, e inclinou a cabeça para mim.

Lábios, língua, dedos, tudo e de uma só vez, concentrados e apontados, rodando e girando, Jack me amava como somente ele podia. Pendurando minhas coxas sobre os ombros, me cercou numa onda constante de prazer, sabendo naturalmente quando diminuir e quando aumentar a velocidade, onde exercer pressão e onde apertar. Quando meus joelhos estavam tremendo e meus gemidos estavam chorosos e bêbados de amor, ele levantou-se rapidamente e me deixou desabotoar seu jeans.

– O quanto você me quer, doidinha?

– Eu quero você; é tudo o que eu consigo dizer a essa altura, você que está dando as cartas – eu gemi, ainda tonta das três viagens em volta do mundo que ele me deu. Eu deslizei minhas mãos para dentro do seu jeans e me agarrei a ele, desejoso e quente. Levantei uma sobrancelha para o que eu encontrei, ou melhor, para o que eu não encontrei. – Boa decisão em não usar cueca, George.

– Eu não queria perder tempo – insistiu, enquanto eu o puxava entre minhas pernas, envolvendo-o e me esfregando nele.

– Então eu sou só isso para você, uma bunda gostosa com um belo par de seios? – perguntei entre beijos, intensos e urgentes.

– Hmm, boa ideia.

Ele me puxou da mesa e me girou. Espalmando minhas mãos na superfície, empurrou minhas pernas, afastando-as, e pressionou para dentro de mim, duro. Eu sibilei de prazer ante a sensação, uma tensão doce e uma ardência gostosa.

– Caramba, que gostoso, meu amor – gemeu ele em meu ouvido, ajeitando-se totalmente dentro de mim enquanto eu me curvava para trás ao seu encontro. Envolvendo-me com seu corpo, passando um braço à minha frente para abarcar meus seios, a outra mão segurando-se em uma nádega, afastando-a para que ele pudesse entrar, ele se lançou para dentro de mim mais uma vez, inexplicavelmente mais profundo que antes. Eu amava quando ele tomava o controle dessa maneira.

– Você não faz ideia de como você fica sexy assim, Grace. Pensei em você a manhã toda, pensando nessa sua doce... quente...

E foi o suficiente. Eu gozei mais uma vez, intensa e fortemente, meu corpo vibrando e possivelmente o bendito trailer também, enquanto eu me sentia como se estivesse partindo, me abrindo ao meio, para mergulhar e nadar nas profundezas. Bem fundo, com um inglês muito gostoso dentro de mim e determinado a fazer com que isso tudo durasse.

– Caralho, Grace – grunhiu ele, puxando meu cabelo para trás para que pudesse me beijar. Nossos corpos estavam corados com vivacidade, a frente dele pressionada contra minhas costas, empinado e apertado enquanto deslizava para dentro e para fora, sem abrandar. Ele buscava seu próprio momento de explosão, estremecendo e balançando enquanto seus dedos desciam cada vez mais para baixo, até que ele estivesse provocando outro orgasmo em mim. Esse fez meus ossos derreterem, meu corpo tremer como gelatina, minhas entranhas martelando e minhas pernas tremendo enquanto os olhos dele se fechavam com força, sobrancelhas apertando-se uma na outra, mandíbula tensa.

– Cintas-ligas... Meu Deus, eu amo cintas-ligas.

A gente fez aquele trailer explodir.

sete

Mais tarde nós ficamos enrolando na cama, cercados por papéis. Papéis de *doces*. Ele estava deitado de costas, a cabeça apoiada em meu quadril enquanto eu me enroscava nele. Eu estava gemendo enquanto chupava uma bala de caramelo, de um modo que soava particularmente decadente, o que Jack estava notando ainda que ele tivesse dito estar "absolutamente exausto". Mas dessa vez eu chupava caramelo apenas.

– Sabia que se você inspirar o máximo de ar chupando uma dessas, você pode realmente sentir o açúcar queimado? E a manteiga na língua?

– Me dá uma aqui.

– Não.

– Não?

– Não. Essa é a primeira coisa não verde que eu coloco na boca em semanas. Sai fora – eu gemi, sentindo sua barba por fazer coçar minha coxa. Eu levei uma mão para baixo, e ele se inclinou na direção dela, deixando-me afagar sua cabeça. – Passaram a máquina no seu cabelo de novo, então?

– Sim, pra ficar bem curto. Dos outros caras também – explicou ele, mais uma vez com aquele sotaque londrino misturando-se ao de Alabama do jeito mais fofo do mundo. Ele mexeu a cabeça algumas vezes, tentando uma posição confortável.

– Para de se torcer aí, minhoquinha.

– Grace, não me entenda errado, mas sua cintura...

Eu congelei com o caramelo na boca.

– Minha cintura? – perguntei, com o caramelo na boca.

– Bem, não está confortável como antes.

Ele franziu o cenho, sua mão agora apalpando meu quadril e apertando-o para senti-lo.

– Você está vendo algum vaso de planta por aqui? A mamãe aqui está malhando, meu bem – sorri orgulhosa, chupando a bala.

– Grace, por favor – ele riu, mudando de posição para que pudesse me empurrar contra os travesseiros e dar uma apertadinha nos peitões. – Graças aos céus vocês dois continuam os mesmos – ele sussurrou para meus meninos.

Dei um tapinha na cabeça dele.

– Como você é bobo, Hamilton.

– É sério. Vê se não exagera aqui, ok?

– Não estou exagerando. Trata-se de encontrar um foco – insisti, enquanto ele voltava a se recostar em mim.

Ele percorreu as mãos pela minha barriga, mais magra do que jamais fora.

– Amor, você está maravilhosa, mas você sempre pareceu maravilhosa para mim. Só não quero que você perca o controle com essa história toda.

Ele realmente não entendeu o ponto.

– Por que você me pediu pra raspar seu cabelo? – perguntei, parando a mão dele.

– O quê?

– Não, sério, por que eu raspei seu cabelo?

– Porque meu papel no filme exigia isso – ele confessou, os olhos tornando-se sérios.

– Exatamente. É a mesma coisa. Então pode parar, ok? – disse irritada, saindo da cama e começando a me vestir.

– Cortar o cabelo e perder uma quantidade absurda de peso quando você não precisa disso são duas coisas muito diferentes uma da outra, Grace – insistiu ele, tentando me puxar de volta para a cama.

– Tem razão. São duas coisas muito diferentes porque existem dois tipos de padrões muito diferentes, não é?

Peguei a última safra de revistas com a foto dele na capa e as joguei em cima da cama. Ao se espalharem, as imagens dele, mesmo nas fotos, nos observavam. Parecia bêbado na maior parte delas: indo embora de diferentes baladas com os caras do filme, boné, camisa rasgada. Ele estava lindo, claro, mas a verdade era que a cada foto menos ele parecia uma estrela de cinema.

– Olha pra isso! Camisa suja, meio bêbado, parecendo que está há semanas sem dormir, e como aparece na manchete? "*O cientista sexy Jack*

Hamilton se diverte com o bad boy Adam Kasen"! Você consegue imaginar como estaria escrito se eu aparecesse assim? "*Jack Hamilton e velha mendiga dão uma volta pela cidade.*" "*Jack Hamilton e mulher louca vão para um bar de motociclistas.*" Eu jamais me safaria de uma dessas. Então pense nisso na próxima vez que você for reclamar dos meus quadris ossudos. Eles estão no meu contrato – dei as costas para ele, ao sentir as lágrimas começando a se formar, e me concentrei em pôr minha camisa.

Caramba, de onde é que veio tudo isso?

Excesso de açúcar por causa do doce?

Eu o ouvi se levantar da cama e se aproximar por trás de mim. Deixei-o me puxar de volta para ele, repetindo nossa posição anterior, mas agora em circunstâncias bem diferentes.

– Me desculpa, Doidinha, você tem toda razão. Não devia ser assim, mas você está totalmente certa. Você está fazendo o que tem que fazer. Estou muito atrás de você – sussurrou ele, deslizando as mãos até minha barriga e dando um aperto. Eu suspirei, inclinando-me para ele, sentindo-o me envolver.

– Estou descobrindo esse universo enquanto vivo tudo isso, sabe, Jack? – sussurrei de volta.

– Sei.

Eu me virei em seus braços para olhar para ele.

– Não é como se existisse um manual, tipo "Como viver em Hollywood" – eu disse, enxugando algumas lágrimas que tinham conseguido escapar.

– Disso eu duvido. Acho que Holly tem pelo menos metade do manual já escrito. Tenho certeza que ela tem muito a dizer sobre essas fotos – ele acenou em direção às revistas.

– Ah, eu também tenho muito a dizer, bonitão. Não pense que não notei toda essa festança sua.

Ele pareceu um pouco envergonhado, e mais uma vez eu fui lembrada de como ele era jovem.

– Está tudo sob controle. Não se preocupe – ele tentou me acalmar.

Impossível.

★ ★ ★ ★

Conforme aquela semana passava, tornou-se evidente que as coisas não estavam sob controle. Jack ficou na cidade, mas eu estava ocupada no *set* a maior parte da semana, enquanto corríamos para filmar o máximo que podíamos para que a série estreasse no verão e não no outono. As cenas se multiplicavam, e ao mesmo tempo em que tudo corria rápido, eu tirava algum tempo todo dia para me sentar e pensar em como eu tinha chegado longe. Eu estava realmente curtindo o trabalho – o trabalho de verdade que dava para levar um show desses ao ar. Trabalhando lado a lado com outros atores, criando intimidade com o elenco e a equipe, dando vida à minha personagem, e observando os outros darem vida às suas também.

E enquanto eu trabalhava, Jack se divertia. Claro, ele passava os dias no *set* filmando, mas as noites ele passava fora, pela cidade. E depois dormia para curar a ressaca. Ele era jovem, e essa cidade abria todas as portas para ele. As boates ficavam lotadas até sua capacidade máxima nas noites em que ele estava presente, e todos os fotógrafos pareciam ter saído de suas tocas. Depois do seu acidente, ele não dirigiu muito mais, usando Bryan quase em período integral. O que foi bom para ele: agora podia curtir ainda mais as festas. Os *paparazzi* formavam um enxame ao seu redor quando ele chegava e quando saía, e dedicados fotógrafos amadores dentro das boates tiravam fotos com seus celulares para vendê-las às revistas, sentado em uma área VIP atrás da outra. E sempre com Adam ao seu lado.

Eu tinha que admitir, Adam era esperto. Depois que a sua carreira de estrela foi ameaçada a se extinguir por causa de seu comportamento passado, aparecer com Jack com frequência pela cidade o fez brilhar mais uma vez.

Certa vez, tarde da noite, eu tinha acordado de um sono pesado com o som de copo quebrando e uma risada alta de homem. Alarmada, sentei--me na cama, um frio subindo pela minha espinha enquanto minha mão apalpava em busca do meu celular, pronta para ligar para a polícia. Mas antes que conseguisse alcançá-lo, a porta do quarto se escancarou e lá estava ele, o meu inglesinho. E ele estava... dando risada?

– Grace, meu amor, eu sinto muito. Nós quebramos o seu, ai, cara... – ele se dobrava de tanto rir.

– Que porra é essa? – perguntei, envolvendo-me ainda mais no lençol, piscando os olhos sonolentos contra a luz. Agora que eu estava acordada, minhas emoções se alteraram para algo muito próximo da raiva.

– Quebramos sua tigela. Sabe aquela em que você deixa as cartas? Adam tropeçou perto da porta e... Ah, não, você está brava!

Ele riu mais uma vez, soltando saliva de tanto rir enquanto vinha até a cama e sentava-se pesadamente ao meu lado. O fedor de uísque infestou o ar, e eu não podia acreditar no que estava vendo.

– Adam? Você trouxe o Adam pra cá? – eu disse entredentes, cobrindo-me ainda mais com o lençol e olhando por trás dele em direção ao corredor.

– Desculpa, meu amor, trouxe. Ele estava me levando pra casa e precisava mijar. Não podia simplesmente deixá-lo lá fora na beira da estrada, podia? – ele levou a mão até mim quando eu me afastei do seu aperto.

– E o Bryan? – perguntei, fervendo de raiva.

– Tirou uma noite de folga. Além disso, acabei de falar pra você, o Adam me trouxe pra casa. Hmm... você está brava, não é? – Ele finalmente foi bem-sucedido em pegar minha mão e me puxar para ele.

– Você está brincando, não é?

Ele passou os braços e pernas em torno de mim e tentou me aconchegar com ele na cama. Encostou-se nos travesseiros, suspirando quando eu me afastei dos braços dele, virando-me para encará-lo.

– Jack, sério, ele ainda está aqui? Jack? Merda – eu o cutuquei enquanto ele afundava nos travesseiros, a respiração tornando-se pesada. – Acorda, Jack. – Eu o cutuquei mais uma vez.

Tinha apagado. Filho da puta. Eu ouvi o barulhinho de cacos na sala. Enfiei-me dentro do meu robe e saí do quarto para encontrar nossa visita.

– Ei, Grace. Desculpa pela bagunça. Se tiver uma vassoura, posso limpar agora mesmo.

Adam Kasen estava parado perto da entrada, a tigela quebrada aos seus pés e um sorriso de merda no seu rosto bonito.

– Pode deixar, eu limpo – respondi, passando por ele em direção à cozinha. Ele me seguiu.

– Eu sinto muito mesmo por isso. Estava tudo escuro quando entramos e...

– O que você quer? – perguntei calmamente enquanto pegava a vassoura.

– Limpar minha bagunça?

– Não foi isso que eu quis dizer.

Ele olhou para mim com olhos espertos.

– Você não gosta muito de mim, gosta? – perguntou ele depois de um instante, a cabeça pendendo para um lado.

– Eu não o conheço.

Ele sorriu.

Dê uma vassourada nele!

Nós ficamos nos encarando, em silêncio. O ar estava pesado.

– Já vou embora – ele disse, finalmente, virando-se em direção à porta.

– Cuidado onde pisa – acrescentei, acenando para a pilha de cerâmica sobre o chão.

– Vou comprar outra pra você – disse ele, com a mão na porta.

– Sim, vai mesmo.

Ele sorriu mais uma vez.

Meta o cabo da vassoura na fuça dele!

Depois que ele se foi, eu limpei sua bagunça e fui para a cama com Jack, que ainda estava apagado.

Ainda acho que você devia ter acabado com a cara dele com a vassoura...

★ ★ ★ ★

Na manhã seguinte recebi uma ligação bem cedo, mas não a ponto de eu querer acordar nosso querido Senhor Hamilton. Ele resmungou e gemeu enquanto eu tirava as cobertas dele.

– Gracie, por favor, é cedo demais! Cobertas, *cobertas*! – gritou, agarrando-as com as mãos, deslizando para baixo e tentando se enfiar debaixo delas.

– Eu sei. É um saco ser acordado tão de repente, não é? – eu sorri, sentando-me ao pé da cama com uma xícara de café. Ele sentiu o cheiro.

– Que cheiro bom de café. Pode trazer uma xícara para mim? – perguntou ele, descendo um pouco mais na cama.

– Cara, você está pedindo, não? – levantei uma sobrancelha e puxei mais o edredom fora do seu alcance. Ele abriu um olho, depois o outro. A confusão tomou conta da sua expressão.

– O que está acontecendo?

– Gostaria de perguntar a mesma coisa pra você.

Ele esfregou o rosto, contorcendo os traços. Ele desceu um pouco mais, e eu segurei as cobertas firmemente.

– Eu quebrei alguma coisa ontem, não quebrei?

– U-hum.

– E você está brava, certo?

– U-hum.

– Alguma chance de conversar sobre isso depois?

– Jack... – suspirei, soltando as cobertas. Voltei para o banheiro, e o ouvi se arrastando atrás de mim. Ele apareceu na porta, num burrito de edredom.

– Eu sinto muito pela tigela, Grace. Vou comprar outra pra gente.

– Ah, não, não precisa. Seu melhor amigo Adam já falou que vai cuidar disso.

– Você está chateada desse jeito por causa de uma tigela?

– Você é boboca desse jeito a ponto de pensar que eu estaria chateada assim por causa de uma tigela?

– He-he, você disse "boboca".

Eu me virei, com meu delineador apontado para ele.

– Não tem graça. Não tenho paciência pra gracinhas agora. Estou tentando ser compreensiva, eu estou mesmo. Mas desmaiar de tão bêbado e deixar aquele cara na nossa sala? Não acho que está tudo bem com isso.

– Você não gosta do Adam. Admita.

– Ah, admito. Eu. Não. Gosto. Dele. Nem um pouco. Mas do que eu realmente não gosto é de ser acordada no meio da noite por você, idiota de tão bêbado, agindo como um otário! – dei um cutucão em seu peito, deixando nele uma marca preta de delineador. Comecei a pentear meus cabelos furiosamente, enquanto ele esfregava o ponto manchado.

– Ok, então isso não é sobre a tigela?

Tive que segurar com muita força a escova entre os dedos para não lançá-la na cara dele. Fechei os olhos, tentando me acalmar antes que a gritaria começasse. Senti suas mãos em meus ombros.

– Ei, Doidinha. Eu sinto muito. Eu sei que não é sobre a tigela. Eu só estava descarregando o *stress* da semana na noite passada. Prometo que não vai acontecer de novo, ok? – disse ele suavemente, abrindo os braços e o edredom. Deixei que ele me acolhesse.

– Eu só fico preocupada. Preocupada com você – suspirei. Ele tinha cheiro de boate, mas debaixo de tudo isso estava aquele cheirinho de Hamilton que me rendia toda vez. – Posso me preocupar, certo?

– Claro que pode, se tiver alguma coisa pra se preocupar. Mas não tem, eu juro. Só estou me divertindo um pouco – acalmou-me ele, seus braços fortes à minha volta, me envolvendo – e o Adam é um cara legal. Você só precisa conhecê-lo. Ele é um pouco intenso, mas é legal. Talvez a gente possa convidá-lo algum dia, passar um tempo com ele. Você sabe melhor do que ninguém que só porque está dizendo numa revista não significa que seja verdade.

Mordi minha língua. Literalmente.

Ai...

– Talvez você tenha razão. Talvez seja uma boa ideia passar um tempo com ele. Gostaria de falar com ele sobre algumas coisas – comecei, pensando melhor. Se Jack passaria tanto tempo com Adam por causa desse novo filme, como parecia ser o caso, então eu deveria conhecê-lo melhor.

– Que tal se jantássemos com ele antes da festa da Holly nesse fim de semana? – sugeriu Jack, e mordi minha língua mais uma vez.

Ok, é sério, agora, para com isso.

– Claro, podemos sim. Mas sem mais travessuras no meio da noite.

– Só faço travessuras no meio da noite com você.

– *Pff.* Agora preciso ir para o *set*. Vou chegar mais cedo hoje. Vai ficar comigo hoje?

– Parece ótimo, meu amor. Só você e eu – ele deu um beijo em minha testa e se arrastou de volta para a cama. Dentro de segundos, ele dormia profundamente mais uma vez.

Quando pouco depois saí de casa, notei um sedan preto me seguindo muito de perto. Eu virei, ele virou. Droga.

★ ★ ★ ★

Eu juro que um sedan escuro ficou na minha cola a semana toda, mas eu nunca vi uma câmera, tampouco fotos apareceram em lugar algum na imprensa. Deixei Bryan ciente de sua existência, e ele estava à sua procura. Será que eu estava ficando paranoica? Talvez, mas estava sendo cuidadosa.

E por falar em ser cuidadosa, eu estava cuidadosamente sentada em meu lugar enquanto assistia a Adam ficar puto da vida com uma pobre garçonete naquele sábado à noite.

– Eu falei malpassado. *Malpassado*! Isso aqui é quase um carvão! – disse em tom cortante, enquanto ela levava correndo seu filé embora, pedindo desculpas o tempo todo. Eu gostava do meu filé de determinada maneira também, mas havia uma forma de fazer isso sem ser um...

– ... Idiota. Ela estava babando por causa de mim a partir do momento em que entrei na boate – disse Adam, arrastando as palavras, recostando-se no banco diante do nosso na cabine, depois do incidente com o filé.

Jack, Adam e eu estávamos em um restaurante muito chique, tentando terminar o jantar para que pudéssemos partir para a festa de Holly. Não, risquem o que escrevi: eu estava tentando terminar o jantar. Jack e Adam estavam se divertindo horrores. Eu sei que casais nem sempre têm os mesmos amigos, e isso não tem nada demais, normalmente. Mas juro pela minha vida, eu não conseguia entender como Jack não podia enxergar que esse cara era um...

– ... Idiota! Ela me chamou de idiota. Dá pra acreditar? Adivinha quem não trabalha mais para *aquela* produtora – arrematou ele.

Mais uma história para arquivar na minha pasta "Nunca mais jante com esse idiota". Eu olhei para Jack, sentado de frente para esse cara, essa estrela recentemente caída. Eu percebi que estava vendo algo diferente em sua expressão, algo que eu não tinha visto antes. Não era bem inveja; não era bem admiração. O que era? O que quer que fosse, era o suficiente para impedi-lo de ver que Adam era um verdadeiro idiota.

– Trent! Ei, Trent! – chamou Adam, quase gritando para alguém que tinha acabado de entrar do outro lado do restaurante. Escondi meu rosto por trás do pudim de pão...

PUDIM DE PÃO?

Escondi meu rosto atrás da minha taça de salada de frutas e revirei os olhos para os modos de Adam à mesa, contando os minutos até que eu pudesse escapar desse pequeno e muito discreto jantar para três pessoas.

Graças a Deus Adam saiu da mesa para cumprimentar Trent, e soltei um suspiro de alívio.

– Chato? – perguntou Jack, sua mão esgueirando debaixo da mesa para segurar num ponto um pouco acima do meu joelho.

– Dá pra perceber?

– Sério, mesmo? Você acha que eu não sei quando você está irritada? Você faz um beicinho e uma dobrinha aparece perto das suas narinas e...

– Mais cinco, George. Mais cinco.

– Eu disse dobrinha, não ruga! – ele riu, subindo sua mão ainda mais pela minha perna.

Eu dei um tapinha nela e a mandei de volta para meu joelho, uma zona mais segura.

– Ruga, dobrinha, tudo a mesma coisa. Além disso, você quer esses cinco, acredite em mim – dei uma piscadela e vi o verde começar a escurecer. Ai, Senhor.

– Ah, sim, eu quero, mas só pra você saber, eu sei que você está desconversando.

Ele se inclinou para mais perto de mim e deixou sua mão subir para o norte mais uma vez. Caramba, ele era bom. Peguei sua mão e a retirei mais uma vez, então peguei minha faca de manteiga e fiz um gesto para algo a mais pra baixo da toalha da mesa.

– Eu não estou desconversando. Eu só... não entendo! Não consigo enxergar por que esse cara agora é tão essencial. Ele é um idiota, Jack. Um idiota de verdade – expliquei, não mais escondendo meu desdém.

Ele suspirou e levou ambas as mãos sob o queixo, descansando sobre elas.

– Olha, eu sei que ele pode ser um pouco direto...

– Direto? Isso é um eufemismo.

– Mas ele realmente é um cara legal. Eu gosto de trabalhar com ele. Ele conhece a cidade; ele conhece o negócio. Só tenta pegar leve com ele, ok?

Eu assenti e vi que Adam voltava para a mesa. Essa conversa teve de terminar. Por agora.

– Desculpem por isso. Não vejo aquele cara desde que fizemos *Enjoo* – explicou Adam, estalando, isso mesmo, estalando os dedos para a garçonete. Ela receberia uma gorjeta bem gorda de mim. E por falar em gorjeta, Jack estava pronto para partir. Ele de repente ficou inquieto, olhando ao redor, encolhendo-se no assento.

– Onde? Quem você viu? – perguntei baixinho, recostando em meu assento e me certificando de que não estava perto demais de Jack.

Esse não era o tipo de lugar que costumávamos frequentar, mas foi Adam quem escolheu o restaurante. Era bastante frequentado, tanto por pessoas da indústria do cinema quanto por alpinistas sociais; era a parte jovem de Hollywood, e era arriscado. Jack e eu viemos em carros separados, e ele entrou pela entrada de trás do restaurante. Era tão frequentado que tinha até uma entrada privada para que celebridades pudessem sair e entrar com discrição. O que era o contrário do que a noite estava se tornando.

– Às quatro horas, câmeras de celular. Já fazem alguns minutos que aquelas duas mulheres não param de olhar pra gente. E aquele cara no bar parece familiar. Eu o vi há pouco tempo – murmurou ele, deliberadamente não olhando para a localização que acabou de me dar.

Olhando com indiferença para aquela direção, Adam aproveitou para dar uma olhada no cara em questão, dizendo em seguida que ele era um *paparazzo*.

– Como você sabe que ele é... – comecei, e Adam olhou agradavelmente para mim.

– Eu sei, ok? – respondeu ele, sorrindo na direção do cara.

Foi o suficiente.

– Olha, já que está claro que esse jantar vai acabar dando em alguma coisa, vou acabar com isso agora e sair. Além disso, a Holly está esperando por mim.

– Tem certeza? – perguntou Jack, apertando meu joelho sob a mesa.

– Sim, é melhor assim, de todo modo, não sairmos todos juntos ao mesmo tempo.

– Não vamos demorar. Não se preocupe – ele acenou, apertando uma última vez.

– Adam, foi ótimo. Você vai pra festa da Holly?

Diz que não, por favor; diz que não, por favor; diz que não, por favor.

– Não perderia jamais – ele sorriu de orelha a orelha.

– Ótimo – eu disse entredentes.

Dirigindo-me rapidamente para a porta, evitei olhar para o cara em questão no bar, e me assegurei durante o percurso que minha cabeça estivesse virada na direção contrária a das câmeras dos celulares. Agora que eu tinha partido, não tinha dúvidas de que aquelas duas mulheres se aproximariam de Jack e Adam. Eles eram estrelas, afinal de contas.

Eu me enfiei dentro do meu carrinho e acelerei pelas colinas. Nenhum sedan escuro à vista.

★ ★ ★ ★

A festa da Holly foi um estouro, muito maior do que a última. Lanternas iluminavam a entrada para carros, e risadas e músicas jorravam de toda porta e janela. Tochas de bambu *tiki* salpicavam o pátio, e as luzes de Los Angeles abriam-se mais atrás como um perfeito pano de fundo. Velas flutuando acendiam a piscina, belos garçons passavam servindo adoráveis comidinhas, e os *barmen* rivalizavam com aqueles em *Cocktail*.

Era uma superprodução, Hollywood pura. E Jack estava no centro disso tudo. Normalmente tímido entre as multidões, os meses de constante atenção e aparecimentos na mídia o calejaram e tornaram-no um profissional. Ele brilhava agora. Eu ainda via algum nervosismo aqui e ali, a mão passando pelo cabelo, o sapato batendo no chão, mas quando ele se misturava com atores, produtores, diretores, escritores, era uma estrela de cinema. Mas ainda era também um fã secreto de *Supergatas*.

Ele piscou para mim do outro lado do pátio, enquanto eu estava sentada em um dos confortáveis assentos com uma das minhas pessoas favoritas do planeta, Nick.

– Estou tão contente em encontrá-lo. Senti saudades! – exclamei, dando um aperto na mão dele enquanto bebericávamos nossos martinis secos.

– Também senti saudades, claro, mas você sabe que eu senti mais saudades de olhar pro seu *boy*.

– Sim, eu sei. Eu sei que minha amizade com você é exclusivamente baseada na habilidade de olhar para a beleza – eu ri.

– Contanto que isso fique bem claro, estamos bem!

Nós bebemos e fofocamos. Contei-lhe acontecimentos sobre a série, e ele me confessou o quanto sentia falta de Los Angeles. Enquanto conversávamos, senti um par de mãos largas e carnudas taparem meus olhos por trás.

– Lane! – exclamei, virando-me para me deparar com a coestrela de Jack.

– Ei, linda!

Ele me levantou dando um abraço apertado. Lane era um querido, um ursinho de pelúcia gigante que simplesmente amava provocar Jack sobre meus peitões.

– Esperava encontrá-lo aqui essa noite. Como estão as coisas? – perguntei enquanto ele me punha no chão. Nick passou a mão nos bíceps dele como um gato, e Lane posicionou um braço em torno dos ombros dele. Suspirando em seu martini seco, Nick parecia um escoteiro feliz.

– Tudo bem. Onde está aquele seu namorado idiota? – perguntou Lane. Eu girei em minha cadeira, tentando rastrear Jack entre a multidão.

– Ele está perto do bar com Adam Kasen – uma voz surgiu, e Rebecca juntou-se ao grupo.

– Gente! É como um especial de Natal. De onde vocês todos estão surgindo? – eu ri enquanto ela se sentava ao meu lado e brindava sua taça com a minha.

– Acabei de chegar de mansinho, vi o Jack perto do bar, e continuei andando – respondeu ela, bebericando seu drinque.

Todos nós nos viramos em direção ao bar e vimos Jack e Adam entretendo as mulheres que os cercavam. Eu não sentia necessidade de sentir ciúmes. Nós éramos um casal sólido, e não havia nada com que se preocupar. Contudo, enquanto eu assistia, aquele sentimento que eu tive quando estávamos no restaurante me invadiu mais uma vez. Alguma coisa simplesmente não batia quando se tratava de Adam.

– Você sabe alguma coisa sobre o Adam? Qualquer coisa – perguntei para Rebecca, falando bem próxima. O que não era difícil, já que ela tinha decidido dividir a cadeira comigo.

– Aquele cara é um idiota – ela respondeu de imediato, revirando os olhos.

Não diga.

– Foi isso que senti sobre ele.

– Trabalhei com ele no meu primeiro filme. Transei com ele uma vez e depois nunca mais.

– Calma, calma, calma, *o quê*? Você transou com ele? – eu sussurrei gritando.

– Claro. Já prestou atenção nele? Ele é maravilhoso. E bom de cama. Mas é um idiota.

– Eu não gosto dele.

– Eu não gosto dele andando com o Jack – ela bebeu o resto do seu drinque.

A multidão se dispersou o suficiente para que eu trocasse um olhar com Jack, e ele sorriu. Aquele sorriso que me faz querer tirar a calcinha. Ele se inclinou na direção de Adam e então, como num clipe musical, ele veio atravessando o pátio em minha direção. Vestindo uma camiseta vermelha *vintage*, jaqueta de couro, calça jeans rasgada, e meu Dr. Martens favorito, ele fez meu coração derreter.

Outras partes estavam derretendo e ficando molhadas também...

Enquanto ele andava, olhares o seguiam. Era como um pornô em potencial ambulante, e todas as mulheres e mais do que alguns caras viraram-se para assistir ao andamento da cena. E ele só estava caminhando, pelo amor de Deus. Mas como uma estrela, sua gravidade e peso impactando tudo ao seu redor.

– Uau – ouvi Nick suspirar, perdendo o fôlego. Mas eu era incapaz de olhar para ele. Tudo que eu podia enxergar agora era meu Doidinho.

Dando em Nick aquele meio aperto de mão, meio abraço, que os caras costumam dar para se cumprimentar, ele se abaixou para dar um beijo na bochecha de Rebecca. E, para evitar bufadas, ele fez o mesmo em Nick. Pegou-me pela mão e me tirou da cadeira, caminhando comigo para o assento oposto. Sentando-se, ele me pôs em seu colo, passou os braços em torno da minha cintura, e me reivindicou sem mais. Olhares de todos os lados ainda estavam fixos em nós, e eu ponderei se era a hora certa para uma exibição pública, mas, às vezes, um cara precisa de você no colo dele. E quem era eu para argumentar contra isso? Acariciei-o por trás da cabeça enquanto ele me dava um beijo rápido na lateral do pescoço. Eu podia ver as mulheres da festa me olhando com inveja, mas por um momento, por um momento apenas, eu não me importei.

Todos nós continuamos a conversar, rindo e emendando um assunto atrás do outro, noite adentro. Num dado momento, eu suspirei, incapaz de não dar vazão ao meu contentamento.

– Você parece feliz – sussurrou Jack, puxando um cacho atrás dos meus ouvidos.

– Eu estou. É bom sair e curtir com os amigos – inclinei-me em sua mão.

– É bom poder dar uns amassos na minha namorada em público pra variar – ele me olhou diretamente no olho, passando a língua nos lábios.

– A gente não devia se comportar? Você não acha que a gente já foi um pouco longe essa noite?

– Eu ainda não fui nem um pouco longe.

– Onde está sua mão agora, Jack?

– No seu joelho.

– Em público. Eu diria que você já disse pra que veio. Por que forçar mais?

Senti-o ficar mais tenso debaixo de mim.

– Dizer pra que eu vim? Você acha que estou tentando dizer pra que eu vim?

– Não, acho que você está curtindo uma festa com seus amigos e sua namorada muito gata. E ela está sentada no seu colo, sentindo-se muito confortável e feliz. Mas a questão é que, ao fazer isso, você está dizendo alguma coisa. Talvez não o que você gostaria de dizer, mas está dizendo mesmo assim. Então vamos só curtir, sem forçar.

Deslizei minha mão por trás da sua cabeça e o acariciei. Enquanto o fazia, olhei casualmente para o restante da festa. Câmera de celular – lá estava. Será que eu devia parar? Continuar?

Ele deve ter percebido minha tensão, pois olhou na mesma direção que eu, e nós dois vimos um *flash* desaparecer.

– Pronto, alguém registrou tudo. Agora você pode, por favor, beijar seu namorado? – pediu ele, virando-se para mim.

Seus olhos tinham se tornado verde-escuros, mas não como eu normalmente gostava de vê-los.

Aterrissando como uma águia, em momento mais oportuno que nunca, Holly apareceu.

– Grace, você me ajuda a trazer algumas coisas da cozinha? – perguntou com olhos fixos em nós dois.

– Suspirando pesadamente, Jack me ajudou a sair do seu colo, e ele e Lane se dirigiram ao bar. Holly me perguntou todo tipo de questões com seus olhos. Nós caminhamos pelo pátio, sorrindo e parando para interagir com outros convidados. Assim que chegamos à cozinha, no entanto, ela me cercou.

– Explique-se.

– Ai, não agora, vai. Você precisa de ajuda com o quê?

– Por favor, você acha que eu preciso de ajuda na cozinha? Eu contratei ajuda. Eu tirei você do colo do Homem Mais Sexy do Mundo antes que ele colocasse você no colo do público.

Eu comecei a replicar para ela quando me lembrei de como tínhamos passado dos limites naquela noite na boate. *Touché*.

– Holly, olha, acho que você precisa relaxar um pouco. Ele realmente está começando a se sentir pressionado.

– Fico muito grata por sua preocupação, mas você concordou no começo *disso tudo* que vocês dois seriam discretos, por Jack e por você também. Ficariam em *off*. Sentar no colo dele em uma festa com metade de Hollywood? É praticamente assumir o namoro.

– Eu sei! Droga, eu sei disso! Eu sei que sou eu que vou aguentar a bucha disso tudo, os comentários de como sou velha, as milhares de mulheres comentando na internet como ele pode conseguir uma coisa melhor do que eu. Eu estou muito ciente disso, ok? Mas estou falando, se você pressioná-lo agora, não vai ser bom – explodi, as lágrimas brotando nos olhos.

Ela se afastou um pouco, cutucando um bolo de camarão num prato.

– Eu sei que você só está fazendo seu trabalho. Ninguém faz melhor do que você. Sério. Jack a ama. Mas ele está sentindo...

– Ele precisa parar de sair tanto – ela disse calmamente, ainda cutucando o bolo.

– Ele tem vinte e quatro anos, pelo amor de Deus! Preciso lembrar você do que a gente fazia nessa idade? – sorri, tentando quebrar a tensão.

– Não, você certamente não precisa.

– Olha, eu sei que ele está curtindo um pouco demais ultimamente, mas está tudo sob controle, eu prometo. E, sim, vou fazer questão de ficar uns dois metros de distância dele pelo resto da noite.

– Ok, agora você está sendo babaca – respondeu ela, mostrando-me o dedo do meio.

– Vamos voltar para a festa – encorajei, pegando em sua mão. Enquanto voltávamos para o pátio, Michael apareceu.

– Holly, o *barman* precisa de mais limões. Nós não compramos alguns hoje depois do filme?

– Sim, eles estão na...

– Na prateleira de cima da geladeira, pode deixar. Oi, Grace – disse ele, dando um tapinha em meu ombro enquanto passava por mim para entrar na cozinha.

Olhei de um para o outro.

– Espera aí. Meu Deus, espera aí!

O rosto de Holly corou violentamente.

– Vamos voltar para a festa, fedorenta – murmurou ela, incapaz de segurar o sorriso.

Por *essa* eu não esperava...

oito

Não tinha tido tempo para pensar sobre esse possível desenrolar entre Michael e Holly.

Michael e Holly?

Não pude me concentrar naquelas duas pessoas porque as coisas de estranhas rapidamente se transformaram numa balbúrdia em outro lugar da festa. Eu circulei e me misturei, conversei e fui amigável, ficando dentro de "um sorriso do outro lado do pátio" de distância de Jack, não perto demais. Ele estava um pouco saidinho, e enquanto ficava colado a Adam, eu tentava evitá-lo. Jack costumava ficar assim quando bebia, e depois da discussão em seu colo, eu soube manter certa distância até que fosse hora de ir para casa.

Isso era novo, um lado de Jack com o qual eu não tinha nenhuma experiência.

Não é como se você o conhecesse há tanto tempo assim...

Verdade, mas eu conhecia Jack. Conhecia sua mente e seu bom coração, e isso não tinha nada a ver com ele. Tinha mais a ver, no entanto, com...

– Adam! – ouvi meu inglesinho berrar do outro lado do pátio.

Segurando um copo com algum *shot* qualquer na mão, Jack estava parado junto de Lane perto do bar. Lane e ele estavam bebendo *shots*, mas percebi que Lane sabiamente tinha mudado para água com gás algum tempo atrás. Os olhos de Lane cruzaram-se com os meus do outro lado da festa, e eu ergui uma sobrancelha. Ele olhou para seu relógio, depois gesticulou para a saída.

Mensagem recebida. Hora de ir embora.

Eu fui abrindo caminho entre as pessoas, o mais diretamente para o bar possível, tentando chegar lá antes que Adam chegasse. Conforme me aproximava, vi Jack pendendo um pouco para o lado, e seus olhos estavam inchados e injetados. Lane tinha um braço enganchado amigavelmente sobre seus ombros, mas, quando me aproximei mais, pude ver Jack apoiando-se pesadamente nele. Lane tinha que segurá-lo. Quando Jack me viu, um sorriso lentamente se espalhou por seu rosto.

– Aí está minha garota. Onde você estava? – balbuciou, os olhos caídos e fora de foco.

Troquei um olhar com Lane e acenei.

– Ei, Doidinho, pronto pra ir? Eu estou meio cansada, e a festa parece estar ficando mais parada.

A festa estava bombando por todo lado a nossa volta.

– Ainda não, Grace. Adam e eu estávamos falando de ir para aquele bar em Sunset e ver como está. Todos nós vamos! – gritou ele, batendo o copo no balcão do bar. Ele virou-se para partir em direção à entrada de carros, quando Lane o puxou para trás, acenando negativamente com a cabeça.

– Cara, sem chances. Vou levar você pra casa.

– Não, Lane, está tudo bem – eu disse. – Podemos ir em carros separados. Eu posso levá-lo pra casa. Vamos, Jack, eu quero ir embora. Vem pra casa comigo? – deslizei minha mão em torno dele sob sua jaqueta, abraçando-o junto a mim, mas também testando para ver quão firme ele estava. *Uou*, não muito.

– Não, eu não quero ir pra casa ainda. Adam! Ei, Adam! Eles querem ir pra casa. E Sunset, vai rolar?

– Certamente – disse Adam, deslizando para dentro do nosso círculo e sorrindo para mim.

– Certamente que não. Nós vamos pra casa. Alguém pode dizer pra Holly que estamos indo? – perguntei, olhando para ele. Eu já nem tentava mais esconder como eu me sentia em relação a ele.

– Eu acho que ele pode decidir sozinho se quer ir ou não. Relaxa, mamãe – disse Adam, dando uma risadinha.

Ok. Já chega.

– Não tem discussão. Lane, aqui, minhas chaves. Eu estacionei não muito longe, descendo a colina. Você se importa de trazer o carro pra mim? Não quero nem esperar o *valet*.

Ele saiu correndo e eu fui deixada vestida com uma jaqueta de Jack. Lane, de fato, estivera segurando-o por mais tempo do que eu pensei.

Tentei fazê-lo se sentar em uma cadeira, mas não consegui levá-lo até ela.

– Grace, eu te amo. Eu te amo tanto. Você sabe disso, não? Uma namorada tão sexy. Minha namorada não é sexy? – perguntou ele para um cara parado perto do bar. O cara ergueu sua taça numa saudação. Eu lutava para segurar Jack de pé enquanto ele ria e passava a mão em mim, eu vi Michael perto da piscina e acenei para que ele se aproximasse.

– Preciso tirá-lo daqui. Lane foi pegar meu carro. Você pode me ajudar a levá-lo para a entrada sem chamar a atenção da festa inteira? – perguntei, dando as costas para Adam. Eu podia ter pedido ajuda para ele, mas preferia me sentar em cima de um formigueiro.

– Claro. Com certeza. Que diabos, Jack?

Ele balançou a cabeça e sorriu pesaroso para ele. Levando Jack entre nós dois, conseguimos chegar até a entrada lateral. Muitas pessoas assistiam, mas a essa altura eu não me importava. Eu queria levar Jack para casa, deixá-lo sóbrio, e então teríamos uma conversa sobre isso tudo.

– Não precisa ficar puto, Michaelzinho, meu amiguinho. Só estou me divertindo um pouco. É permitido, não é? Isso é Hollywood, afinal de contas. A gente tem que mergulhar e se divertir! – gritou Jack, plantando um grande beijo em minha boca ao final do seu discurso.

Segurando-o entre nós dois, eu ri apesar de tudo, enquanto o levávamos pelos portões e em direção à rua.

Sedan escuro.

Sedan escuro.

Flashes.

Gritaria.

– Jack! Jack Hamilton!

– Jack! Aqui! Como foi a festa?

– Ei, é a ruiva! Grace, não é? Ei, Grace, olha pra cá!

– Jack! Jack! Jack! Encheu muito a cara hoje?

– Ei, Grace, você que embebedou ele?

– Ei, Adam? Aonde você e o Jack vão hoje?

Eu literalmente não podia enxergar. Podia apenas distinguir imagens e silhuetas por trás das câmeras, adivinhar mais ou menos a direção de onde vinham, mas não fazia ideia de quantas pessoas estavam gritando para mim. Entre os gritos eu podia ouvir os cliques, as lentes de alta velocidade registrando tudo. Jack com a cara cheia e pendurado em mim e Michael, e Adam em algum lugar atrás da gente, provavelmente com um grande sorriso no rosto.

Eu congelei. Eu congelei e fiquei parada, como um peixe que de repente está fora d'água. Eu não sabia o que fazer, continuar em frente, voltar para a festa, escondê-lo dentro do meu sapato? Eu entrei em pânico.

Por sorte, Michael ainda estava mais controlado, e nos guiou para a direita, segurando sua mão na frente do rosto de Jack. Agora eu podia ouvir Lane nos chamando aos gritos para onde ele tinha trazido o carro, sua voz erguendo-se acima do estardalhaço dos fotógrafos, que faziam perguntas pessoais na tentativa de obter alguma reação nossa. Holly tinha me avisado antes que os *paparazzi* podiam e certamente iriam perguntar coisas rudes para terem uma foto diferente. Mas saber e de fato ouvir isso eram duas coisas bem diferentes.

– Ei, Jack, sua namoradinha tem uma bunda deliciosa!

– Grace, Grace! Aqui, Grace! Qual o tamanho do pau dele?

– Grace, como você se sente sabendo que todas as mulheres do mundo querem foder com seu namorado?

Com o rosto queimando, mantive minha cabeça baixa e segui Michael enquanto ele nos guiava na direção de Lane e do carro. Ai, meu Deus, como iríamos embora dirigindo no meio disso tudo? Meu coração batia rápido, e minha cabeça parecia estar fora do lugar.

Como eles souberam que a gente estava aqui?

Uma vez no carro, Michael e Lane colocaram Jack no banco da frente, e eu consegui chegar ao outro lado. Mas não consegui dirigir. Eu estava petrificada. Implorei com os olhos para Michael. Eu precisava de ajuda. Eu não queria falar. Eu não queria que nada do que eu dissesse pudesse ser ouvido por essas pessoas. Por sorte, Jack estava em silêncio. Mas ele tinha ouvido tudo, e seus olhos encontraram os meus. Pareciam não conseguir acreditar.

Michael contornou até o meu lado após sussurrar algo no ouvido de Lane e pegar minhas chaves. Adam ficou parado perto do carro – perto o suficiente para que aparecesse nas fotos, percebi. Michael abriu o lado do motorista e me conduziu para o banco de trás. Os fotógrafos estavam do meu lado agora, então tomei o cuidado de apertar meu vestido em torno das minhas pernas, para evitar *flashes* indesejados. Uma vez dentro do carro, eu me virei para trás para olhar a casa e vi Lane subindo pela calçada, garantindo que Adam viesse com ele.

Meu instinto foi o de levar minhas mãos até Jack, mas isso daria uma matéria ainda melhor, então me recostei, afundando no banco, as mãos sobre o rosto enquanto sentia as lágrimas subindo aos olhos.

Quando finalmente Michael conseguiu entrar e virou as chaves, Jack disse por trás da sua mão:

– Como eu odeio isso.

★ ★ ★ ★

Duas horas mais tarde, e eu quero dizer duas intensas horas depois, nós três conseguimos chegar em casa. Jack ficou no quintal, morto no assento do amor sob um grosso cobertor de caxemira, com uma xícara de café entre as mãos. Eu dava uma olhadinha nele vez ou outra pela janela da cozinha. Ele não tinha se movido ou falado desde que chegamos em casa.

Depois que partimos, ligamos para Bryan, pois não sabíamos para onde ir ou o que fazer. Não queria levá-los para casa, ainda que a essa altura eu estava quase certa de que a imprensa sabia onde morávamos. Michael não queria ficar dando voltas pelas colinas. As curvas muito fechadas durante a noite eram perigosas o suficiente sem uma frota de sedans escuros nos perseguindo. Por fim, depois de conversar com Bryan, encontramos uma solução. Nós fomos até um estacionamento perto do Beverly Center, onde ele estava esperando com seu Suburban, com janelas negras que deixavam difícil enxergar lá dentro. O trajeto de alguma forma tinha deixado Jack mais sóbrio. Nós nos apressamos para o SUV e dentro de instantes já estávamos de volta à estrada, deixando meu carro para trás para pegá-lo no dia seguinte. Conseguimos despistar os fotógrafos o suficiente para que pudéssemos trocar de carro. Enquanto saíamos do estacionamento eu vi um sedan escuro entrando atrás do outro, procurando pelo meu carro.

Mandamos bem.

Agora que Bryan tinha ido embora, Jack estava embrulhado num cobertor no pátio, e Michael e eu nos aquecíamos com xícaras de café, muito bem acrescido com uma dose de Jameson. Uma dose não muito pequena – na verdade, era basicamente Jameson com uma dose de café, não o contrário. Quando o uísque irlandês bateu no meu estômago, senti-me bem aquecida, começando a relaxar um pouco, deixando meu corpo processar tudo que tinha acabado de acontecer. Minhas mãos finalmente pararam de tremer no momento em que se tornou quase impossível levar a xícara até meus lábios sem derramar. Minhas mãos nunca desperdiçavam uísque irlandês, então elas se comportaram.

Inclinei-me sobre a bancada, bebericando e encarando sem enxergar de fato qualquer coisa diante de mim. Tudo que eu via eram aqueles *flashes*, tudo que eu ouvia eram aquelas coisas horríveis que eles estavam gritando e as palavras de Jack quando partimos.

– Como você está? – perguntou Michael, erguendo a garrafa mais uma vez e acrescentando uma quantidade substancial à minha xícara e à dele.

– Eu não sei. Sinceramente não sei – suspirei, apoiando a cabeça em minha mão.

Essa era a vida de Jack, a minha vida, e como decidiríamos lidar com isso agora iria ditar como seriam as coisas no futuro. Era tão fácil pensar que esse tipo de coisa seria algo que se poderia facilmente deixar para trás, que o dinheiro que estávamos fazendo e os regalos que esse tipo de trabalho provia davam conta disso. Mas nenhuma quantidade de dinheiro, nenhum tratamento VIP que poderíamos receber, tampouco outros tipos de vantagens e regalias justificavam o tratamento que tínhamos acabado de receber. Jack já tinha sofrido um acidente. Então será que eu estava sendo dramática quando meu cérebro pensava no pior cenário possível? Não.

No entanto, eu amava essa vida. Eu amava o trabalho e a oportunidade, a sensação que tinha ao atuar mais uma vez. E o salário não era nada mal. Jack estava certo: nós podíamos pegar o que ele já tinha recebido e o dinheiro que eu tinha em poupança, além da minha nova renda, e podíamos desaparecer do mapa. Para Seychelles? Claro. Para East End de Londres? Claro. Para uma fazenda em Iowa, onde eu poderia plantar minha própria salada e armazenar potes de geleias e grãos para que pudéssemos sobreviver ao longo e duro inverno?

Ok, você não é Laura Ingalls...

Mesmo assim, Iowa tinha seus encantos, e não havia dúvida de que Jack ficaria fantástico de macacão com uma enxada nas mãos.

Mas, sendo realista, nós não faríamos nenhuma dessas coisas. Porque eu tinha dado duro para voltar pra cá, e eu não iria deixar uns bisbilhoteiros de mente pequena, com lentes de longa distância se intrometerem nas escolhas da minha vida. Portanto, lidaríamos com isso. Mas como?

– Eu não estava preparada pra isso. Da próxima, estarei – murmurei, percorrendo o olhar dos olhos preocupados de Michael para meu embrulhinho em caxemira no pátio, que continuava sem se mover.

★ ★ ★ ★

Michael chamou um táxi e partiu pouco tempo depois, prometendo voltar no dia seguinte para ver como estavam as coisas. Eu não perguntei a ele sobre o que estava ou não acontecendo entre ele e Holly. Deixaria que ela se contorcesse um pouco mais antes de pôr pressão de verdade em cima dela. Era raro eu ter em mãos algo tão suculento assim para espremer dela, e eu iria gostar de fazê-la contar para mim.

Por agora, eu me dirigia para fora e cutuquei Jack com meu dedão do pé. Ele ainda estava embrulhado. Sem palavras, ele abriu os braços e me deixou sentar em seu colo, dividindo o cobertor comigo. Ele me segurou apertado, me embalando em seu peito e deixando que nossa respiração se sincronizasse. Inspira. Expira. Inspira. Expira.

Nós nos sentamos juntos na noite silenciosa, interrompidos somente ocasionalmente pelo uivo de um coiote. Lauren Canyon era mágico, principalmente à noite. Eu podia entender por que tantos músicos e artistas abriram negócio aqui tantos anos atrás. Era inspirador a cada momento.

Ele suspirou pesadamente, seus braços se apertando, trazendo-me o mais próximo que podia. Eu o deixei, seu corpo inteiro entrando em contato, e eu queria ser isso para ele, seu contato. Cruzei minha mão com a dele, sentindo seu cheiro, que estava concentrado intensamente no meu ponto favorito em seu pescoço, logo abaixo do seu ouvido. Cada membro cruzado, o cobertor nos cobrindo do resto do mundo, sentei-me com meu doce menino, ouvindo a batida do seu coração.

– Podemos falar sobre isso amanhã? – perguntou ele baixinho, o corpo tenso.

– Sim, mas a gente *vai* falar sobre isso – respondi, apertando sua mão na minha.

– Eu te amo.

– Eu te amo mais.

– Sem chances.

Toda vez que eu fechava meus olhos, eu via aqueles malditos *flashes*.

nove

Jack Hamilton, o galã de *Tempo*, e sua namorada (segundo rumores) Grace Sheridan, estavam se divertindo horrores nas colinas de Hollywood noite passada! O casal foi fotografado deixando a festa, e Jack estava tão embriagado a ponto de ter que ser carregado por sua namorada e outro convidado. Fontes de dentro da festa nos disseram: "Ele estava bebendo muito, passando a maior parte do tempo no bar com Adam Kasen".

Jack Hamilton não só criou fama como deitou e rolou na cama, ficando tão bêbado na última noite em uma festa, cuja anfitriã foi sua própria agente, Holly Newman, que ele teve de ser carregado até um carro que o esperava! Grace Sheridan, atriz mais velha, e Michael O'Connell, escritor e criador da nova série na Venue em que estreia Grace, carregaram o cientista sexy enquanto iam embora da festa. Fontes de dentro da festa confirmam que, apesar de Jack e Grace se recusarem a admitir seu relacionamento, os dois ficaram muito juntinhos lá. "Ela ficou muito tempo sentada no colo dele. Eles ficaram se beijando e ignoravam todos que estavam sentados com eles. Ela sabia que tinha gente assistindo, também, e fez questão de que todo mundo visse que ela estava com ele." A atriz se escondeu no banco de trás enquanto aceleravam com o carro; Jack parecia estar em estado de choque no banco da frente.

Nas colinas de Beverly Hills na noite passada, fotógrafos flagraram Jack Hamilton escapulindo de uma festa dada por sua agente, e ele estava tão bêbado que mal conseguia entrar no carro! Ao seu lado estava a sua dita namorada Grace Sheridan, nove anos mais velha e estrela da nova série que estreará na Venue, *Mabel, instável?* O casal com muito custo chegou até seu carro, ajudados pelos amigos e atores Lane Robbins e Adam Kasen, o *bad boy* de Hollywood. Kasen, companheiro de elenco de Jack no filme ainda em produção *Jovem soldado*, tem aparecido pela cidade na companhia de Jack. Os dois atores têm sido fotografados se divertindo por várias boates e bares em Los Angeles. Fontes próximas do casal que não assume o namoro dizem que Grace está "fula da vida por Jack estar passando tantas noites fora". Grace se sentou no banco traseiro do carro noite passada, enquanto o casal dava partida, acelerando para escapar dos fotógrafos, ambos tentando ocultar seus rostos das câmeras. Dr. Richard Pearson, psiquiatra e especialista em abuso de substâncias químicas, especula sobre a condição de Jack: "Ele apresenta sinais clássicos de alguém que está tendo dificuldade em lidar com a pressão que essa indústria pode colocar em cima de jovens estrelas. Ele está com um sério problema. Claramente não está lidando bem com a fama".

★ ★ ★ ★

Eu fechei meu *notebook* e pensei em Jack, ainda na cama e dormindo profundamente. Roncando como um trator, mas ainda assim incrivelmente fofo. Fiz café e resolvi deixar isso de lado. Cortei peras e pêssegos para uma salada de frutas e me distraí. Apoiei-me na extremidade da bancada na cozinha, sentindo o frio do granito sob mim enquanto eu arejava a mente, abafando minhas ideias sobre o caso.

Por que toda vez que eles se referiam a mim era necessário comentar sobre a diferença de nove anos? Eu sabia disso; ele sabia disso; qualquer um podia ver, mas, sério? Toda santa vez?

Eu chorei e solucei, pondo tudo para fora de um jeito que não fazia há muito tempo. Tudo que andava acontecendo, tudo pelo que estávamos passando em outros tempos teria terminado na Gaveta, onde todas as coisas ruins paravam. No passado, quando eu não podia lidar com alguma coisa, eu literalmente não lidava com ela. Em vez disso, eu espremia todas as coisas ruins numa caixinha pequena, que eventualmente explodia. Isso tinha acontecido de modo espetacular na estreia de *Tempo*, com Jack, no ano passado.

No momento, eu estava comprometida a lidar com as coisas conforme elas aconteciam, no calor do momento e no presente. Isso resultava em muito mais lágrimas, mas numa cabeça muito menos confusa. E agora eu precisava falar com Jack. Armada com uma cesta de café da manhã cheia de guloseimas, eu fui para nosso quarto. Esparramado no seu lado da cama, com uma mão sobre meu travesseiro, muito mais que procurando pelos peitões ausentes, estava o Homem Mais Sexy do Mundo. Ainda roncando, o lençol o cobria somente até abaixo do quadril, mostrando aquele caminho da felicidade que me trazia mais do que felicidade. Eu depositei a bandeja e aproximei-me por trás dele, cobrindo seu ombro e peito de beijos enquanto ele se mexia. Seus olhos verdes sonolentos abriram-se de encontro aos meus, e um sorriso doce abriu-se em seu rosto.

– Oi.

– Oi pra você – sussurrei, inclinando-me para beijar aquele doce sorriso. Suas mãos se enroscaram em meus cabelos, e ele tentou me puxar para ele, me seduzindo com promessas do que ele faria comigo se eu permitisse.

– Não, não, Doidinho, fiz café pra gente. Vem, vamos comer.

– E quem disse que eu não vou comer?

– Que grosseiro, meu amor.

– Nunca ouvi reclamações – disse ele petulante, passando a língua nos lábios e começando a se levantar para deitar-se sobre mim. Eu sabia que tinha que assumir o controle. Assim que ele estivesse abaixo do meu umbigo ele teria me vencido, e eu não seria nem capaz de soletrar "relacionamento", quanto mais discutir sobre ele.

É uma palavra fácil de soletrar. Vamos lá, deixe-o fazer isso.

– Eu trouxe pêssegos – protestei.

– Eu também, dois – respondeu ele imediatamente, segurando minha mão e fazendo-a descer pelo seu corpo. Eu dei uma apertadinha – eu não era de ferro –, então me sentei séria, tirando sua mão do meu corpo antes que eu me distraísse ainda mais. Afastei-me dele na cama, servindo um pouco de café enquanto ele protestava.

– Você está me matando, Grace – ele suspirou, voltando a se afundar no travesseiro, escondendo os olhos passando o braço sobre eles, enquanto ajeitava seu membro com a outra mão sob os lençóis.

Forcei meu olhar para que voltasse para o café da manhã, longe da cena sexy acidental que estava acontecendo no outro lado da cama. Aproximei-me com a bandeja, sentando-me de pernas cruzadas de frente a ele, mantendo a bandeja entre nós dois. Eu o conhecia bem. Se eu ficasse mais perto, a bandeja voaria pelos ares.

Ele se sentou, percorrendo as mãos pelos cabelos como se ele ainda os tivesse e sorrindo enquanto o fazia. Com a língua seca, ele gesticulou para a garrafa d'água que eu tinha trazido. Eu a entreguei. Ele bebeu até a última gota. Eu adocei seu café e o passei para ele. Ele aceitou, me agradecendo. Seus olhos estavam verdes, brilhavam nesta manhã, ainda mais espetaculares pela vermelhidão e pelas olheiras. Ele parecia jovem e velho ao mesmo tempo, e enquanto comia uma fruta, fiquei pensando em como prosseguir.

– Você está brava de novo – sugeriu ele, decidindo por mim.

– Estou – admiti, mordiscando um bolinho.

Ele estava só no café, fazendo careta para qualquer comida, e sentindo até ânsia quando lhe ofereci um pouco de bacon. Ele estava de ressaca. Que bom. Ele precisava sentir isso.

– Eu não sabia que tinha fotógrafos lá fora, Grace. Como eu iria saber?

– Ah, não, não estou brava por causa disso. Eu estou brava pelo fato de você ter enchido tanto a cara ontem que agora *essa* é a matéria em todos os sites de fofoca: sua incapacidade de lidar com a fama de outro modo que não bebendo.

– Ah, então agora eu sou um alcoólatra?

– Não foi isso que eu disse, mas é o que a imprensa está quase dizendo.

– Isso é ridículo. Eu não sou um alcoólatra.

– Não mesmo. O que está fazendo é saindo demais e se fazendo de idiota. E, olha só, que surpresa, Adam Kasen está ao seu lado toda vez que isso acontece.

– Você acha que ele está por trás disso?

– Pouco me importa quem está por trás disso. Pouco me importa quem fez questão de que a imprensa soubesse exatamente onde estaríamos noite passada. Eu não me importo em saber quem é a fonte citada em todas as matérias que saíram na internet hoje. Eu me importo é com você e como você está agindo em público.

– Ah, ótimo! Agora eu tenho mais uma pessoa me dizendo o que fazer. Com você e Holly cuidando de cada detalhe da minha carreira, eu não vou aguentar – explodiu ele, saindo da cama para o chão, percebendo então que estava pelado.

Ele ficou parado lá, sua raiva se dissipando no ar frio, junto com qualquer coisa que ele estivesse prestes a dizer.

– Eu não estou usando nenhuma calça.

– Estou vendo.

– Onde estão elas?

– No chão do banheiro, onde você deixou ontem a noite depois que vomitou.

– Eu vomitei?

– Você não se lembra?

– Não. Eu me lembro de estar lá fora no quintal com você, e então... caramba, é a última coisa de que me lembro – ele suspirou, colocando as mãos nos quadris enquanto olhava ao redor do quarto.

– Eu ainda estou ciente disso – respondi, tentando manter a expressão séria no rosto. Mas ele me conhecia bem.

– Um pedido de desculpas pelado tem mais peso do que um pedido de desculpas vestido?

– Eu não quero que você se desculpe, Jack. Só quero que você pense na próxima vez, pense no que você está fazendo.

– Então é assim que um pedido de desculpas é jogado fora? – ele balançou um pouco o quadril para frente e para trás, e eu lutei para não rir.

– Prefiro que a desculpa seja jogada fora ao meu namorado.

– Essa foi boa, Doidinha.

– Não estou brincando.

– Não estou usando calças – disse ele, agora se virando para o banheiro. – Você disse que elas estão nessa direção? – Ele apontou para o banheiro de um modo, digamos... pouco convencional.

Ele tinha tomado a bola rapidamente. Eu iria perder o controle dessa conversa em breve. Sabia onde isso daria. Engatinhei pela cama até ele, sentei apoiando-me sobre os joelhos, trazendo-o para junto de mim e abraçando-o. Pressionando meu rosto contra sua barriga. Eu o beijei rapidamente, então levantei meu olhar para ele, que me olhava de cima.

Ele passou um cacho solto para trás da minha orelha, então trouxe sua mão para minha boca, que beijou seus dedos.

– Eu sei que ando insistindo muito nisso, mas não vou deixar o barco afundar. Só tome cuidado, por favor.

– Eu vou tomar, Grace. Vou tomar. Agora, sobre afundar... – ele apertou seu corpo contra o meu de maneira em que suas intenções ficaram explícitas.

– Você pode fazer o favor de parar de ser tão galanteador? Eu ainda estou brava com você – avisei, ao que ele me empurrou de volta para a cama, e num piscar de olhos já tinha tirado minha calça de ioga.

– Eu sei – respondeu ele, pressionando contra o meu corpo deliciosamente.

No final das contas, eu acabei conseguindo dar algumas voltas ao redor da Terra e ainda assim continuar brava.

★ ★ ★ ★

– Ponha-o no telefone.

– Holly, acabei de falar. Ele está no banho.

– Tire-o do banho.

– Não. Mas eu prometo que ele vai ligar assim que sair.

– Leve o telefone até o banheiro. Você fala pra ele tudo o que eu falar.

– Você tem esse tipo de acesso com todo mundo ou só com aqueles que estão trepando com sua melhor amiga?

– Que fofo, fedorenta. Muito fofo.

Ela riu baixinho do outro lado, e eu sabia que ela estava relaxando um pouco. Isso de ficar entre eles estava começando a esgotar a minha paciência. Eu sentei em cima das minhas pernas dobradas, me ajeitando no confortável sofá com outra xícara de café. Depois de se certificar de que eu não estava brava a ponto de não conseguir gozar – repetidamente, porque ele faz o serviço mais que completo – Jack zarpou em direção ao banho para clarear a mente, e eu terminei o café da manhã. Ultimamente, era um dia raro quando nós dois estávamos em casa sem algum lugar para ir ou algum lugar no qual precisássemos estar, então eu estava planejando recobrar as energias e passar um dia quietinha com meu garoto.

– Você já deve ter visto as fotos, imagino.

– Vi. Percebeu que dessa vez não fiquei com cara de criança pega no flagra?

– Notei, está pegando o jeito. Mais algumas e logo você vai ser uma profissional.

Mordi os lábios. Ela me tirou do meu silêncio.

– Eu sei que você não está em silêncio aí porque está surpresa com isso, ou não?

– Eu só não esperava por isso na noite passada. Como eles sabiam que a gente estava lá?

– Você está de brincadeira, né?

– Adam?

– Adam – respondeu ela.

– Tem certeza?

– Não total certeza, mas faz muito sentido. Embora, pra ser honesta, possa ter sido qualquer um. Não há motivo ou razão de ser. Vocês dois podem desfilar até a Sunset em frente ao Grauman's Chinese Theatre agora mesmo e ninguém iria notar, mas se você comprar uma caixa de camisinhas na loja de doces, vai ser matéria de capa. Não compre suas próprias camisinhas, aliás. Posso conseguir alguém pra comprar quando você precisar.

– Ai, por favor, a gente não usa camisinha desde a primeira vez que dormimos juntos.

– Mas você está tomando cuidado, né? Embora os bebês de Hollywood possam ser ótimos acessórios...

Eu ri.

– Há! E sim, nós estamos sendo cuidadosos. Suas regras também se aplicam a comprar vários *sprays* de chantilly de uma vez só?

– Sim, não faça isso. Mas aveia é seguro. Ninguém liga se você está comprando aveia.

– O Michael gosta de aveia?

– Não, ele prefere cereal. Ele... Droga! Boa jogada.

– Desembucha! – gritei ao telefone, empolgada por ter conseguido pegá-la de surpresa.

– Não tenho nada pra desembuchar, na verdade.

– Mentira, desembucha – eu ri, pressionando-a. De vez em quando era bom ser aquela que pressiona.

– Não tem muito o que contar. Só, meio que, aconteceu.

– O que aconteceu, exatamente?

– Só aconteceu, está sendo bom. Muito bom, ok? – respondeu ela, um evidente sorriso em seu tom de voz.

– E o Lane?

– Eu adoro o Lane. *Ele* é um cara muito legal, mas isso nunca vai se transformar em nada além do que foi.

– Sexo incrível?

– Sexo incrível, sim.

– E como foi o sexo com o Michael? – perguntei, sabendo muito bem o quão bom foi a noite que passamos juntos nos tempos da faculdade. Essa não era uma situação estranha para mim, e eu esperava que não fosse pra eles também.

– Hum, bom, é que...

– Você ainda não transou com ele? – quase gritei, chocada.

Jack veio do quarto pelo corredor, toalha em volta da cintura, ainda pingando água.

– Por que você está gritando? – perguntou ele.

– Conto depois – fiz com a boca, sem emitir som, e ele voltou para o quarto.

– Não era você que dizia não conseguir acreditar quando eu disse que eu e Jack ainda não tínhamos transado?

– Grace, deixa eu só...

– "Ele ainda não te comeu?", acho que foram as palavras que você gritou pra mim pra toda uma Starbucks em choque – provoquei, amando cada segundo disso tudo.

– Ah, vá se catar, fedorenta – tinha certeza de que ela ainda estava sorrindo.

– Mas você gosta dele? – perguntei, tentando me lembrar há quanto tempo todos nós éramos amigos. Eu jamais teria pensado nesses dois juntos, mas, na minha cabeça, ele estava sempre no *meu* passado, não tanto no dela. Ainda assim, havia algo a ser dito sobre o fato de eles serem amigos há tanto tempo como eram.

– Eu realmente acho que sim.

Nós duas suspiramos.

– Se você não dormiu com ele ainda, como você sabe que ele prefere cereal?

– Ele caiu no sono aqui em casa uma noite, algumas semanas atrás, no meio de um filme. Foi só isso. Talvez tenha dormido ao lado dele no sofá.

– Que fofo! Aconteceu mais alguma coisa?

– Na verdade, não. Nós nos beijamos, mas foi basicamente isso.

Holly nunca tinha demorado tanto para atacar alguém. Isso era uma novidade.

– Então você está oficialmente de casinho? – perguntei, tentando tirar mais suco. Mas além disso ela não iria.

– Certo, de volta aos negócios. Só peça pro Jack me ligar assim que ele sair do banho?

– Sim, senhora – menti. Eu o deixaria pelo menos vestir as calças antes que ele tivesse que enfrentar mais um pelotão de fuzilamento.

– E ânimo, tenho uma reunião com os produtores amanhã sobre sua sessão com os *paparazzi* noite passada. Tenho certeza de que eles têm muito a dizer.

– Ótimo.

– É o meu trabalho. Deixe que eu me preocupo com isso.

Depois que desligamos, eu me sentei por um tempo no sofá, o café esfriando.

Sobre o que os produtores queriam falar com Holly?

Que a sua vida pessoal está bombando por toda a internet?

Ah, é mesmo...

★ ★ ★ ★

Aquele dia começou tenso e terminou adorável. Jack e eu passamos o dia todo em casa de preguiça, assistindo TV, bebendo café, lavando roupa, apenas tendo um dia em que não precisássemos fazer nada. Foi legal. Perto do fim, conversamos sobre sair para jantar, mas percebemos que comer em algum lugar público não era o tipo de coisa que estávamos a fim de fazer, não depois da noite passada. Nós pedimos comida chinesa, comemos na mesa de jantar com meu novo jogo de jantar (que era uma ostentação só, depois que vi que foi Holly que o tinha comprado para mim) e então decidimos dar uma volta de carro. Bryan já tinha trazido meu carro do estacionamento.

Era arriscado sair com um carro que sabíamos ser facilmente reconhecível, mas eu não queria ficar presa em casa, e eu tinha certeza de que Jack estava ficando inquieto. À noite, não era tão óbvio quem estava dentro do carro e, se mantivéssemos o teto do carro fechado durante a maior parte do passeio, achamos que o risco valeria a pena.

Jack fez nosso percurso favorito, Topanga Canyon todo até a Pacific Coast Highway, estacionando numa lojinha do *canyon* para pegarmos chocolate quente e baixarmos o teto. Com o som ligado, a brisa da noite soprando em meus cabelos e a mão de Jack sobre meu joelho, eu pude finalmente relaxar na minha cidade favorita. Quando viramos à direita pela estrada costeira, o cheiro do mar preencheu o ar. A lua pendurava-se baixa no céu, e enquanto as estrelas piscavam sobre a superfície das águas, a minha estrela relaxava também. Ele deu uma apertadinha em meu joelho quando começou a tocar uma música que era nossa favorita, *Into the Mystic.* Eu sorri para mim mesma quando me lembrei da primeira vez que tinha feito um passeio assim, essa música e esse homem ao meu lado compondo uma lembrança tão boa. Ri comigo mesma, deixando que minha mão se abrisse janela afora e noite adentro, fazendo-a subir e descer por colinas e vales imaginários. Eu cantei suavemente com Van Morrison, a voz de Jack juntando-se à nossa no refrão. Minha mão esquerda desceu até seu próprio joelho, e eu aninhei meus dedos nos dele.

Nesse momento, nesse carro, nesse trecho de estrada, nós éramos um casal apaixonado. Nós não éramos uma mulher mais velha e um homem mais jovem, Jack não era o Homem Mais Sexy do Mundo, mas o *meu* homem mais sexy do mundo. Eu não era uma atriz em começo de carreira que ouviu a pergunta sobre o tamanho do pau do seu namorado feita por um completo estranho, mas uma garota de pijama dentro de um conversível, de mãos dadas com o homem por quem estava apaixonada.

E, só para constar, o que importava era o fato de sermos o número perfeito um para o outro.

Arrasou.

– Que você está sorrindo aí, Doidinha?

– Como você consegue me ver sorrindo? Está quase um breu aqui! – eu ri, essa parte era cheia de curvas e subidas e descidas.

– Tenho certeza de que você está sorrindo. Eu não preciso ver para saber. Está pensando em quê?

– Em você. Na gente. Na primeira vez em que saímos para dar uma volta de carro. Eu estava me apaixonando totalmente por você.

– Eu estava me apaixonando totalmente por você na primeira vez em que você colocou seus peitões na minha cara – ele riu, desenroscando a mão da minha enquanto ele virava o carro para uma paisagem de cinema.

– Vai estacionar? Que coisa mais *Folia na praia*! – eu ri enquanto ele desligava o motor.

Agora eu podia ouvir a maré, não muito abaixo da gente. Van Morrison, ondas e meu Doidinho. Nós nos afundamos em nossos assentos, rostos voltados para a Via Láctea. Nós conversamos e rimos, de mãos dadas, e suspiramos pela noite. Nós estávamos realmente muito distantes de qualquer coisa hollywoodiana, apenas um lampejo mais ínfimo da luz do Píer de Santa Mônica era perceptível na distância onde a estrada dava uma curva em si mesma.

Eu me inclinei e roubei um beijo. Suave, gentil, lábios e bocas se acariciando e apertando-se um no outro em silenciosa afeição.

Outro carro estacionou no lugar, faróis rompendo nossa bolha e lembrando-nos de onde estávamos e o que estávamos fazendo. Outro casal teve a mesma ideia que a gente. Dando uma olhada neles, nós demos partida, deixando-os com seus beijos apaixonados.

– Casa, ou mais uma volta?

– Me leva pra casa, Jack – respondi, roubando só mais um beijo.

★ ★ ★ ★

Ele segurava meus braços acima da minha cabeça, provocando meu corpo com sua língua. Curvei meu corpo sobre ele, em sua direção, contorcendo-me para chegar mais perto. Nua, sob o homem que eu amava mais que tudo nesse mundo, sussurrei, dizendo-lhe o quanto eu o adorava, o quanto eu precisava dele.

– Logo mais, Doidinha, logo mais – ele me repreendeu, deixando sua boca sugar meu mamilo direito enquanto minhas mãos lutavam para poder tocá-lo.

Minha pele estava em chamas. Seu peso caía deliciosamente sobre mim enquanto eu ansiava por me enroscar nele de todas as maneiras possíveis. Enquanto seus dentes mordiscavam, seus lábios sopravam palavras contra minha pele, dizendo-me como eu era linda, como eu era sexy, como eu era dele. Eu podia senti-lo, pesado e desejoso entre minhas pernas inquietas. Tentei trazê-lo para dentro, para dentro de mim, onde eu mais precisava alcançá-lo.

Ele soltou minhas mãos, mas desceu pelo meu corpo, a cabeça descansando entre minhas pernas, abrindo-me com suas mãos, cutucando-me com seu nariz, rindo contra meu calor, e mordendo com força na Marca Hamilton, deixando-a mais forte, marcando-me firmemente uma vez mais. Ele lambeu e sugou com paciência, com persistência, e eu gozei intensamente em sua língua, lançada às alturas e além por seu sorriso gentil mais uma vez. Os cabelinhos espetados em sua cabeça roçavam mais que prazerosamente na parte interna de minhas coxas, deixando-me mais sensível a cada toque. Suas mãos fortes me seguraram firme, puxando-me pelo quadril e descendo pelo colchão, de encontro a mim com uma pressão gentil, mas intensa, cobrindo meu sexo com seu rosto e sua boca, mordiscando e gemendo em mim, provocando uma cadeia de orgasmos que me fizeram gritar seu nome de novo e de novo.

Escalando meu corpo para se juntar a mim mais uma vez, sua boca agora investiu contra a minha, meu gosto e sua língua juntando-se à minha própria língua. Ele me virou rapidamente, posicionando-me para ficar de pernas abertas sobre seu quadril enquanto eu me erguia diante de seus olhos.

– Brilhante – suspirou ele sob a luz da lua, observando-me enquanto eu afundava sobre ele, tomando-o profundamente para dentro de mim, sem que não houvesse mais nada entre nós dois, nada mais existindo no mundo além da sensação peculiar de tê-lo em mim. Suas mãos espalmaram minha cintura, dedões mergulhando mais abaixo para girarem em círculos logo acima de onde eu e ele nos tornávamos um, aplicando pressão enquanto saíamos do controle juntos. Eu o cavalguei com força, de um jeito que ele amava, apertando-o para dentro e para fora, tocando meus próprios seios como eu sabia que ele queria, subindo e descendo e deixando minha cabeça pender para trás, meus cabelos roçando suas coxas enquanto eu o sentia crescendo impossivelmente para dentro de mim.

– Grace. Caramba, Grace – ele gemeu, gutural e explosivo sob mim enquanto eu gozava toda em cima dele, seu quadril investindo para cima contra meu sexo, nos fazendo subir num só movimento de novo e de novo, de um modo primal e gentil ao mesmo tempo. Ele gozou intensamente, e alto, obscenidades derramando-se de sua boca como se estivesse orando. Sua cabeça afundou no travesseiro, sobrancelhas juntaram-se, mandíbula apertada, do jeito que me fazia amá-lo ainda mais.

Eu desmoronei sobre seu peito, ambos respiravam pesadamente, o suor e o calor apegando-se entre nossos corpos. Fiquei deitada em cima dele, seus braços envolvendo-me pelas costas, desenhando imagens em meu corpo que eu não podia ver, mas que sabia que estavam lá.

– Eu gostaria de ficar aqui pra sempre, desse jeito, dentro – sussurrou ele em meu ouvido...

Ele voltou para o deserto na manhã seguinte.

dez

Revista Variety

A produção para o novo show *Mabel, instável?* continua a todo vapor. Anunciada como uma comédia musical que aborda forte temas adultos, ele marca o primeiro do tipo no novo canal, bem como a estreia de Grace Sheridan na televisão. A série é um olhar para Los Angeles pelos olhos de uma antiga princesinha lutando para encontrar seu lugar numa cidade em que a juventude é valorizada mais do que qualquer coisa. Tendo como pano de fundo Berverly Hills, a personagem principal Mabel (Sheridan) é provocada pela nova esposa do ex-marido, Bianca (Leslie Franklin). Embora Sheridan seja nova na cena, relatos anteriores dizem que ela é excepcionalmente forte nesse papel e está rebatendo qualquer recalque dos que se opõem a escolher para o elenco uma desconhecida num papel de tanta atenção. Originalmente um musical feito para o palco, escrito por Michael O'Connell, Sheridan deu luz ao papel de Mabel na produção de *workshop* no ano passado. O canal adiantou a produção de *Mabel, instável?* para uma estreia de verão, quando os produtores cortaram *Batedor de carteiras*, uma série que estreou com poucos pontos de audiência outono passado.

Twitter

De @Jackinmybox às 21h37min. OMG! Jack Hamilton acabou de entrar no restaurante em que eu estou! Meu Deus, vou morrer! 9th Street Tavern em Las Vegas. Venham pra cá agora!

De @Jackinmybox às 22h17min. Hamilton está sentado a uns seis metros de distância de mim na 9th Street Tavern. O Kasen está aqui também. Eu quero tanto ser aquela garrafa de cerveja na mão dele...

De @Jackinmybox às 22h55min. Jack Hamilton está saindo do bar, indo pra rua com outros caras que estão com ele. Vou segui-lo com meu carro!

De @Jackinmybox às 23h42. Merda! Do lado de fora do Ghostbar em Palms, tentando entrar! O Hamilton está lá dentro! Preciso conseguir entrar!!

People

Pela cidade e bem perto de você, Adam Kasen foi ouvido gritando com um atendente de bar e visto lançando furioso uma garrafa de cerveja no chão do popular Tease em Las Vegas. Em locação nas redondezas para a filmagem do desértico drama de guerra *Jovem soldado*, Kasen estava com vários outros membros do elenco, incluindo Jack Hamilton. Parecendo de algum modo envergonhado pelo comportamento do seu coprotagonista, ainda assim Hamilton conseguiu que Kasen voltasse para a área VIP da boate, onde o grupo festejou a noite toda. Kasen, garoto festeiro de longa data, é considerado como um dos motivos pelos quais Hamilton tem sido fotografado pela cidade nas últimas semanas. Enquanto isso, a suposta namorada mais velha e atriz Grace Sheridan está de volta a Los Angeles, trabalhando na sua nova série *Mabel, instável?*, para o canal a cabo Venue. Ainda que os dois nunca tenham comentado sobre seu suposto relacionamento, dizem que Sheridan encontra-se infeliz com o comportamento recente de Hamilton e que ela culpa Kasen pelo novo ar festeiro do ator. O representante de Kasen deu a seguinte declaração depois do incidente: "Adam estava naquela boate por motivos de trabalho, mas o incidente reportado nunca aconteceu. Adam jamais se comportaria daquela maneira".

InStyle

Em quem cai melhor? Fotografada em um evento de publicidade para seu novo filme, Jennifer Aniston usava um vestido preto justo do estilista Michael Kors, o mesmo vestido usado pela curvilínea estreante Grace Sheridan. Sheridan, a suposta namorada de Jack Hamilton, usou o vestido para um evento de Kate Spade em Los Angeles. Violão cheio de curvas ou porte atlético – quem o vestiu melhor? O que dizem vocês, InStylers?

Twitter

De @Jack'sFavoriteGal às 23h17min. Ai Senhor, estou aqui esperando o Jack Hamilton vir para o lado de fora. Quero pedir para ele assinar meu braço! Ou talvez outra coisa mais...

De @Jack'sFavoriteGal às 23h23min. Caramba! Acabei de ver o Adam Kasen olhar para o lado de fora! Eu acho que consigo ver a cabeça do Jack! Acho que vou vomitar!

De @Jack'sFavoriteGal às 23h42min. Muito irritada! Esperei aqui por três horas assim que descobri que ele estava aqui, e ele nem quis assinar-*cont.*

De Jack'sFavoriteGal às 23h43min. *cont.*-meu braço! Eu tinha uma caneta Sharpie e tudo o mais! E ele não quis assinar, só praguejou e o Bryan fez a gente se afastar! Ele-*cont.*

De @Jack'sFavoriteGal às 23h44min. cont.-nem mesmo olhou pra gente! A gente estava mais ou menos em trinta pessoas. Ele está em débito com a gente! MUITO IRRITADA

Us Weekly

Jack Hamilton trata mal seus fãs! Cercado por caçadores de autógrafo enquanto ia embora de uma boate em Las Vegas, a estrela, normalmente quieta e reservada, se irritou com fãs quando eles lhe pediram fotos e autógrafos. "Ele estava muito irritado. Eu consegui esse autógrafo ano passado quando ele foi pro Good Day LA, e ele foi muito mais legal! Ele mal falou com a gente, quando falou, disse pra gente sair da frente dele." Os fãs também perceberam que Hamilton saiu cambaleando da boate, depois de uma noite de festa e perda de grandes quantias mais cedo naquela noite, no Casino Resort de Palms. Será que o cientista sexy é um babaca? Diz que não é verdade, Hamilton!

Twitter

De @LAXforHamiltonSEX às 2h31. Eu juro por Deus que acabei de ver o Jack Hamilton encostar na vaga de estacionamento do Top of the Glen em Bel Air. Acho que é ele e aquela ruiva!

De @LAXforHamiltonSEX às 2h37. Caralho, eu estava certa! Jack Hamilton está indo para a farmácia. Eu super vou atrás dele e ver o que ele vai comprar... Lol

Acess Hollywood

Ainda se perguntando se Jack Hamilton é solteiro? Vamos acabar com isso agora. Novas fotos surgiram do que parece ser um encontro noturno do galã de *Tempo* com a tão falada colega Grace Sheridan, também uma atriz, estrelando a nova série para a Venue, anunciada para esse verão. Vestido de modo casual, camiseta e jeans, a jovem estrela foi vista caminhando lado a lado com Sheridan fora do *Top of the Glen*. Os dois pareciam estar rindo e dividindo um sorvete, até que notaram fotógrafos e rapidamente se separaram.

Mesmo que fotos recentes ainda não tenham sido tiradas do casal, eles foram fotografados repetidas vezes ano passado, quando certamente eram menos cuidadosos. A seguir, o que sabemos:

Fontes próximas do casal confirmaram que os dois se conheceram no verão passado, numa festa cuja anfitriã foi Holly Newman (os dois hoje são representados por Newman). A primeira foto dos dois juntos foi tirada no restaurante Gladstones em Malibu. Outras fotos circularam mais tarde naquela semana dos dois no restaurante japonês Yamashiro. Na semana seguinte os dois foram vistos fazendo compras em Whole Foods, pegando um lanche no Fastburger e, embora não existam fotos para confirmar, a equipe de um hotel de luxo em Santa Barbara nos contou que os dois passaram um final de semana por lá.

Avancemos agora algumas semanas para as fotos que apareceram dos dois de mãos dadas no Central Park de Nova York, local esse que sabemos agora se tratar de onde Grace estava morando enquanto trabalhava no seu novo musical/agora série de TV *Mabel, instável?*

A vez seguinte em que vimos o casal no mesmo lugar e na mesma hora foi na estreia de *Tempo*, o filme que lançou Hamilton. Andando pelo tapete vermelho, um esperto fotógrafo reconheceu Sheridan, que até então era conhecida somente como "a ruiva misteriosa". Ela deu seu nome a um dos fotógrafos, e uma inquietação percorreu toda a imprensa presente em pensar que ela era a ruiva com quem Hamilton tinha sido visto tantas vezes.

Desde então, nem um pio. O casal tímido diante das câmeras recusou-se a falar sobre o relacionamento, e nenhuma foto incriminadora surgiu desde as fotos tiradas em Nova York. Quando lhe pediram que comentasse, a representante em comum de ambos, Holly Newman, apenas disse: "Eles são ótimos amigos. Conheceram-se numa festa que dei para vários clientes meus meses atrás. Eles se encontraram várias vezes. Mas não formam um casal".

Outros têm uma opinião diferente.

"Eles têm que manter em sigilo. As fãs do Jack ficariam decepcionadas se soubessem que ele está comprometido", diz uma fonte próxima do casal. Fãs em sites do ator há meses especulam se os dois formam um casal na vida real.

"Claro que eles não são um casal. É tudo publicidade! Pensa bem: a Grace tem a mesma agente que ele. Ela está por trás disso tudo. Publicidade para Jack significa publicidade para Grace. Tudo se trata de dar mais destaque a ela na mídia. Se pedissem minha opinião, eu diria que ele consegue algo muito melhor do que isso", afirma Molly Hunter, dona do blog *Garotas sulistas para Jack Hamilton*, cujas leituras estão do lado "não namora" da discussão.

Recentemente, o comportamento de Hamilton tem levantado algumas bandeiras vermelhas. Se no passado ele parecia ser um ator calmo e reservado, ele tem caído pesado em festas e no circuito de boates noturnas, fotografado em todas as horas da noite, frequentemente parecendo altamente embriagado. Não se sabe como Sheridan está lidando com o tempo longe ou com a nova vida de Hamilton em sua personagem festeira.

A questão é, agora que Grace é uma estrela em ascensão, eles vão ou não revelar seu verdadeiro relacionamento?

E! Online

A produção para a nova série *Mabel, instável?* foi finalizada e a atriz Grace Sheridan celebrou junto de amigos próximos no bairro da vez em Los Feliz. Membros do elenco, roteiristas, e o diretor David Lancaster reuniram-se para brindarem juntos o novo sucesso do show. Mas o babado não é esse... Originalmente a série seria lançada no outono. Rumores dizem que embora a produção e o subsequente pedido para uma temporada completa, antes mesmo que um episódio fosse ao ar, fossem baseados parte na originalidade da série, a rápida escolha pode também estar ligada ao suposto relacionamento da estrela com Jack Hamilton.

Teria sido o show escolhido devido à óbvia conexão entre Sheridan, anteriormente uma atriz desconhecida sem crédito nenhum por seu nome, e seu relacionamento nem um pouco discreto com Hamilton? Será que o canal conta que seu nome fique ligado ao nome de Hamilton? Fiquemos atentos para saber mais sobre isso...

A imprensa acampou do lado de fora da festa privada para ver se Hamilton apareceria com sua namorada. O casal nunca comentou publicamente sobre o status do seu relacionamento, e as fotos mais reveladoras de um relacionamento próximo foram tiradas antes que *Tempo* fosse lançado e antes que Sheridan fosse escalada para protagonizar a nova série. Desde então, eles têm sido cuidadosos em evitar quaisquer fotos que poderiam confirmar a natureza do seu relacionamento, embora muitos *flashes* tenham sido tirados, mais recentemente na festa na casa de Holly Newman (agente tanto de Hamilton quanto de Sheridan) em março passado. No momento, o galã estava obviamente embriagado e sendo carregado por Sheridan e Michael O'Connel (roteirista e criador de *Mabel, instável?*) até o carro que os esperava. Desde então Hamilton tem sido visto em muitas festas noturnas, normalmente junto ao seu companheiro de elenco de *Jovem soldado* Adam Kasen tanto em L.A. quando em Las Vegas. Hamilton não foi visto entrando na festa particular, mas *tweets* de dentro do restaurante confirmaram que ele compareceria. Fontes de dentro da festa relatam que Hamilton estava quieto e reservado, sentado perto de Sheridan ou na mesa dela e misturando-se a outros convidados da festa. Embora nenhuma foto dos dois tenha surgido, relatos confirmam que eles estavam de mãos dadas e agindo como se fossem um casal. Os dois atores saíram da festa em carros separados.

Hamiltoned.com

Grace Sheridan e Jack Hamilton! Flagrados! Bem, quase isso... é você quem diz. O hamiltoned.com obteve fotos exclusivas do provável casal se aninhando numa cabine num canto, em uma festa privada para a nova série de *Mabel, instável?* em Los Feliz, na noite passada. Embora meio embaçada, nós ampliamos o canto superior esquerdo da foto, que claramente mostra a mão de Jack no ombro de Grace! Goste você ou não da ideia dos dois como um casal, nós aqui do Hamiltoned achamos ótimo que ele tenha encontrado alguém com quem se sinta tão claramente confortável. Esperemos que por ser a mais velha no relacionamento ela possa manter a coleira mais apertada nele! Boa sorte, Grace! Agora, quem aqui está meio ansioso para saber mais dessa nova série em que ela está?

JackedOff.com

Jack Hamilton rompe com Sem Graça Sheridan! Nessa foto exclusiva da sua festa idiota de socialização para sua nova série idiota sobre uma metida a princesinha (tudo muito questionável), os dois foram flagrados numa cabine de canto. Você não consegue ver totalmente, mas se você ficar sem paciência e ampliar logo o *zoom* (como a gente fez aqui) você vai poder ver que ele claramente a está empurrando por tentar se sentar perto demais dele. A gente já desconfiava há muito tempo que ela estava totalmente apaixonada por ele (como poderíamos culpá-la?) e usando a agente em comum para se aproximar e ficar com ele. Faça-me o favor! Garota (mulher!), ele só estava lá para ajudar a dar publicidade para sua nova série idiota! Que, aliás, vai ser um fracasso. Você ouviu daqui primeiro. Lembre-se disso, nós avisamos! Mesmo que a gente não queira ele namorando ninguém, será que ele pode namorar alguém da idade dele? E não desperdiçar mais noites com essa baranga ruiva? Veneno demais, aqui??? Deixe seus comentários...

ENT

Refilmagens foram pedidas para algumas cenas da nova série *Mabel, instável?*, estreando nesse verão no canal a cabo Venue. Fontes próximas da série relataram que as refilmagens foram feitas devido a ganho de peso da atriz principal, Grace Sheridan. A atriz de 33 anos tinha lutado contra seu peso no passado, como mostrado nessas fotos obtidas exclusivamente pela TMZ. Tiradas muitos anos atrás, antes que ela se mudasse para Los Angeles, Sheridan aparece no mínimo sete quilos mais pesada e uma mulher muito diferente daquela que tem sido flagrada com o ator mais quente de sua geração. Será que Jack sabe que sua namorada é uma antiga gorda?

Apesar de muito mais magra agora, Sheridan encontra-se no limite da escala de peso para uma atriz. Suas curvas são bem visíveis nessas fotos da estreia de *Tempo* no outono passado. Fontes do *set* de filmagem confirmaram que pediram a Grace que ela perdesse peso antes que a filmagem de *Mabel, instável?* começasse, e embora na época ela tivesse obedecido, no final das filmagens seu peso começou a voltar mais uma vez.

"Ela é consideravelmente mais larga que outras atrizes da série, e de fato deu duro para fazer seu peso cair. Mas agora é visível. Os produtores perceberam, e agora nós estamos refilmando. Você pode imaginar", disse uma fonte anônima do estúdio de filmagem.

CurvyGirlGuide.com

Em resposta a uma história da ENT de 25 de maio, nós da CGG postamos um artigo sobre Grace Sheridan e seu status de "garota curvilínea". Grace deve vestir 42, 44. Com uma constituição física atlética, Sheridan é maior que a maioria das atrizes de Hollywood. A maioria das mulheres do elenco vestem tamanho 38, se não 36. A maioria é pequena, muitas mal acima de 58 cm de cintura. De repente, aparece Grace Sheridan, uma gigante!

Nós perguntamos a nossos leitores o que eles pensavam sobre a história que ENT contou, juntamente com as fotos de uma Sheridan claramente além do peso, tirada anos atrás. Vocês responderam *bem demais*. Nós recebemos mais e-mails e mais comentários sobre isso do que sobre qualquer outra matéria desse ano, *somadas*.

Nós mal sabíamos quem Grace Sheridan era há poucos meses. Agora sabemos. E nós gostamos. E nós vamos assistir. E nós vamos torcer. *Graças a Deus* tem uma mulher que veste tamanho 42 na televisão. Ainda assim um pouco menor que a média das mulheres americanas, mas não somos seletivos demais. Diferentemente de Hollywood. Vai, Sheridan, vai!

E embora normalmente nós evitaríamos comentar sobre a vida amorosa de uma celebridade, se os relatos forem de fato verdadeiros e ela estiver namorando o cientista superssexy? Nós. Somos. Oficialmente. Fãs. Dos dois.

StarTrackers

Uma troca acalorada aconteceu entre o diretor David Lancaster e a atriz Grace Sheridan no set da série da Venue enquanto o elenco e toda a equipe faziam as refilmagens. Foi relatado que o diretor trouxe todo mundo de volta para refilmar algumas cenas depois que os produtores disseram estar "preocupados com o visual da série", uma vez que Sheridan recuperou os pesos que lhe pediram para perder. Discutindo do lado de fora do seu trailer sobre uma escolha no seu figurino, Sheridan pareceu irritada e frustrada com o pedido do diretor para que ela "se cobrisse" para uma das cenas mais sensuais que deveriam ser refilmadas. Sendo uma nova atriz na indústria, contrariar um diretor do calibre de Lancaster é algo quase inaudito. Uma consultora de figurino da série, Amber Bigalow, disse: "Eu amo a Grace. Eu amo trabalhar com ela. É maravilhoso poder vestir uma mulher de verdade, pra variar, em vez das atrizes absurdamente magras com quem trabalho. Nada contra as outras atrizes, mas ela é uma ótima mudança de padrão dos corpos que eu costumo ver. Ela parece comigo, ou pelo menos pareceria se eu me exercitasse mais!".

Desde que essa história foi relatada pela primeira vez, opiniões correram soltas na internet, tanto elogiando quanto desprezando a nova atriz. Sheridan nada comentou, mas sua agente, Holly Newman, confirmou que embora a atriz estivesse frustrada pela história ter vazado, ela estava contente em ver que um diálogo sobre isso tinha sido aberto.

A série está programada para estrear em duas semanas, então esperemos que as cenas estejam prontas até lá...

---

onze

Inesperado. Essa era a palavra, a palavra que definia tudo que tinha acontecido na minha vida nos últimos poucos meses. Inesperado.

Inesperado: a ideia de que minha idade continuaria a ser citada onde quer que eu e Jack fôssemos mencionados.

Inesperado: a noção de que nosso relacionamento era diariamente a matéria principal de blogs de entretenimento e programas de TV quando havia um dia com poucas notícias, e às vezes, mesmo quando não era.

Inesperado: que uma diferença de sete quilos e meio, apenas três quilos a mais desde que fui escolhida para esse papel, renderia tanto na mídia e mudaria o sistema de perda de peso californiano.

Inesperado: que minha carreira como atriz, com a qual eu tinha sonhado desde criança, estava agora sendo ofuscada pelo meu jeans tamanho 44 e meu relacionamento não confirmado com o Homem Mais Sexy do Mundo.

Inesperado: o comportamento de Jack e a constante festança, principalmente quando ele se encontrava filmando em algum lugar.

Inesperado: o pequeno, mas cada vez maior contingente de fãs que tinham começado a me apoiar, ainda que meu show não tivesse estreado e eu tivesse que comentar sobre as histórias de minha briga com meu diretor.

Inesperado: as histórias eram verdadeiras.

Inesperado: fãs de Grace?

Inesperado: o fato de que eu ainda iria aparecer na televisão mas já era quase famosa – quase famosa nada além de quem eu estava namorando e do quanto eu pesava.

Inesperado: a maior parte dos fãs de Jack continuava a me odiar, escrevendo comentário após comentário na internet sobre o quão profundamente me desprezavam por estar "trepando com o nosso inglesinho".

★ ★ ★ ★

Sentei-me no escritório de Holly depois de ser informada sobre as críticas mais recentes na internet e da melhor maneira de lidar com a reunião de imprensa que eu tinha agendado para o dia seguinte. Amanhã eu estarei diante de praticamente todos os repórteres e ratinhos de sites de entretenimento nessa mesma hora, todos eles sabendo que não eram permitidos a me fazer perguntas sobre Jack, mas ainda assim tentando, das mais variadas maneiras criativas, me pegar no pulo e fazer com que sua entrevista fosse melhor do que as outras centenas que eu faria nesse mesmo dia.

De repente, do desejo de apenas voltar para Los Angeles e conseguir um emprego cantando num comercial de pasta de dente ou assistindo a um bebê dançar com o tipo mais novo de fraldas enquanto segurava outro no colo, eu me encontrava em uma série de TV que estrearia com alto índice de audiência mesmo que fosse uma porcaria, o que não era, e numa sequência de entrevistas na qual eu me sentaria e assistiria aos repórteres mostrando-me fotos minhas da minha fase mais gorda e tentando fazer com que eu comentasse por que a questão do peso era tão importante para Hollywood.

Como Jim Morrison disse, essa é a vida mais estranha que eu já conheci.

Holly fez seu melhor para me sugerir maneiras diferentes de responder certas questões, estratégias para guiar a conversa de volta ao que interessava, a série, e longe da minha vida pessoal. A gente sabia que não havia um jeito de evitar completamente tudo, mas havia maneiras de tentar manter algum controle.

– Então, você tem um namorado?

– Ando tão ocupada, que mal tenho tempo de ir fazer as unhas do pé!

– Você está saindo com alguém?

– Estou tão centrada nesse novo e excitante capítulo na minha vida, na minha carreira, que eu realmente só estou animada com meu trabalho e com o que pode acontecer depois dele.

– Você esteve em Santa Barbara recentemente?

– Lá é lindo, não é? É um dos meus lugares preferidos do Sul da Califórnia.

– O que Jack Hamilton achou das fotos que saíram há pouco de você consideravelmente mais gorda do que está agora?

Silêncio.

– Você tem que ser mais rápida que isso, Grace. Você estava indo muito bem – disse Holly, gentilmente.

– Vamos tirar uma pausa? – recostei-me na cadeira e apoiei a cabeça em minha mão.

– Claro, mas peça só uma pausa durante essas entrevistas e vão achá-la uma diva metida e irresponsável – ela me lançou uma garrafa d'água. Eu tomei um gole pensativa, enquanto ela se inclinava para seu *notebook*.

– Sete quilos! Sete quilos, e eles já querem arrumar um guincho pra me levar pra fora de casa! Eu estou acima do peso para minha altura, pelo amor de Deus. Isso é ridículo! – estourei, folheando minhas fotos mais recentes em outra revista. O peso que eu tinha perdido voltou assim que eu parei com a dieta de pepinos e ar. Eu continuei com meus treinos extras, tentando como louca voltar pelo menos ao meu peso inicial, mas meu corpo sabia onde ele era mais saudável, e era onde eu estava agora. Eu mais sete quilos. – Não consigo acreditar que é disso que estão falando; que é assim que essa nova série está sendo divulgada. Eu me sinto mal pelos outros atores.

– Não se sinta. É só a imprensa. Não o tipo de imprensa que eu gostaria de ter, mas é imprensa do mesmo jeito. E está começando a virar a nosso favor, então, ânimo, Debiloide.

– Você sempre foi durona assim? – bufei dentro da minha garrafa de água.

– U-hum.

– E o Michael gosta quando você é durona?

– Recuso-me a responder – ela sorriu, o sangue subindo pelas bochechas.

Michael e Holly estavam oficialmente num caso já há um tempo. Eles começaram devagar, com um encontro aqui, outro ali, passando um tempo juntos quando podiam, e isso então se tornou um relacionamento. Eu nunca a tinha visto mais feliz. Ela sempre fora alguém que contava tudo – tudo, mesmo – dos caras com quem ela estava saindo. Sobre esse, no entanto, ela estava sendo reservada, o que mostrava o quanto ela estava verdadeiramente apaixonada. Eu ainda via Michael no *set* o tempo todo, e agora era visível para mim (e para qualquer um que passasse algum tempo com ele) que era em Holly que o sol andava nascendo e se pondo para ele. Ainda assim, era legal ter meu amigo ao meu lado enquanto eu passasse por tudo isso. Ter os dois amigos ao meu lado, na verdade.

– Enquanto damos uma pausa, podemos falar do Jack? – perguntou Holly.

– Ele é seu cliente. Fale você com ele – eu suspirei, sabendo para onde isso estava indo.

O comportamento questionável de Jack tinha se tornado muito questionável nas últimas semanas. Ele estava em gravação por mais tempo do que tinha inicialmente planejado, em especial por causa de constantes revisões no roteiro e atrasos por causa do clima. O que resultava em muito tempo para curtir Las Vegas, somente uma hora de distância. Nós conversávamos todos os dias, trocávamos e-mails, mensagens de texto, e ele vinha para casa tão frequentemente quanto podia. Mas estava começando a existir um vão entre o Jack de casa e o Jack no trabalho. Adivinha qual deles eu preferia?

No começo, mesmo eu já não gostando de Adam, eu relevava quase tudo. Jack era jovem e estava se divertindo, e ele trabalhava tão duro que merecia um tempo para aliviar a tensão. Mas estávamos entrando numa área nebulosa agora; além de alívio de tensão e apenas pura tensão. Ele estava prestes a voltar para a cidade essa noite, e eu planejava seduzi-lo, para então tentar, mais uma vez, pôr algum juízo em sua cabeça.

Adam Kasen continuava a ser o pivô da encrenca. Eu sabia que não gostava dele, não confiava nele, e meus instintos tinham provado serem verdadeiros. Os relatos anteriores de que ele tinha mudado não passavam de lorota, para usar uma expressão de Jack, e ele continuava sendo um baladeiro como sempre foi. Ter sido escolhido para o elenco do mesmo filme em que Jack estava foi a melhor coisa que poderia ter acontecido para a sua carreira, uma vez que estava de novo em todos os tabloides e constantemente conectado ao meu namorado. Meu doce, jovem, lindo namorado, que era esperto, mas não infalível. Que era esperto, mas impressionável.

E Adam o estava empurrando na direção de um abismo e ao alcance do doutor Drew, o desintoxicador de famosos. Era gritado aos quatro ventos que Jack seria a próxima celebridade envolvida num escândalo do tipo Lindsay Lohan.

Não para cima de mim. Eu não deixaria que isso acontecesse.

O problema era que ele estava ficando hostil a cada vez que Holly tentava conversar com ele sobre sua personalidade pública – sobre o modo como se comportava com seus fãs e as escolhas que fazia. Ele não queria ouvir isso dela, e mal queria ouvir isso de mim.

– Ele vem pra casa hoje. Vou conversar com ele – disse a ela. – Mas você é a agente dele. Algumas coisas são comigo. – Eu esperava ter encerrado o assunto antes mesmo de ele ter começado.

Jack se sentia muito mal pelo que a imprensa andava falando de mim. Ele sentia que era culpa dele – ele se sentia diretamente responsável pelos tiros e golpes que seus fãs andavam atirando em mim.

– Mas se você não estivesse comigo, isso não estaria acontecendo! Claro que é culpa minha! – gritou ele ao telefone, uma noite depois da leitura de um post num blog particularmente sacana. Eu tentei não acessá-lo mais, mas alguém o mostrou para ele no *set*, e ele saiu fora de si quando leu os adjetivos usados para descrever minha bunda... dentro de um *shorts* que eu usei certa vez na academia. Puxados para cima.

– Eu não vejo as coisas dessa forma, Jack. Não há muito sobre mim que alguém possa dizer que me faria repensar nossa relação. A não ser que Joey McIntyre estivesse envolvido. Nesse caso, teria que pensar com seriedade – brinquei, tentando descontrair.

– Quem é esse? – perguntou ele, sua voz ainda tensa e irritada.

– Dã, ele é o integrante mais novo do New Kids on the Block, e o meu preferido. Sou gamada nele.

– Você é gamada nele?

– Sim. Esse seria um bom momento para fazermos nossas listas. Sabe, as celebridades com que cada um pode ficar se a oportunidade aparecer? De todo modo, no seu caso, você realmente tem acesso a qualquer celebridade que queira, então talvez eu deva ser a única no nosso relacionamento que pode ter esse privilégio.

– Ei, ei, espera aí. Eu exijo que minha lista seja considerada – desafiou ele, sua voz relaxando agora para a do Jack que eu conhecia, que eu amava.

– O quê? Espera aí, você já tem uma lista?

– Óbvio! Catherine Zeta-Jones está nela.

– Ah, é? Mais alguém que eu preciso saber?

– Hmm, eu sempre tive uma quedinha pela Jennifer Lopez. Eu daria uns beijos na Jenny.

– Que lista fascinante, essa. Mais alguém? – Eu ri, afundando mais uma vez na cama. Nós estávamos finalmente conversando depois de só encontrarmos a caixa de mensagens um do outro por dois dias. Eu estava exausta depois de um longo dia de refilmagens, mas ansiosa para poder conversar com meu Doidinho.

– Eu acho que a única outra pessoa nessa lista talvez seja Norah Jones: ótima voz, peitos decentes, rosto adorável.

– Ok, chega. Chega. Nenhuma ruiva na sua lista?

– Só existe uma ruiva pra mim, Doidinha, você sabe disso. Você é minha primeira e única ruivinha.

– Ah, que fofo, meu amor! – suspirei, me remexendo toda na cama enquanto escutava suas palavras. Eu gostava de ser chamada de sua primeira e única.

– Quem está na sua lista? Vamos, pode ir dizendo!

– Bem, você já sabe do Joey Joe. Dele não preciso nem dizer. E acho que Johnny Depp vai estar sempre na lista, agora e para sempre.

– Ele poderia muito bem estar na minha lista, também. Ele é estilosão.

– E tem esse ator novo, um que pouco tempo atrás ficou famoso. Alguém me apresentou o trabalho dele no ano passado. Ele é um sonho.

– Ano passado, é?

– É, e parece que chegou pra ficar, todo mundo tem que ficar de olho nele. Acho que o nome dele é Jack Hammond ou Hamfield. Alguma coisa assim.

– Acho que é Hamfield! – Nós dois caímos na risada.

– Você vai sair essa noite? – perguntei depois que nos acalmamos.

– Não, estou cansado demais.

– Queria que você estivesse aqui, George.

– Eu também, Gracie, eu também.

– Debiloide, está me ouvindo?

A voz de Holly me trouxe de volta à realidade.

– O quê? Ah, sim. A gente estava falando do que, mesmo?

– O que Jack Hamilton achou das fotos que saíram há pouco de você, consideravelmente mais gorda do que está agora?

– Imagino que ele se sinta como qualquer outro ator se fotos dele fossem vendidas para um tabloide para render algum dinheiro, pra lucrar em cima da luta pessoal de alguém. Se eu já fui mais gorda do que hoje? Sim, e embora eu tenha decidido por um estilo de vida mais saudável, isso não exclui o fato de que as mulheres nessa indústria – e, aliás, na sociedade de modo geral – são cobradas para manter um padrão que os homens não precisam manter. Então mostre essa foto quantas vezes você quiser. Essa aí era eu mesma naquela época, e essa aqui sou eu mesma agora. E eu estou bem com isso – finalizei, minha voz se tornando mais forte no final. Eu acreditava em tudo que tinha acabado de dizer. E diria o que eu realmente pensava para todo mundo que me perguntasse. Fitei Holly, esperando por sua reação.

– Ok, frutinha, acho que acabamos por aqui. Vamos lá convencer o Michael a fazer um drink e trazer pra gente na minha banheira quente – ela fechou seu *notebook* e deu uma piscadela para mim. Entrevistas, aí vamos nós.

★ ★ ★ ★

Mais tarde naquela noite, eu estava em casa esperando por Jack. Dessa vez, ele estava voltando de carro do deserto. Ele gostava do percurso. Ele disse que gostava da sensação de paz que sentia enquanto acelerava pelo deserto à noite. Mas ele estava mais de duas horas atrasado, e enquanto eu limpava a pia pela décima vez, considerei ligar para ele mais uma vez. Foi então que vi os faróis do seu carro aproximarem-se pela entrada.

Nós dois estávamos com carros novos. Eu troquei meu pequeno conversível por um Escalade largo, dentro do qual eu me sentia mais segura para dirigir. E Jack agora mantinha seu próprio conversível bem guardado numa garagem particular no Valley. Ele dirigia agora um Tahoe bem menos chamativo, mas ainda assim estiloso, quando saía por aí sem Bryan.

Alisei minha camisa enquanto me dirigia à porta da frente, sentindo uma tensão percorrer meu corpo. Eu não o via desde a festa particular para a minha série, e estava ansiosa para vê-lo, abraçá-lo.

Eu abri a porta, e lá estava ele. O cabelo começando a crescer e parecendo bagunçado, ainda que não estivesse dois dedos mais longo. Olheiras, enormes olheiras negras sob os olhos. Ele parecia exausto, e mesmo seu jeito de andar parecia cansado, arrastando-se penosamente com sua bolsa de viagem e violão. Eu estava feliz em ver que ele ainda o tinha. Ele parecia ter perdido um pouco do interesse em tocar nos últimos meses. Seu sorriso, no entanto, ainda pertencia a mim, e me saudou a dez metros da porta de entrada. Ele estava em casa.

– Oi.

– Oi pra você – ele respondeu, passando pela porta, deixando suas coisas caírem no chão e me segurando para um abraço forte. Eu passei meus braços em torno dele, suspirando enquanto respirava sua essência, acentuada pelo sol e bronzeado do deserto onde ele estava vivendo. Seu corpo era magro e duro e vinha de encontro ao meu. Ele tinha perdido algum peso durante as filmagens, e estava todo braços e pernas, apertando-me com força.

Ficamos nos braços um do outro diante da porta de entrada, nos beijando e nos conectando, segurando e lembrando. Eu me afastei para olhá--lo, descansando minha fronte contra a dele quando ele se abaixou.

– Estou tão feliz por você estar em casa.

– Eu também, meu amor.

– Está com fome?

– Estou cansado demais pra saber – ele riu, o olhar passando pelo corredor na direção do nosso quarto.

– Que tal você tomar um bom banho quente, e eu vou esquentar alguma coisa pra você. Que tal?

– Você pode me trazer vestida naquela roupinha vermelha de seda que você usa pra mim algumas vezes? – perguntou ele, erguendo uma sobrancelha.

– Você não estava cansado? – dei um empurrãozinho no seu peito, enquanto fuçava com o nariz entre meus cabelos.

– Eu nunca estou cansado demais para isso, Doidinha – ele me puxou para junto dele mais uma vez e me levantou a alguns centímetros do chão, fazendo minhas pernas girarem num círculo.

– Ok, tome um banho. Eu vou fazer alguma coisa pra comer, então vou pôr meu figurino pra você. Que tal? – provoquei, saindo de seus braços e indo para a cozinha. Virei para vê-lo me observando. Um sorriso de orelha a orelha era sua única resposta enquanto se dirigia para o lado oposto. Ouvi o chuveiro ligar, e sorri para mim mesma enquanto lhe preparava um lanche.

Um pouco disso, um pouco daquilo, e então vesti meu robe transparente de seda vermelho que era o seu favorito, rendado e aberto nos lugares certos. Esperei alguns momentos depois que ouvi o chuveiro desligar, então me dirigi ao quarto com uma bandeja empilhada com tudo o que ele gostava.

Ali, na nossa cama, Jack estava deitado em diagonal, ainda de toalha, dormindo profundamente. Eu depositei a bandeja e sentei-me ao seu lado, tentando erguê-lo para que ele se virasse para deitar direito. Ele suspirou enquanto dormia, virando para o seu lado da cama, aproximando-se de mim e colocando a cabeça em meu colo. Um pequeno suspiro escapou, e quase de imediato ele voltou a dormir.

Sentei-me com minha seda e rendas, percorrendo a ponta dos dedos pelo rosto dele e descendo por seu pescoço, por seu cabelo curtinho e por suas pálpebras.

Minha estrela precisava descansar.

★ ★ ★ ★

Um par de mãos fortes me puxou para trás, fazendo-me deslizar até o encontro de um corpo quente. Estremeci um pouco, o sono tirando o peso dos meus olhos quando percebi que eu estava em nossa cama, com meu Jack. Minha estrela não estava mais dormindo. Minha estrela estava me seduzindo.

– Você devia estar dormindo, Jack – protestei, virando-me para ele e levantando uma sobrancelha, examinando-o de cima. Ele percorreu meu joelho até minha cintura, subindo e descendo por minhas costas, puxando o robe vermelho que ele tanto amava. Sua mão era quente, assim como seu sorriso.

– Eu dormi – sussurrou ele.

– Sua cara ainda parece cansada – segurei em sua mão errante e a trouxe até meus lábios para um beijo.

– Que comentário gentil. Posso ganhar cinco agora também?

– Engraçadinho – eu ri, relaxando ao lado dele e me aconchegando, descansando minha cabeça em seu ombro. Suspirei, ainda sonolenta, mas desejando sua pele.

– Eu poderia lidar com pelo menos um, provavelmente, e depois um lanchinho? – Ele pressionou os lábios contra minha fronte. Eu passei uma perna sobre ele, sentei-me em cima, e sorri.

– Acho que posso lidar com isso – e pus minhas mãos à obra.

★ ★ ★ ★

Algum tempo depois, deitada em nossa cama, aconcheguei meu corpo ao de Jack. Eu o envolvi como um cobertor, ainda empoleirada em cima dele, pés e braços ao seu redor, minha cabeça encaixada sobre seus ombros. Suas mãos traçavam um caminho da minha coxa até minhas costas, subindo pelos meus ombros, e então pressionando gentilmente cada cavidade em minha espinha. Não eram mais mãos frenéticas e agitadas, mas sim calmas e relaxantes.

– Senti a sua falta, Doidinha – sussurrou ele em meu cabelo, e eu suspirei, satisfeita com suas mãos em mim.

– Você não faz ideia – respondi, beijando sua orelha, fazendo cócegas com meus lábios até que ele risse.

– Como está tudo? – perguntou ele, levando as mãos para cima para tirar meu cabelo do meu rosto, seus olhos verdes faiscando mesmo sob a luz da lua.

– Bem. Muito trabalho, mas bem.

– Não, quero dizer, como você está em relação a tudo? Está pronta para amanhã?

– As entrevistas?

– As entrevistas. Está pronta pra elas? – ele se sentou sob mim, minhas pernas automaticamente passando ao redor da sua cintura. Ele se sentou de pernas cruzadas comigo em seu colo, suas mãos fortes mergulhando pelas minhas costas e me puxando para mais perto.

– Acho que sim. Quer dizer, Holly e eu ensaiamos e repetimos as perguntas que eles poderiam fazer, quando se esquivar e quando responder – assenti, sentindo meu estômago apertar-se um pouco diante do pensamento de enfrentar um pelotão de fuzilamento em menos de doze horas.

– Eu entendi o que você disse, mas quero saber como você está se sentindo de verdade – insistiu ele, suas mãos entrando sob o rendado para ter mais contato comigo.

– Eu estou morrendo de medo – admiti, lançando meus braços ao redor do seu pescoço e puxando-o para perto. Ele deu uma risadinha abafada pelos meus cabelos, segurando-me com força.

– Eu sei, meu amorzinho – ele entendeu.

– É que não faz sentido. Eu nem fiz nada ainda, e todos eles querem saber como eu me sinto sendo uma atriz gorda em Hollywood, e como você está lidando com meu aumento de peso. Que absurdo! Não faz sentido nenhum! – exclamei, soltando meus temores por trás de sua cabeça.

– Nada disso faz sentido. Quanto antes você entender isso, mais fácil vai ser – disse ele, afastando-se somente o suficiente para beijar minha testa com intensidade.

– Como você está lidando com o recente aumento de peso de Grace, Senhor Hamilton? – perguntei, enfiando minha mão-microfone no rosto dele.

– Ah, bom, é bem duro de aguentar. Acho que a única coisa que resta a fazer é encher a mão com um pouco e ir pra diversão – respondeu ele num piscar de olhos, seguido por ele literalmente enchendo a mão.

Nós brincamos de lutinha na cama, com apertões e cócegas. Finalmente paramos em algum lugar próximo da cabeceira para descansar, Jack me prendendo e brincando com meu rendado mais uma vez.

– Você vai se sair muito bem. Você sabe disso, não é? – disse ele, ofegante depois da nossa lutinha. – Apenas seja você mesma. Que é quem eu amo. E eles vão amar também.

– E quando me perguntarem se estou namorando você?

– Fale que está, fale que não, ou fale pra eles não encherem o saco. Eu não sou o foco. Você é o foco. Então fale como você quiser, do seu jeito, Doidinha – ele deu um tapa em minha bunda. – Agora, onde está aquele lanchinho? Estou morrendo de fome.

Depois de alguns minutos, sentei-me em nossa cama cruzando as pernas e assisti a Jack bebendo o que restava do caldinho do macarrão com gergelim e beliscando as migalhas do rolinho primavera que eu tinha esquentado para ele. Pelado, o lençol enfiado entre as coxas, ele comeu tudo com vontade, contando-me sobre o resto da filmagem e sobre como ele tinha gostado de trabalhar nesse projeto.

– Quer dizer, em que outro trabalho um inglesinho de Londres poderia atirar até descarregar uma arma gigante e dirigir um tanque, um tanque de guerra?! Tem mais rolinho primavera?

Eu ri enquanto ia até a cozinha. Sempre me fazia rir: quanto mais animado ele estava, mais seu sotaque ficava forte.

Eu pus o resto dos rolinhos para esquentar, acalentando a ideia de cortar algumas frutas para ele também, quando ouvi seu telefone tocar. Estava na bancada. E ele estava no outro quarto. Era Adam que estava ligando. Fiquei em dúvida se levava o celular para ele ou o lançava pela janela, mas então lembrei-me de que as janelas estavam fechadas, e eu não queria ter que mandar nada pra arrumar agora, e que a coisa madura a se fazer seria levar o celular para Jack.

De qualquer forma, você queria falar sobre isso com ele essa noite. Agora é a sua chance...

Eu sei, estou consciente disso, mas as coisas estão tão tranquilas agora.

Leve o celular para ele, termine de esquentar os rolinhos, e então tenha a sua conversa "Só Jesus Salva" com ele.

Está bem, está bem.

Levei-lhe o celular, entregando-lhe com um pouco mais de força do que normalmente eu entregaria. Ele ainda estava na cama, o lençol caindo baixo sobre sua cintura enquanto ele se recostava na cabeceira.

– Seu celular está tocando – eu disse, deixando o quarto enquanto ele o atendia. Eu terminei de esquentar a comida e voltei, exatamente no momento em que ele estava desligando.

– Certo, então, amanhã. Claro. U-hum, até – ele desligou e olhou faminto para o prato que eu trouxe. Ele estendeu a mão para pegá-lo, mas eu o mantive parado no ar, fora de seu alcance.

– O que foi, amor? – perguntou, um sorriso confuso abrindo caminho por seu rosto.

– Nós vamos conversar, e então você pode comer seus rolinhos. Justo? – sentei-me ao pé da cama, dobrando minhas pernas debaixo de mim.

Eu ainda vestia meu robe de seda vermelho, e percebi que essa conversa era séria demais para a quantidade de decotes e aberturas que havia nele. Um olhar de frustração cruzou seu rosto, um olhar que ultimamente eu estava vendo quando ele era confrontado por fotógrafos, mas que raramente era direcionado para mim. Ele suspirou, mas recostou-se de volta à cabeceira.

– Certo, não sei exatamente como dizer isso, já que você tem feito isso há mais tempo que eu, certamente, e você é um adulto e tudo o mais, e você realmente é...

– Fala o que você quer dizer, Grace – disse ele com calma.

– Eu não gosto do que você anda fazendo. Me preocupa, preocupa seus amigos, e está preocupando a Holly.

– E isso que você está me falando vem de você ou dela?

– De mim. De nós duas. De mim. Jack, eu sei que ando dizendo isso muitas vezes, mas eu estou preocupada com você. Eu nunca vi você agir assim com seus fãs. Você foi extremamente rude algumas vezes. Esse não é você. E você sabe como eu me sinto em relação ao Adam.

– Então, é sobre isso essa conversa, não é?

– Parte dela, sim. Ele só... Ele não faz bem pra você. Você fica uma pessoa diferente quando ele está por perto.

– Grace, eu não posso mais ir a nenhum lugar em público sem um guarda-costas ou motorista, quase nunca, agora. Minha namorada está sendo atacada por estar me namorando, apesar de a pergunta sobre se estamos namorando mesmo não poder ser respondida, porque certa equipe de apoio diz que seria ruim para minha carreira se eu fosse visto como comprometido. Não posso ir para um restaurante sem alguém tuitar isso e cinquenta pessoas aparecerem em vinte minutos, e se por uma noite eu não estou a fim de assinar autógrafos porque estou cansado pra caralho, então eu sou um idiota que não dá a mínima pros seus fãs. Eu saio pra relaxar e desestressar, e todo mundo se envolve. Sabe, todo mundo fica tenso. Vocês precisam relaxar um pouco. Está tudo bem. Terminamos? – Ele levantou-se da cama e foi até a poltrona onde suas roupas estavam.

– Espera aí. Pra onde você está indo?

– Dar uma volta de carro. Preciso sair daqui um pouco.

– Mas você acabou de chegar! Jack, eu preciso falar com você sobre as coisas, ok? Eu preciso saber quando você sai, quando você está em filmagem, que você está bem. Você não pode me culpar por estar preocupada – eu parei diante dele enquanto ele se enfiava no jeans e na camisa.

– Você falou; eu escutei. Espero que você tenha escutado o que eu falei também. Não tem nada com que se preocupar, está bem? – ele me deu um beijo distraído, de passagem, enquanto se dirigia para fora do quarto. Eu o segui, minha mente rodopiando diante da velocidade com que essa conversa tinha se alterado.

– Espera, Jack, o que está acontecendo? Você está mesmo saindo?

– Só um pouco. Daqui a pouco eu volto. Está tudo bem, Grace. Estamos bem. Eu entendo o que você está dizendo, e eu gosto da sua preocupação. Eu realmente gosto.

Seus olhos estavam escondidos de mim enquanto ele vestia uma jaqueta e saía para a noite. Eu fiquei parada na porta, ainda de rendado vermelho, tremendo no ar frio da noite.

– Fale pra Holly que na próxima vez que ela usar você pra chegar até mim, vamos ter um problema de verdade – disse ele, entrando em seu carro.

Eu o observei partindo, e voltei para dentro. Apaguei todas as luzes, exceto a da entrada da casa, depois voltei devagar para o nosso quarto. Deixei o rendado vermelho no chão do banheiro, deslizei para dentro de uma de suas camisas, e fui para a cama. Atordoada, pousei a cabeça em meu travesseiro, preocupada como há muito tempo não ficava.

* * * *

Em algum momento, quando o dia começava a clarear, Jack voltou para casa. Ele entrou, ouvi-o se despindo e o senti subindo na cama.

Vem aqui. Por favor, vem aqui, eu implorei silenciosamente, necessitada dos seus braços ao meu redor. Depois do que pareceu uma eternidade esmagada dentro de vinte segundos, ele deslizou devagar até meu lado da cama, colocando os braços ao meu redor e debaixo de mim, suas mãos envolvendo meus seios e sua cabeça repousando no travesseiro. Eu soltei a respiração, deixando que ele me apertasse.

– Eu te amo tanto, Jack – eu disse num sussurro.

– Eu sei – respondeu ele de volta, beijando a lateral do meu pescoço para logo dormir.

Meu alarme, programado para me acordar para meu primeiro dia de entrevistas com a imprensa, tocou trinta e sete minutos depois. Eu estava um caco.

doze

A sequência de entrevistas foi difícil. Confesso, não esperava que o fosse assim. Eu tive que cavar trincheiras? Não. Eu, de repente, me tornei uma atendente de telemarketing, recebendo dez ligações uma atrás da outra? *Aham*. Foi um trabalho duro? No sentido tradicional, não. De jeito nenhum. A sequência de entrevistas foi difícil? Difícil demais.

Eu nunca vou assistir a entrevistas com celebridades da mesma maneira. Mesmo que eu tivesse me preparado – eu sabia o que esperar, me sentia pronta para começar – foi difícil. Você se senta numa sala de um hotel, as janelas tapadas atrás de você, pôsteres de publicidade por todos os lados, e a cada dez minutos um jornalista entra e faz basicamente as mesmas perguntas que os últimos treze fizeram. E você tenta respondê-las de modo diferente, mas sem sair muito do *script*. Você sorri, acena e agradece enquanto eles dizem a você que amaram o que assistiram da série até então, e você fica se perguntando se eles falaram sério mesmo.

E quando eles querem dar uma de espertinhos, quando começam a fazer perguntas e você sabe exatamente aonde eles querem chegar (Hamiltolândia), você sorri e acena mais uma vez, e muda de assunto. Porque, por mais que eles queiram te fazer acreditar que são eles que comandam a entrevista, depende de você ater-se aos assuntos com os quais se sente confortável.

Eu fui bem. Eu estava muito impressionada com como tinha lidado com as coisas. Holly estava lá. Ela conversou com cada um dos produtores com antecedência, e depois com cada entrevistador antes de começarmos, para garantir que eles não fugissem do assunto, atendo-se somente aos assuntos pré-aprovados: a série, os coadjuvantes, minha recente fama, como estava minha vida sob os holofotes. Cada um deles teve permissão para fazer uma pergunta sobre meu peso – algo que inicialmente eu fui contra, mas para o que já estava me preparando.

Meu corpo estava um pouco fora de controle? Não seria honesto da minha parte se respondesse que sim, pois, apesar de ter abandonado a dieta de pepino e ar, eu estava comendo e me exercitando com o mesmo cuidado dos últimos anos.

Balancei minha cabeça para clarear as ideias, preparando-me para a última entrevista. Uma linda loira da ENT entrou flutuando pela sala, apertando minhas mãos e sorrindo com seus dentes perfeitos para a câmera enquanto ajeitavam-lhe o microfone. Holly a lembrou mais uma vez do que ela podia e não podia perguntar, e ela sorriu de novo. A luz da câmera se acendeu, e tudo correu bem durante um tempo – falamos sobre a série, meus coadjuvantes, o de sempre. Eu segurei um bocejo enquanto seguia pelos mesmos passos, pensando ao mesmo tempo em pedir um Martini assim que tudo acabasse, talvez convencendo Holly a se juntar a mim. Eu bufei um pouco ante o pensamento de ela recusar um drinque, perdendo a concentração, e foi nesse momento que fui pega de surpresa.

– Desculpa, o quê?

– Eu perguntei o que você acha das fotos que saíram hoje à tarde.

– Fotos? Desculpa, estive aqui dentro o dia todo. De que fotos você está falando? – perguntei, meus olhos indo até Holly, que deu de ombros, visivelmente sem saber o que estava acontecendo.

– Ah, claro. Você provavelmente não viu ainda, não é? Aqui, eu tenho umas cópias comigo – ronronou ela, entregando-me um bolo de fotos impressas. Antes mesmo que elas chegassem às minhas mãos, eu pude ver que eram de Jack. E de uma garota. Uma garota não muito vestida. E por "não muito" eu quero dizer calcinha, basicamente. Eles estavam se beijando, as mãos dele em seus cabelos e as dela no peito dele. Com paixão. Intensidade. Uma foto atrás da outra com a boca dele na dela, em seu pescoço, em seu...

Eu as entreguei de volta bruscamente para ela, minhas mãos trêmulas. Holly estava prestes a saltar para fora da própria pele, praticamente sapateando numa sala que era pequena demais para isso.

– Como você se sente olhando essas fotos, Grace? Quer dizer, vamos lá, já não é hora de vocês dois assumirem o relacionamento? Ou isso não é traição, se você nunca disse de verdade que vocês dois têm um caso.

Eu a encarei. Eu me sentia perdida, totalmente perdida.

– É por causa do aumento de peso? Não pode ser uma coincidência que assim que você engorda... desculpa... assim que você retrocede na balança, Jack começa a sair pela cidade quase toda noite? Você se importa de falar sobre isso?

Holly se colocou entre nós duas.

– Já chega. Essa entrevista acabou – disse ela com rispidez, bloqueando-me da câmera. – Você sabia o que podia perguntar.

– Ah, por favor, Holly, é o que todos nós queremos saber, mas ninguém teve coragem de perguntar. Isso é notícia. Eu tenho a obrigação com a minha audiência de...

– Se vira, Barbie. Nós acabamos por aqui. Vamos, Grace.

Ela se voltou para mim, puxando-me da cadeira e levando-me para fora da sala, mantendo-se entre mim e a câmera o tempo todo. Eu ainda estava congelada, chocada, mas também furiosa comigo mesma por não ter conseguido responder. Como isso foi acontecer? E o que eram aquelas fotos? Eu me virei de volta para a sala, olhando mais uma vez para a pilha de fotos sobre a mesa, a câmera me seguindo enquanto eu era conduzida para fora, a expressão sabichona no rosto da entrevistadora, sabendo que tinha me pegado no flagra.

Droga... essa cidade era cruel.

★ ★ ★ ★

Assim que Holly me levou para a outra sala, ela voltou para dentro. Eu podia ouvi-la gritando. Ela estava prestes a explodir, e eu estava muito contente por não ser eu a estar com a bomba nas mãos. Aquela repórter não conseguiria uma entrevista comigo por anos, ou com Jack, ou com qualquer cliente de Holly. Eu esfreguei os olhos, as pernas inquietas, tentando me concentrar, respirar e entender aquilo que eu tinha visto.

Calma. A gente ainda não sabe o que acabamos de ver.

Nós vimos Jack pondo as mãos em outra mulher. Foi isso o que vimos.

Gostaria de dar mais uma olhada naquelas...

Exatamente quando eu estava prestes a voltar para a sala da entrevista para pegar as fotos, Holly irrompeu pela sala, as bochechas coradas e no rosto sua expressão "não pisa no meu pé". Ela segurava as fotos nas mãos, mexendo as mãos como se ajeitassem no nariz óculos que, na verdade, ela não usava.

– A Barbie foi embora. Agora você vai poder vê-la fazendo a previsão do tempo em alguma cidadezinha de Oregon, mas ela não vai mais trabalhar aqui – Holly depositou as fotos na mesa à nossa frente. – Eu queria dar mais uma olhada nelas.

– Ah, meu Deus, eu quero olhar, mas também não quero. Faz sentido isso?

– Claro que faz, frutinha. Vamos tentar não ficar de queixo caído aqui. Deixa eu só dar uma olhada... Mmm-hmmm – ela bufou pelo nariz, segurando uma das fotos diante da luz. Lá estava ele: Jack, em toda a sua glória. Os cachos bagunçados tinham se ido, substituídos por seu corte raspado. O que quer que isso fosse, era recente. Eu engasguei ao olhar para as imagens mais uma vez, suas mãos por toda a mulher. Quem quer que ela fosse, eles se tocavam com paixão. Eu senti meu coração despencar, poderia ele realmente ter me... Meu Deus, ele poderia?

– Espera um minuto! Filha da mãe! Isso daqui é de um filme! Ah, que vontade de esganar aquela Barbie! – urrou Holly, lançando as fotos para mim. – É do novo filme dele. Eles estão filmando com essa garota. Ela é uma atriz. Se você prestar bem atenção, você consegue ver a equipe no cantinho. Aquela vaca!

Eu olhei atentamente as fotos, meu coração ainda acelerado, mas começando a se acalmar.

– Grace, ela fez isso só pra pegar você– Holly rolou o dedo pelo telefone. – Malditos abutres. Eles fizeram isso de propósito, dizendo que ele estava tendo um caso com uma coadjuvante.

Ela estendeu o telefone para mim. Peguei rapidamente para olhar com meus próprios olhos. Com uma manchete feita para fazer as pessoas pararem para ler, o artigo tinha zero fotos e toneladas de fotos sensuais, o que o tornou a matéria mais lida do dia. E, claro, lá estava eu mesma da minha época mais pesada, com o intuito de criar um contraste entre quem eu era e quem Jack deveria estar namorando.

– Filhos da puta – eu disse, fervendo de raiva, procurando meu celular. Jack me enviou mensagens durante o dia todo.

Doidinha, liga antes de abrir qualquer e-mail hoje...

Ei, não se esqueça de me ligar assim que você tirar uma pausa, ok?

Certo, então. Ou vocês viram e estão rindo, pensando até que ponto esses pentelhos são capazes de chegar; ou vocês viram e estão fulas da vida, pelo que não posso culpá-las. Por favor, me liga assim que você puder...

Enquanto lia a última das mensagens, ele ligou. Eu atendi.

– Grace?

– U-hum.

– Você viu as fotos.

– U-hum.

– É ridículo. Holly está com você?

– U-hum.

– Diz pra ela que da próxima vez ela precisa fazer alguma coisa pra que isso não aconteça. Estou exausto com tudo isso.

– U-hum – respondi num suspiro, o cansaço do dia começando a pesar sobre mim.

– É só isso que você vai dizer?

– Daqui a pouco eu estou em casa, Jack – respondi, desligando.

Não era culpa dele, nem de longe. Mas o turbilhão de emoções tinha acabado de se acalmar, e eu estava exausta. Eu olhei para Holly, que digitava furiosamente no celular.

– Por hoje acabamos, certo?

– U-hum – respondeu ela, com um sorriso de pesar. Eu a abracei, peguei minha bolsa, e me dirigi para fora até meu carro. Aumentei o volume da música ao máximo e peguei o longo caminho até em casa.

Essa é a vida que você escolheu...

U-hum.

★ ★ ★ ★

Eu estacionei o carro na entrada e vi que o carro de Jack estava em casa. Continuei sentada no banco da frente por um momento, recompondo-me. Esse dia tinha sido uma mistura de altos e baixos extremos. Altos sendo eu mesma conseguindo surfar numa onda de entrevistas sufocantes. Uma vez passando pelas perguntas que você sabe que eles têm que perguntar, alguns dos repórteres até mesmo fizeram ótimos comentários produtivos sobre o show. Eles não apenas tinham assistido, como também gostado. Era estimulante saber que as pessoas estavam assistindo ao seu trabalho e extraindo algo disso. Os baixos eram óbvios, e dos quais eu queria me esquecer. Mas eu não podia, essa era a velha Grace. Aquela que varria tudo para debaixo do tapete, a Grace-tranca--tudo-na-Gaveta. Era para onde eu estava tentada a enviar todo esse incidente com Jack e as fotos. Mas não. Eu era adulta, ou ao menos eu fazia o papel de uma na televisão. A verdade era que eu não estava brava por causa das fotos – ao menos, não com Jack. Como poderia? Ele era tão vítima quanto eu. Sentada no banco da frente em meu estado de contemplação, vi as cortinas agitarem-se suavemente na janela da frente, na sala de jantar. Apertando os olhos, pude ver a silhueta de Jack movendo-se, acendendo velas.

Interessante. O que será que ele estava planejando? Com um sorriso, eu saí do carro e entrei pela porta da frente, no momento em que ele voltava para dentro da cozinha. Tirando meu salto alto e depositando minha bolsa no chão, eu olhei para a sala de jantar. A mesa estava posta, velas acesas, flores arranjadas. Passando pela esquina do corredor, espiei-o diante do forno, cheiro de queimado, todas as panelas do mundo, ou cheias no fogão, ou queimando sob a pia. Fios de macarrão crus estalaram sob meus pés, alertando-o da minha presença. Assim que ele se virou, eu ri alto quando vi o estado da sua camisa, coberta de molho.

– O que você está fazendo? – ri enquanto ele batia a tampa de volta para tampar alguma coisa que fervia e borbulhava no fogão.

– Droga, eu já queria ter terminado tudo quando você chegasse em casa – ele pegou uma colher e espirrou molho de tomate com alguma coisa ou outra por todo o azulejo. Bem, é pra isso que serve o azulejo mesmo...

– O que é isso tudo, George? – perguntei, sentando num banquinho fora da linha de fogo.

– Só queria fazer um jantar pra você, alguma coisa legal. Mas cozinhar é difícil demais! – ele lutou com o escorredor de macarrão. O escorredor estava ganhando. – Eu beijaria você, mas estou todo sujo.

– Eu gosto de você sujo. Assumo esse risco.

Ele sorriu, mas manteve os olhos no escorredor e no macarrão que agora estava escapando. – Eu me senti muito mal por hoje. Eu só queria, queria fazer alguma coisa que pudesse... Ah, maldito linguini – resmungou ele.

– Posso ajudar você? Por favor? – deslizei do banquinho e fui até ele. Calmamente, terminei de escorrer o macarrão, deixando-o no escorredor.

Ele ficou parado ao meu lado, apoiado na pia, com uma expressão preocupada.

– Eu odeio que isso tenha acontecido, que eles tenham me usado para pegar você dessa maneira – ele suspirou.

– Eu sei.

– Vai ficar pior.

– Eu sei – suspirei, apoiando a cabeça em seu ombro. – Mas o lado bom pesa mais que o ruim.

– Pesa?

– Claro que pesa. Agora vamos comer esse jantar maravilhoso.

Voltei para o banquinho enquanto ele terminava. Eu poderia tê-lo ajudado, mas eu queria que ele fizesse isso por mim. Durante o jantar, conversamos sobre as melhores partes do dia, e tratamos de ignorar o que tinha acontecido. Ignorar toda a lorota. Ignorar a parte em que alguém, muitos alguéns na verdade, faziam de tudo para tentar nos machucar. Nós dois suspiramos com nosso linguini muitas vezes.

treze

Eu adorava passar o tempo com minha nova *personal*, Megan.

– Até onde eu posso dizer, você estava se saindo muito bem, Grace, e então você estragou o seu sistema com aquela dieta idiota. Você treinou demais, não comia o suficiente, e seu corpo respondeu segurando tudo assim que você começou a comer mais uma vez. Vai levar um tempo, mas a gente pode tirar um pouco desse peso, apesar de você estar bem onde seu corpo quer que você esteja.

– Meu corpo quer que eu seja larga e torta como um *pretzel*?

– Enquanto isso, vamos trabalhar com sua força interior – ela riu, ignorando minha piadinha ruim, enquanto me inspecionava de cima a baixo apoiando-se no balcão. Megan era uma fisiologista, com formação e interesse zero em ser atriz. Ela tinha seu próprio estabelecimento de treino na cidade, lá pelos lados altos de Wilshire. Ela era orgânica, honesta, e uma brisa de ar fresco. Literalmente, nessa altura, você podia sentir o cheiro do oceano acima da fumaça. Eu estava ansiosa para começar esses treinos.

– Eu só quero voltar ao que eu tinha antes, só isso – eu suspirei entre minhas pernas, enquanto ela me fazia trocar de posições.

– Eu gostaria que você ficasse ainda melhor do que estava antes – ela piscou. – O que seu namorado acha disso tudo?

– Por favor. Ele acha que quanto mais tiver para ele amar, melhor – eu bufei, suas mãos em meu quadril enquanto ela me colocava em outra posição. E era verdade. Jack me amava como eu era, quadril e tudo o mais. Só gostaria que a imprensa também fosse assim. Depois que Holly fez uma declaração ridicularizando o site que postou as fotos de Jack e sua coadjuvante, as notícias caíram em cima de mim. E, de novo, toda vez que mostravam Jack com sua atriz mais jovem, eles me punham ao lado para comparar. Sempre num ângulo estranho; sempre parecendo maior do que eu era. E, pelo amor de Deus, eu usava 44! Contudo, aparentemente isso era um elefante para os padrões de Hollywood, e ninguém me deixaria esquecer disso.

Mas, do outro lado, um pequeno mas bem expressivo grupo de mulheres estava manifestando seu apoio a mim na internet. Mais de uma blogueira tinha escrito sobre o estardalhaço que estava sendo feito sobre meu peso, intensificando o diálogo entre mulheres em filmes e televisão e as imagens magérrimas do tipo palito a que éramos obrigadas a nos encaixar. Não vou mentir, aquelas blogueiras tornavam mais fácil sorrir e suportar tamanha idiotice.

E por falar em sorrir e suportar...

– Chega, quero minha mãe! Quero minha mãe! – desmoronei sobre o tapete e respirei pesadamente depois que terminei a última série de abdominais. Megan riu e me lançou uma garrafa de água, que eu aceitei agradecida. Bebendo sem parar, eu olhei para Los Angeles. Dessa altura, as palmeiras inclinavam-se ao vento, o brilho de centenas de Bentleys faziam a rua abaixo faiscar. Que cidade! Distraída, passei os dedos pela corrente que ganhei de Jack.

Seu público.

Seu público continuava a me bombardear, pelo menos na internet. As fotos dele com sua nova coadjuvante trouxeram mais uma rodada de tiros de seus maiores fã-clubes on-line. Ele nunca me namorou de verdade – eu era uma monstrenga interesseira faminta por fama – era cansativo. O que eu podia fazer? Admitir que eu odiava o que a imprensa estava falando de mim? Comentar? Omitir minha opinião? Agachar-me num canto, ou sair por aí causando tumulto, presas à mostra e garras afiadas, como uma monstrenga?

E para completar toda a idiotice sobre o tamanho da minha bunda e se eu estava dormindo com o cientista sexy, eu tinha a coisa mais importante da minha carreira até então acontecendo. Que, aliás, estava sendo ofuscada por esse falatório fútil. Seria legal se o foco não fosse esse.

Bom ver que estamos voltando aos trilhos aqui...

Meu novo show estava marcado para estrear na semana seguinte, e não havia mais entrevistas, programas de rádio para participar, situações difíceis de se desembaraçar, anfitriões de *talk-show* para agradar. E eu supostamente deveria estar me concentrando em vasos de planta e seu lugar no mundo natural?

Escolha seu caminho. Você não pode decidir como o público vai reagir. Você somente pode decidir como você reage.

Verdade, profunda verdade.

Vítima? Guerreira? Escolha. Seu. Caminho.

Enquanto pensava assim, vi uma mulher entrar nervosamente na academia, olhando pela janela. Bonita. Cheia. Seus olhos atiravam para todos os lados, tornando-se tensa quando me viu olhando para ela. Suas mãos puxaram sua camisa, ajeitando-se, tentando se cobrir provavelmente sem notar que o fazia. Eu sorri para ela, e ela pareceu relaxar, mas somente um pouco. Megan a espiou pela janela e acenou para que se aproximasse.

– Ei, Chelsea, tenho que fazer uma ligação rápida – disse Megan a ela. – Vá em frente e comece se alongando um pouco, e então a gente treina, ok? – ela pegou seu celular e voltou para dentro. Chelsea olhou para mim, e então hesitou por um instante.

– Ah, é... Você é a Grace Sheridan?

– Já nos vimos antes? – perguntei, aproximando-me depois de pegar minha bolsa.

Ela sorriu timidamente para mim, mais uma vez puxando a camisa um pouco para baixo. – Bem, é que, eu sou uma grande fã do Jack Hamilton – ela corou violentamente. – E, bom, você sabe, você meio que está por todo lado na internet ultimamente – ela corou ainda mais.

– Ah, bom, sim. É verdade – eu ri um pouco. – E você está certa. Eu sou a Grace – ofereci minha mão para ela.

Ela a apertou com um sorriso.

– Eu sou a Chelsea. Ai, meu Deus, não consigo acreditar! Ando vendo os comerciais da sua nova série. Mal posso esperar!

– Sério? Uau, que bom saber disso. Você precisa me contar depois da semana que vem o que achou.

– Preciso dizer, no começo eu só sabia quem você era por causa das, bom, das suas fotos com o Jack. E você sabe, no começo, claro, eu fiquei com inveja, porque, bom, ai, Senhor, ele é um escândalo de homem!

Ela deu uma risadinha tímida, porém tornando-se cada vez mais animada enquanto falava. Eu ri com ela, acenando minha cabeça. Ele era *mesmo* um escândalo de homem.

– Mas depois, quando a imprensa começou a focar mais em você... Caramba, isso me irritou! E eu pensei, bom, que merda, se alguém tem que ficar com aquele homem lindo, eu gosto da ideia de ser alguém como você. Faz sentido? Desculpa, eu sei que estou gaguejando, mas preciso saber: vocês dois estão namorando? Por favor, diga que sim – terminou ela, respirando pesadamente. Seus olhos dançavam, as bochechas ainda estavam rosadas.

Eu tomei fôlego.

– Se eu disser que sim, você vai direto contar pro TMZ? – dei uma piscadela.

– Porra, claro que não! – exclamou ela, então deu um tapinha na boca. – Digo... na verdade, é isso mesmo... porra, claro que não!

– Então sim, estamos namorando, porra! – respondi, e ela soltou um gritinho.

Lancei minha cabeça para trás e ri, mais alto do que há um tempo não ria. E enquanto nós duas ríamos, Megan se aproximou marchando de volta para fora, parecendo uma sargento durona muito bonita.

– Grace? Ainda aqui? Normalmente meus clientes não veem a hora de dar o fora quando termino o trabalho com eles. Chelsea, traga seu traseiro pra cá nesse tapete e faça uma pose de guerreira durona!

Guerreira?

Isso mesmo, porra. Virei-me para Megan.

– Megan, e se eu disser que eu nunca mais quero saber meu peso de novo, o que você acharia disso?

– Supimpa.

– E se eu disser pra você que eu não me importo com o quanto eu peso, contanto que eu esteja forte?

– Supimpa.

– Perfeito. Obrigada, Megan. Prazer! – gritei para Chelsea, que, de fato, estava fazendo uma pose de guerreira durona.

– Prazer também, Grace! E dê um oi meu pro Jack! – ela deu uma risadinha, sua pose guerreira ficando um pouco abalada enquanto Megan me empurrava para a porta.

– Anda, vai embora agora, Grace. Não posso ter você aqui distraindo meus clientes – disse ela, balançando a cabeça.

– Estou indo. Estou indo. Mas, sério, eu não vou mais me pesar – disse a ela.

– Boa garota – e deu uma piscadela.

Fui embora, me sentindo leve como há semanas não me sentia.

catorze

LateNightRecap.com

Grace Sheridan foi o prato principal nessa semana nos *talk-shows*, com participações no Jay Leno, David Letterman e Jimmy Fallon. Enquanto os três anfitriões tentavam fazê-la comentar sobre o status de seu relacionamento com o suposto namorado Jack Hamilton, Grace ignorou as tentativas e manteve a conversa direcionada em sua carreira e em seu novo show, *Mabel, instável?*, que estreia em apenas dois dias. Mas o outro assunto que girou em torno dela ultimamente, seu peso, não estava de modo algum fora de conversa. Na verdade, Grace conversou abertamente com Jimmy Fallon quando ele lhe perguntou sobre seu peso e como foi para ela perder peso para esse papel:

"Bom, Jimmy. Posso chamar você de Jimmy?"

"É o meu nome."

"Posso só falar – antes de falarmos sobre minha bunda grande – que tenho uma queda por você? Sério, é uma queda e tanto, Jimmy."

"Bom, agora estou ficando vermelho."

"Então agora seria uma boa hora pra falar sobre minha bunda, não é? Já que você já está vermelho?"

"Parece uma boa hora. Mas, sério, como diabos essa história começou? E preciso dizer, para o pessoal de casa, só uma coisa: não é enorme, você tem uma bela bunda."

(Plateia aplaudindo)

"Obrigada, pessoal! Eu acho que começou quando fui escolhida pra fazer *Mabel, instável?* – sou nova nessa indústria. Vamos ser sinceros, ok? E eu sei que isso faz parte, perder peso ou ganhar peso para um papel. Faz sentido, não? Mas então meu corpo percebeu que ele estava exatamente onde tinha que estar! E eu percebi que não estava disposta a arriscar minha saúde, principalmente quando no mundo real, fora de Hollywood, ninguém jamais me chamaria de gorda! Então esta sou eu, curvas e tudo o mais."

"Graças a Deus pelas curvas. É só o que digo."

"Ah, obrigada, Jimmy."

"E estou ficando vermelho de novo..."

Grace contou histórias similares no *Late Show* e no *The Tonight Show*, respondendo aos seus críticos honestamente sobre seu corpo e com palavras críticas sobre o que Hollywood espera das mulheres. Parece que Grace Sheridan não veio pra ficar de brincadeira...

CelebTracker.com

Grace Sheridan continua a dominar as manchetes nessa semana, atravessando o país duas vezes para promover sua nova série, que estreia amanhã na Venue. Aparecendo com as mulheres na *The View*, ela abordou as críticas que lhe foram dirigidas mais uma vez, respondendo perguntas sobre as fotos que saíram de antes de voltar a atuar, quando ela consideravelmente pesava mais.

"Essa era eu. Se eu não preferiria que essas fotos minhas, de quando eu não estava numa época boa da minha vida, jamais fossem a público? Claro. Mas eu tenho que admitir essa fase da minha vida também. Eu estava fora de controle, infeliz, e me sentindo enterrada por uma situação que eu mesma criei. Eu lutei contra meu peso assim como muitas outras mulheres neste país lutam, e eu ainda luto. Mas, para mim, ser saudável foi uma escolha que eu fiz para mim mesma, ser forte e estar consciente das escolhas diárias, para que eu pudesse ser o tipo de pessoa que eu queria ser."

Quando questionada sobre se está ou não saindo com Jack Hamilton, Sheridan mais uma vez desviou-se da questão, afirmando apenas: "Ele é muito fofo, não é?".

TMZ

Uma exibição privada de *Mabel, instável?* ocorreu nesta noite no Sam's, um restaurante em Hollywood, com a participação de todo o elenco, incluindo Grace Sheridan e Jack Hamilton. Para um casal que não está namorando, até que os dois aparecem um bocado de vezes no mesmo lugar, não? Eles chegaram separadamente. Grace apareceu com sua agente, Holly Newman, e o criador da nova série, Michael O'Connell. Jack chegou muito mais tarde com o *bad boy* Adam Kasen na cola. Adam se deteve no lado de fora para assinar autógrafos por alguns minutos, revirando os olhos quando lhe perguntaram se ele estava causando atritos entre Jack e Grace. "Eles estão juntos?", perguntou à multidão, depois sorriu de modo afetado e desapareceu para dentro do restaurante.

★ ★ ★ ★

Recostei-me na minha poltrona, um frio na barriga de antecipação. Durante toda a noite, andei de mesa em mesa, de grupo em grupo de pessoas, batendo papo, conversando, acho que até pode-se dizer "levando no papo". O elenco e a equipe, seus familiares e amigos e outros mais, todos estavam aqui para assistir ao primeiro episódio de *Mabel, instável?* e dar a primeira olhada no novo show. Michael e eu falamos com os presentes em dupla por algum tempo, explicando que nos conhecíamos desde a época da faculdade e falando sobre o desenvolvimento dos personagens enquanto eles tomavam vida em Nova York ano passado. Ele estava tão orgulhoso, e até mesmo se gabou um pouco quando elogiaram o novo mundo que ele tinha criado. Holly também falou com os presentes, pensando em negócios por trás de um sorriso perfeito.

Eu observei enquanto os olhos de Michael procuravam os dela pela multidão, a piscadela que ela lhe deu fazendo-o balbuciar um pouco enquanto falava para um produtor de cinema que tinha financiado a maior parte dos filmes dos anos noventa e que agora estava procurando um novo projeto para investir. Eu abandonei Michael para pegar um drinque rápido e dar mais uma procurada pelo meu inglês.

Ele estava atrasado. E não só um pouco atrasado. Nós perdemos contato em torno da hora do almoço. Ele teve uma reunião, e eu fiquei o dia todo ocupada com entrevistas de rádio. Nós concordamos em chegar separadamente, mas agora que eu estava sentando em meu assento, com o show, o *meu* show, prestes a começar, eu o queria aqui. Eu estava nervosa, mais nervosa do que jamais pensei que pudesse estar, e eu precisava da mão dele para segurar. No escuro, eu podia segurar sua mão e não me preocupar com as câmeras, com os olhos de rapina ou com as bocas fofoqueiras. Eu podia assistir a mim mesma na tela, e mesmo tremendo e ficando vermelha enquanto assistia, minha mão estaria na dele, e eu aproveitaria o momento.

Mas agora, com as luzes piscando para que todos soubessem que era hora de sentar em seus lugares, ele ainda não tinha chegado. Holly e Michael deslizaram em seus respectivos assentos, deixando o espaço ao meu lado vazio. Holly ergueu as sobrancelhas indagando, e eu dei de ombros. Chequei meu celular mais uma vez, nada ainda. David Lancaster ficou de pé para fazer um breve discurso, agradecendo todo mundo por vir, e então, depois de um breve aplauso, as luzes se apagaram. Quando os créditos iniciais começaram a rodar, eu fechei meus olhos e respirei fundo. Enquanto expirava, senti alguém deslizar para o assento ao meu lado, e abri meus olhos. Jack.

Jack. Cheirando a álcool e caído sobre sua poltrona. Segurando em minha mão, ele se inclinou para mim e sussurrou:

– Desculpe pelo atraso, Doidinha. O trânsito está um caos. Nós ficamos presos na 405.

– Quem somos "nós"? – sussurrei de volta, sentindo o bafo de uísque na minha cara. A alguns assentos de distância, eu podia ver Holly olhando para trás, e segui seu olhar.

– Adam. Ele queria vir junto e apoiar a minha garota. Ele ainda se sente muito mal por tudo.

– Ele se sente mal? Não posso acreditar...

– *Xiu*, vamos falar disso depois. Está começando.

Ele apertou minha mão, enquanto as imagens começavam a aparecer na tela. De repente, lá estava eu, a um metro e meio de altura com um vaso de planta. As pessoas soltaram exclamações animadas ao meu redor.

– Olha só pra você – ele sorriu, e pronto, foi assim que eu me esqueci de Adam. Não trabalhei antes na televisão, eu nunca fiz parte de uma filmagem de algo que se vê por semanas e semanas, então você não sabe como aparecerá depois. Claro, eu tinha assistido aos *takes* diários. Mas você nunca sabe que tomada eles vão usar, como eles vão editar tudo junto, e como a música pode moldar uma cena, e agora, assistindo ao projeto pronto, eu estava fascinada com o trabalho feito. Eu estava nervosa, é óbvio, mas me diverti como nunca mesmo assim. Eu ria. Eu escondia meu rosto nos ombros de Jack durante a cena de sexo. Eu revirava os olhos todas as vezes que eu via a mim mesma carregando um livro... mas eu estava orgulhosa.

Houve um momento, sentada lá no escuro e assistindo a mim mesma na tela, em que eu percebi que tinha fechado um ciclo. Eu tinha realmente mudado minha vida, realizado um sonho que eu alimentava desde o mais cedo que eu podia me lembrar, e agora eu estava ganhando a vida como atriz. Eu estava sendo paga para cantar e atuar e fingir que era outra pessoa, e isso era algo que eu jamais serei capaz de descrever adequadamente. Eu tinha me sentado em uma sala parecida com essa há não muito tempo, assistindo a atores no palco e chorando porque eu não era mais parte desse mundo. E agora, aqui eu estava, em um momento com um desfecho totalmente diferente.

Uma lágrima deslizou pelo meu rosto nos créditos finais, e eu estava tão feliz que poderia explodir. Quando as luzes se acenderam, Jack estava radiante ao meu lado enquanto ficava de pé. Por todos os lados, pessoas se levantavam de seus assentos e aplaudiam enquanto eu sorria. Eu me juntei aos aplausos quando Michael foi empurrado para frente para ser ovacionado, e vi Holly dar um grande, imenso beijo em sua boca sem se importar que estava na frente de todo mundo. Quando a multidão começou a se dispersar, olhei para Jack, que assistia a Michael e Holly.

Seus olhos encontraram os meus, e eles estavam um pouco tristes. Estavam, também, injetados de sangue. Vi Adam vindo pelo corredor em nossa direção, e me virei de volta para Jack.

– Por que você se atrasou, Jack?

– Já falei, trânsito – disse ele, olhos agora voltados para o chão.

Adam se aproximou, dando um tapinha nas costas de Jack e sorrindo para mim.

– Grace! O show foi incrível. Eu gostei muito de você ali em cima – exclamou ele, virando-se para a câmera e acenando um pouco. Observando-o, vi se posicionando entre Jack e eu bem no momento em que uma mulher com um celular em mãos tirava uma foto: Adam sorrindo, Jack taciturno, e eu prestes a soltar fogo pela boca.

– Posso falar com você, por favor? – puxei Jack pela manga assim que vi a câmera ser guardada.

– Vixe, aí vamos nós de novo – Adam riu, erguendo as mãos como se se rendesse, zombeteiro, enquanto eu levava Jack para um canto tranquilo.

– Que diabos, Jack? Eu não posso acreditar que você o trouxe aqui. No que você estava pensando?

– Me desculpa. Eu estava tentando sair, e ele insistiu em vir. Ele queria estar aqui. Eu disse para você que ele se sente realmente mal pelo modo como as coisas tem sido entre vocês dois e...

– Ele devia mesmo se sentir mal, mas não é por isso que...

– Quando eu percebi como tinha ficado tarde, vi que era mais fácil trazê-lo comigo. Céus, eu não queria ter chegado tão tarde, mas se ele não viesse comigo, então eu...

– Você o traria aqui, sabendo como essa noite era importante para mim? Como...

– ... teria me atrasado ainda mais e... espera um minuto, isso é ridículo – ele finalmente parou. Nós estávamos falando um por cima do outro. – Me diz o que você quer dizer, Grace.

– Eu já disse. Eu não posso acreditar que você trouxe ele aqui – eu cruzei os braços e o encarei com firmeza. Ele estava em péssimo estado. Camisa rasgada sob um blazer sujo, jeans que sempre foram um pouco gastos, mas que agora pareciam certamente inabitáveis. Olhando mais de perto, seus olhos estavam *injetados de sangue*, mas selvagens, também – desfocados e nem um pouco Jack. Ele percorreu sua mão pelos cabelos muito curtos, e vi que ele sabia que eu percebi a mudança. Enquanto ele olhava para qualquer lugar exceto para mim, vi seus olhos de repente focando em alguém.

– Ai, maldição. Lá vem.

Holly se aproximou, parando perto da gente e efetivamente nos bloqueando do resto da multidão.

– Pessoal, o que está acontecendo? E que diabos, Jack? Você foi assaltado e bateram em você no seu caminho até aqui? – ela ajeitou o colarinho do seu blazer. Péssima ideia.

– Meu Deus, já chega! – estourou ele, saltando para longe das mãos dela.

– *Uou*, qual o problema? – perguntou ela, estreitando os olhos.

– Quanto tempo mais você tem? – murmurou ele, os olhos passando pela multidão. Acenando para alguém, ele pegou minha mão e a apertou. – Vem, Doidinha. Vamos pegar um drinque.

Ele começou a me puxar atrás dele quando Holly colocou sua mão sobre a nossa. Nós parecíamos um time de futebol decidindo a estratégia antes do próximo apito.

– Sem segurar as mãos – instruiu ela, a voz toda negócios.

– Ai, que tal dar a porra de um descanso pra gente, hein? – grunhiu Jack, sem soltar minha mão.

Vi Adam perto do bar, assistindo a toda a cena, e eu cravei meus saltos no chão.

– Jack, eu não acho que...

– Você vai mesmo dar ouvidos para ela? – perguntou ele calmamente.

Pude ver algumas pessoas da multidão começando a prestar atenção na gente. Câmeras de celular. A última coisa de que eu precisava na minha estreia era uma cena.

Como aquela que você quase causou na estreia dele?

Essa doeu.

Mas, ainda assim, chegar tarde, bêbado, trazendo Adam? Que nesse exato momento sorria debochado para mim do outro lado da sala, aliás. Eu olhei para Jack mais uma vez, seu olhar estava vago.

– Vem, Jack. Vamos pegar um café – eu dei uma apertadinha em sua mão, mas a soltei antes que Holly pudesse dizer mais alguma coisa. Em que momento eu tinha me tornado a adulta desse relacionamento? Eu acenei para um garçom e enquanto Jack exalava – ar ou álcool – ao meu lado, eu pedi um café.

Holly começou a dizer alguma coisa, mas eu balancei minha cabeça para ela. Com um olhar de aviso na direção dele, ela virou-se de volta para a multidão, distraindo as câmeras dos celulares perguntando em voz alta se era mesmo Zac Efron que ela estava vendo perto do bar.

Eu pus a xícara de café na mão de Jack. Ele a ignorou.

– Jack, o que está havendo? – perguntei calmamente. Ele suspirou.

– Nada, Doidinha. Está tudo bem – respondeu, enquanto alguns membros do elenco se aproximavam para dar um oi.

A conversa que precisava acontecer teria que esperar, então eu apresentei Jack e voltei ao jogo. Nossos olhos se encontraram, e ele me deu uma piscadela.

Uma piscadela não era o suficiente dessa vez.

⋆ ⋆ ⋆ ⋆

Horas depois eu estava de volta em casa, cansada e confusa. Enquanto me trocava e me preparava para ir para a cama, eu pensava sobre toda a noite. Uma vez que chegamos separados, nós também fomos embora separados, Jack tendo chamado Bryan para pegá-lo depois que eu fui embora, de modo que não fomos fotografados juntos. Essa noite tinha sido uma grande noite para mim, profissionalmente falando, e eu estava contente, mas eu também estava perdida quanto ao que eu deveria fazer em relação a Jack. Eu podia ouvir alarmes disparando vindos de todos os lados, mas, pelo amor de Deus, o que eu poderia fazer em relação a isso? Ele era jovem; ele era rico; ele podia fazer o que lhe desse na telha quando e onde bem quisesse.

Mas esse não era Jack – ao menos não o Jack que eu conhecia. E eu gostaria de pensar que ele era uma pessoa forte o suficiente para não deixar alguém como Adam influenciá-lo tanto a ponto de mudar da noite para o dia. Não, esse comportamento era apenas parcialmente Adam. O resto era Jack.

E Jack tinha me machucado nessa noite. Vindo tarde, claramente bêbado, e trazendo Adam!? Eu estava louca da vida com isso. Preocupada, mas também louca da vida. Eu sabia que não éramos um casal que se abraçaria na frente de uma multidão – sem carinhos em público – mas eu ainda o queria muito ao meu lado. Tinha sido uma noite tensa, e eu queria o seu apoio.

E por acaso você o apoiou na grande noite dele?

Não, não, eu fui uma idiota total. Mas dois idiotas juntos dão certo?

Enquanto eu assim pensava, ouvi a porta da frente se abrir e fechar. Deslizando para dentro da minha polo branca, eu prendi meu cabelo para trás e lavei o rosto. Enquanto aplicava meu creme, percebi que as linhas em torno dos meus olhos estavam um pouco mais marcadas que o normal. Era incrível o quão rapidamente alguns drinques podiam desidratar minha pele. Depois de acrescentar uma quantidade extra de creme para os olhos, escovei os dentes e Jack finalmente apareceu atrás de mim no espelho. Eu acenei para ele, depois cuspi.

Pressionando um beijo rápido no espaço entre meu pescoço e ombro, ele começou a se dirigir para o quarto, tirando suas roupas no caminho. Eu suspirei, sabendo que seu silêncio significava que ele não queria conversar.

Eu fiquei parada à porta entre o banheiro e o quarto, nosso quarto, e o observei enquanto ele se livrava da camisa e jeans, lançando-os para dentro do cesto de roupas. Eu o observava enquanto ele se preparava para ir para a cama, colocando seu celular para carregar, bebendo um gole do copo d'água que eu já tinha deixado no criado-mudo ao seu lado, caminhando sem a graça de sempre, mas com os passos de um homem muito mais velho e cansado.

Ele estava exausto, isso era visível. E devia mesmo estar – toda essa festança estava cobrando seu preço. Mas ele ainda continuava deslumbrante. Alto e esguio, ainda bronzeado do trabalho no deserto, ele estava lindo. Ficou parado de costas para mim, esticando os braços por cima da cabeça e percorrendo as mãos pelo cabelo, que estava começando a crescer mais uma vez.

– Você vai dizer alguma coisa ou vai ficar aí me secando? – ele sorriu maliciosamente, olhando por cima do ombro para mim, seus olhos adquirindo um tom mais escuro de verde. O corpo podia estar cansado, mas não havia dúvida de que esse homem ainda pulsava nos seus 24 anos.

– O que você quer que eu diga? – perguntei, sabiamente permanecendo parada à porta. Eu conhecia nossa relação muito bem, e se eu chegasse perto demais, a única conversa dessa noite seria a da variedade da putaria.

– Você está brava de novo?

– Brava, sim, mas também estou chateada, Jack – respondi, recebendo em troca uma revirada de olhos da parte dele.

O desejo que tinha aparecido no rosto dele foi rapidamente substituído por irritação.

– Porque eu trouxe o Adam?

– Já que você está perguntando, então...

– Só me escuta um pouco, ok? Ele realmente se sentiu mal pelas últimas vezes em que ele estava junto com a gente. Ele sabia como essa noite era importante, eu fiquei falando o tempo todo sobre como eu estava orgulhoso de você. Ele queria vir junto e dar um apoio. Como isso pode ser ruim? Caramba, Grace, você não dá uma chance pro cara!

Ele passou por mim e entrou no banheiro. Enquanto espirrava água no rosto, eu contei até dez. Eu não queria que as coisas fossem mais longe do que isso, mas agora eu estava mais do que brava, estava furiosa.

– Você está de brincadeira, né?

– O quê? – perguntou ele debaixo da toalha.

– Você não tem o direito de ficar bravo comigo, ok?

– Eu sinto muito por ter atrasado, mesmo. Eu não posso acreditar que você está ficando tão brava por causa disso – ele desligou a água e me encarou pelo espelho.

Abismada, eu o encarei de volta, sem poder acreditar que ele ainda não tinha entendido.

– Essa era a minha noite. A única pessoa que tem o direito de ficar brava aqui sou eu!

– Ah, quanta nobreza da sua parte. Você reclamando sobre uma grande noite sendo arruinada. Já se esqueceu do piti que você deu comigo no ano passado? – gritou ele, virando-se e lançando a toalha para o canto.

– Jack! Olha, concordo que fui uma babaca naquela noite, mas parece que você fez questão de ser um hoje também!

Com os olhos em chamas, nós dois nos encaramos de cima a baixo. A tensão emanava em ondas. Cada músculo seu estava rígido e pronto para explodir. Parecia que ele iria dizer alguma coisa a mais, mas então uma sombra perpassou seu rosto. Resignado, ele passou por mim, indo para o quarto.

– Olha, Grace, eu estou cansado. Não quero mais falar sobre isso. Vou pra cama – deu um puxão nos lençóis para baixo e se enfiou dentro. Fechando-se e permanecendo assim.

– Espera. Espera aí. A gente ainda não terminou de conversar – insisti, seguindo-o e puxando as cobertas.

Ele as puxou das minhas mãos e levou-as para cima, afundando-se nos travesseiros. Ele esfregou os olhos, descendo as mãos pelo rosto.

– Meu Deus, tudo tem que ser uma novela? Me desculpa por ter atrasado. Me desculpa por ter levado o Adam. Não faço mais de novo. Agora eu vou dormir – ele suspirou e apagou a luz.

Eu fiquei ali parada por um momento no escuro.

– Não estou brincando, Grace. Esse assunto pra mim acabou – sua voz chegou de algum lugar distante até mim.

Tremendo, eu me afastei.

Fui até a cozinha, peguei uma garrafa de vinho tinto e uma taça, e me dirigi para o pátio dos fundos e me aconcheguei no assento do amor. Enchi a taça quase até a borda, mas deixei as lágrimas transbordarem.

O que estava acontecendo?

★ ★ ★ ★

Eu me sentei no silêncio, observando as estrelas por pelo menos uma hora. Ainda que minha mente estivesse num redemoinho, eu me sentia quase entorpecida. As coisas entre nós estavam tão bagunçadas. Eu nem mesmo sabia para qual direção ir, o que pensar, se ficava chateada ou apenas preocupada. Será que eu estava exagerando? Não havia manual para isso, nenhuma lista de itens a serem conferidos que poderia dizer se seu namorado-celebridade estava saindo fora dos trilhos ou apenas sendo um cara normal de 24 anos.

Um cara normal de 24 anos que era perseguido por *paparazzi* diariamente e cujo nome, entre outras coisas, era gritado por fãs que o amavam, sempre que ele aparecia em público. Um cara que não podia comprar sorvete com sua namorada sem que isso não fosse notificado no Twitter, e um cara que não podia passar por uma noite ruim em que o TMZ o questionaria se ele estava no meio de um ataque de nervos.

Eu suspirei.

– Eu odeio quando você suspira – uma voz disse da varanda. Eu olhei para trás e pude distinguir sua silhueta, apoiando-se no batente da porta.

Eu sorri na escuridão.

– É só expiração, na verdade.

Ele atravessou o pátio para se sentar ao meu lado, pegando minha taça de vinho e secando o resto.

– Eu odeio quando faço você suspirar. Que tal assim?

– Que bom que você não estava aqui quando eu estava chorando, então – respondi suavemente.

Agora foi ele quem suspirou. Trouxe as mãos para debaixo do cobertor, levando meus pés sobre seu colo e fazendo massagem em meus dedos, esfregando minha pele. Eu me inclinei e lancei a outra metade sobre ele. Ele estava de cueca, afinal de contas, e estava frio. Com suas mãos em mim, eu me espreguicei um pouco, recostando-me nas almofadas e observando-o pensativa.

– Posso me desculpar de verdade, agora? – perguntou ele, olhando para mim.

Meu Jack tinha voltado para mim. Eu assenti.

– Eu sinto muito por ter sido um idiota essa noite. Você estava certa em ter ficado brava. E vou dizer mais uma vez, só pra constar: você estava maravilhosa essa noite.

– Obrigada.

– Sério, Grace, eu estou tão orgulhoso de você. Você botou pra quebrar. Vai ser um sucesso enorme.

– Bom, isso veremos. Neste momento não estou tão preocupada se a minha série vai se sair bem. Eu estou um pouco mais concentrada em saber como anda certo inglesinho.

Eu me virei um pouco para ele e passei a mão sobre sua testa. Ele deu uma apertadinha em meu pé.

– Isso é exatamente o oposto do que eu quero que você se concentre agora. Você devia estar aproveitando tudo isso, focando em si mesma e em tudo que anda acontecendo com você agora. Não se preocupe com um fedelho como eu. Eu estou bem – ele me arrastou do assento do amor até seu colo.

– Gostaria de poder acreditar em você, George – suspirei em seu pescoço enquanto ele me apertava para mais perto.

– Eu também gostaria que você pudesse – respondeu ele, levantando-me nos braços e me carregando para dentro da casa.

Ele distribuiu incontáveis beijos em minha pele, levantando meus braços de modo que eu podia envolver sua cintura com minhas pernas enquanto ele andava, sentindo seu corpo forte sob mim e ao meu redor. Entre as centenas de beijos, seus lábios me disseram como eu estava bonita essa noite, como eu estava amável, como ele não podia acreditar que eu era dele, como ele não me merecia. Eu tentei argumentar com ele, mas a cada vez que eu tentava dizer algo ele me dava outro beijo que me calava, interrompendo meus pensamentos bem no meio do caminho e direcionando-os para um processo de pensamento totalmente diferente – um onde existia só nós dois, apenas bocas e lábios e braços e pernas e línguas e todo o tempo do mundo.

Seus braços eram firmes ao meu redor, mãos explorando, assentando-se então em minha bunda, empurrando-me para onde ele me queria mais. Dei uma risadinha, e não o soltei quando ele me colocou sobre a cama, minhas pernas puxando-o para junto de mim.

– Tá rindo do quê? – perguntou ele, seus dedos apressando-se para desabotoar minha camisa. Eu respondi com minha boca na dele, beijando-o profundamente e deixando meu corpo dizer-lhe como eu precisava dele, o desejava, o amava.

– É você que é lindo, Jack – suspirei, dessa vez de modo diferente da última. Ele esticou o corpo sobre o meu, longilíneo e bronzeado. Seus olhos faiscavam verde, mesmo na escuridão. Seus dedos faziam minha pele arder enquanto traçavam um caminho até onde estaria minha calcinha, se eu estivesse usando uma...

Deparar-se comigo sem nada trouxe um grunhido profundo dele, e ele arrancou impaciente o último dos meus botões num só gesto.

– Droga, você rasgou minha camisa.

– Eu compro outra pra você – ele sorriu quando consegui tirar só com meus pés suas boxers, fazendo-a deslizar por suas pernas até saírem. – Impressionante.

– Isso, aí – consegui dizer, enquanto ele se esfregava em mim com a parte dele que nunca tinha falhado em me fazer perder o fôlego. Segundos depois, ele estava dentro de mim.

– Caramba, isso é bom – suspirou ele em meu ouvido, então se ergueu para se apoiar em seus joelhos, cravando as mãos com força em meus quadris. Eu impulsionei meu peito para frente, curvada, afundando minha cabeça no travesseiro, braços muito abertos. Ele diminuiu o ritmo, erguendo mais meus quadris junto dele enquanto rebolava com o seu. Agora ele tinha deixado uma mão escalar mais alto pelo meu corpo, dedos brincando com meus mamilos, pressionando em minha boca enquanto eu beijava sua mão.

– Tão lindo – sussurrou ele, enquanto suas mãos dirigiam-se mais para baixo, passando pelo meu abdômen, afundando em meu umbigo, brincando mais ao sul. Beijando os próprios dedos, ele os trouxe para mim, para onde nós dois nos uníamos, onde ele agora investia em mim tão lentamente que me fazia agonizar. Meu corpo todo estava excitado, suas mãos remexendo em meus cabelos enquanto ele se apertava contra mim. Seus dedos me buscaram, onde eu precisava dele, traçando círculos e redemoinhos, esfregando-se escorregadio e quente. Eu ofegava, quase caindo da cama enquanto ele me tocava, trazendo-me cada vez mais perto do precipício.

– Adoro ver você gozando. Adoro ver você gozando por mim, em mim – sussurrou ele, enquanto eu me contorcia na frente dele. Ele se ajeitou totalmente dentro de mim mais uma vez, agora aumentando a velocidade de suas investidas. – Meu Deus, você devia se ver agora. – Ele gemia, e eu levei minhas mãos para cruzarem-se com a dele, guiando-o enquanto ele metia com mais força.

Pequeninos pontinhos de luz começaram a dançar nos cantos da minha visão, e meu corpo se contraía, puxando-o mais profundamente, tão profundo em mim, enquanto me abria toda. Eu chamei o seu nome de novo e de novo enquanto meu orgasmo percorria meu corpo.

– Mmm... essa é minha garota – ele gemeu, olhos fechando-se enquanto eu explodia ao seu redor. Ele se inclinou para cima de mim, o suor escorregadiço entre nós enquanto ele tremia em meus braços. – Eu te amo, eu te amo tanto, Grace. Me desculpa de novo, eu sinto muito – murmurou ele em meu pescoço, seus braços agora firmes à minha volta enquanto ele explodia. Eu acariciei sua cabeça e o acalmava, abraçando-o com minhas pernas em torno de suas costas e mantendo-o dentro de mim o máximo de tempo que eu pudesse.

– Eu sei, Jack. Eu sei – sussurrei, beijando todo lugar que pudesse alcançar. Deslizando para fora de mim e abrindo um vazio que eu desesperadamente senti, ele me virou para o meu lado da cama de modo que pudesse passar seus braços em torno de mim, aconchegar-me junto a ele, costas contra peito, com suas mãos repletas de mim.

Eu percebi enquanto ele caía no sono que mais uma vez nós dois evitamos discutir o que tinha acontecido, e que em algum momento iríamos inevitavelmente jogar isso para debaixo do tapete. Mas não seria nessa noite.

quinze

Quando abri meus olhos na manhã seguinte, encarei o verde. Jack estava acordado, virado de lado sobre seu travesseiro e me observando. Eu sorri de volta para ele, aninhando-me ainda mais nas cobertas e nele, respirando o cheiro da sua pele quente toda sobre mim. Beijando exatamente o centro do seu peito, eu descansei minha cabeça sobre seu coração, os pequeninos pelos cutucando meu nariz.

– Há quanto tempo você está acordado? – perguntei, com voz sonolenta.

– Algum tempo.

– Você devia ter me acordado.

– Eu queria deixar você dormir. Eu sei que foi uma semana cheia.

– Tudo foi cheio – eu bocejei e me espreguicei um pouco, que resultou nos lençóis descendo o suficiente para que os peitões fizessem sua primeira aparição para a luz do dia.

Bem no momento em que Jack erguia suas sobrancelhas o suficiente para comunicar sua intenção de pegar meus meninos de jeito, seu telefone tocou sobre o criado-mudo. Praguejando, ele rolou pela cama para pegá-lo, enquanto eu me ajeitei um pouco. Sentei-me para que pudesse me encostar à cabeceira e olhar sobre seu ombro o suficiente para ver que era Adam, apesar de Jack ter tido pelo menos o bom senso de não ter atendido. Virando-se de volta para mim com um brilho travesso no olhar, ele olhou exatamente para onde tinha abandonado meus meninos, resmungando audivelmente quando percebeu que eles tinham sido guardados.

– Ei, espera, onde eles foram...

– Nada disso, George. Nós vamos conversar.

– Nós já estamos conversando, Grace.

– Se os peitões estiverem à solta, não vai ter conversa.

Ele bufou e tentou dar uma espiada.

– Só porque você não consegue prestar atenção não significa que eu também não consiga.

– Sem chance. Nada disso. Sem peitões até conversarmos – eu enfiei os lençóis sob cada axila e travei minhas mãos ao lado do corpo.

– Que tal só um peitão? Só um peitão enquanto a gente conversa, e se eu não conseguir me segurar, então os dois antes do café da manhã – ofereceu ele, juntando as mãos como se suplicasse.

– Quantos anos você tem? – perguntei, erguendo uma sobrancelha.

– Você sabe muito bem quantos anos eu tenho. Tempo pra recuperação, lembra? Agora tire o lençol da esquerda e converse, mulher – ele me cutucou no ombro esquerdo.

Suspirando, ajustei o lençol de modo que... bom Deus... de modo que "o da esquerda" saísse.

– Certo, sobre o que vamos conversar? – perguntou ele.

– Olhos pra cima, George. Está pra fora, mas você ainda precisa olhar nos meus olhos – segurei-o pelo queixo e fiz contato direto com o seu olhar.

Ele piscou, balançou a cabeça, e finalmente me olhou nos olhos.

– Certo, vamos falar sobre a noite passada, só por um minuto. Eu não vou ser repetitiva, prometo.

Ele suspirou pesadamente, então acenou para que eu continuasse.

– Eu quero falar principalmente sobre o Adam, mas de uma maneira calma, racional. Eu quero que você entenda melhor por que eu não gosto dele. Eu talvez nem devia dizer que não gosto dele. Eu mal conheço o cara e...

– Grace?

– Oi?

– Você não gosta dele. Você pode dizer isso.

– Ok, certo. Eu não gosto dele. Mas, mais do que isso, eu não confio nele. Mas me escuta. Você não notou que toda vez que nós saímos, que você sai, se ele está junto, as câmeras também estão? Quer dizer, algumas vezes elas estão lá mesmo que ele não esteja, mas você já foi a algum lugar com ele onde elas não estivessem? – eu o ergui de leve pelo queixo mais uma vez. Seus olhos tinham começado a se dirigir para o sul.

Com um sorrisinho nos lábios fechados, seus olhos encontraram os meus mais uma vez.

– Assim, de cabeça? Não, não consigo me lembrar. Então você acha que ele está chamando, causando tudo isso? A troco de quê, Grace?

– Da carreira dele – respondi prontamente. – Faz sentido. Ele estava acabado; ele estava sendo escolhido pra fazer todo tipo de porcaria, e então assim que caiu num filme com você, o novo herdeiro do status que era dele, agora ele está conseguindo aparecer de novo, certo? Talvez ele esteja querendo garantir que não suma da mídia. Querendo garantir que as pessoas estão falando sobre ele mais uma vez.

– Acho que isso é forçar a barra. Ele está sempre reclamando dos *paparazzi*. Ele não suporta quando eles estão por perto – ele disse, mas eu podia enfim ver as engrenagens na sua cabeça começando a girar minimamente que fosse.

Eu não queria perder espaço, então, por mais que eu quisesse girá-lo de cabeça para baixo para que ele perdesse a ingenuidade, eu permaneci em silêncio, deixando-o pensar nisso por mais um momento. Ele mordeu o lábio inferior, parecendo considerar outro lado, e eu deixei que o lençol caísse de cima do da direita. Ele voltou o olhar para mim, surpreso.

– Você mereceu – eu sorri.

– Acabamos a conversa? Já?

– Eu disse o que precisava dizer. Você escutou. Eu sou grata por isso – respondi suavemente, enquanto ele trazia a mão para envolver o seio exposto. Seus dedos eram gentis enquanto ele me acariciava, não sexuais dessa vez, mas profundamente sensuais. Confortadores. Quentes. Deitando-me de costas, ele se aconchegou sobre mim, cabeça no meu peito, dedos agora apertando, numa massagem, em torno da minha costela, por trás. Nós respiramos juntos, observando enquanto o sol escalava pelo teto.

– Quando você vai voltar pro deserto? – perguntei por cima da sua cabeça. Eu odiava que ele tivesse que partir novamente, mas ele ainda tinha algumas cenas para filmar.

– Dois dias.

– Vou ficar feliz quando terminar. Vai ser bom ter você em casa por um tempo – beijei sua testa.

Ele ficou em silêncio por um minuto, e então começou a sair da cama. Ele se voltou, inclinando-se sobre mim, e deu um sorrisinho.

– Vamos tomar um café da manhã, Doidinha.

★ ★ ★ ★

Assim que lhe dei muita torrada e marmelada, nós relaxamos tomando café da manhã, quando Holly ligou. Beijando-me na cabeça, ele saiu para tomar um banho antes mesmo que eu pudesse atender, dizendo com os lábios "no banho" para mim. Eu revirei os olhos, atendendo ao telefone. Eu não tinha certeza do que estava acontecendo.

– Oi, fedorenta.

– Oi, debiloide. Você tem planos para essa tarde?

– Hum, acho que não tenho nenhum. Ia sair pra dar uma corrida, talvez?

– Nada disso, você vai sair pra fazer compras comigo.

– Vou?

– A-ham, vamos nos encontrar no Mônica's à uma da tarde. Eu preciso de uns vestidos novos – algo praieiro e bonitinho.

– Ah. Você e o Michael vão para algum lugar divertido?

– Talvez, você vem comigo hoje?

– Claro, encontro você lá.

– Aliás, você ainda quer que a gente vá aí amanhã para assistir? – perguntou ela. Nós tínhamos combinado de nos reunir para assistir à noite de estreia da série na TV.

– Sim, com certeza. Eu preciso de todo mundo aqui pra me garantir que eu não saia procurando críticas negativas.

– Quer que a gente leve algo?

– Sim. Vodka. Muita. Não sei o que vocês vão beber, mas, pra mim, vodka, com certeza – meu coração saltitou um pouco ante o pensamento de que meu programa de TV estrearia amanhã para o mundo todo assistir. Bem, o mundo americano. – Certo, nos vemos logo mais – eu disse, prestes a desligar.

– Espera, espera, o Jack está aí com você?

– Está no banho. Por quê?

– Mas ele ficou em casa com você durante a manhã inteira?

– Sim, por quê? O que foi?

– Eu vou torcer aquele pescocinho inglês! Deixa pra lá. Não tem nada a ver com você. Diz pra ele olhar as malditas mensagens de texto, ok?

– Ok – respondi, sem querer me envolver.

– Ok, vejo você daqui a pouco, frutinha – ela desligou.

Pensativa, sentei-me por um momento, girando meu celular de uma mão para outra. Eu não queria me envolver nisso, mas eu tinha que admitir que eu estava curiosa com o que estava acontecendo.

Não tem nada a ver com você. Não se envolva.

Tá, tá, tá.

Eu me dirigi de volta ao quarto, sorrindo quando o ouvi cantarolando no chuveiro. Abrindo a porta, eu fui em sua direção no meio do vapor.

– Ei, traz esse traseiro lindo pra cá – ele sorriu, bolhas do xampu fazendo sua cabeça parecer uma bola de algodão.

– Não, sem tempo. Vou me encontrar com Holly pra terapia com compras – respondi, desviando-me de suas mãos ensaboadas. Ele respondeu mostrando a língua para mim. – Por falar em Holly, ela me pediu pra lembrá-lo de checar suas mensagens – arrisquei, erguendo minhas sobrancelhas, mas mantendo um tom leve. Ele assentiu para mim, mas submerso no chuveiro. – Eu também vou comprar algumas coisas enquanto estiver fora pra amanhã à noite. Estava pensando em fazer uns petiscos e todo mundo pode ir beliscando enquanto a gente assiste. O que acha?

– Espera, o quê? Vai ter gente vindo pra cá amanhã à noite? – ele emergiu de debaixo do chuveiro.

– Sim, Jack, pro show, lembra? A estreia na TV?

Ele ficou ali parado, sem expressão no rosto, o xampu escorrendo com a água.

– Certo, claro, com certeza. Quem vem?

– A Holly, o Michael, o Nick, o Lane vai tentar, e eu acho que a Rebecca também.

Ele sorriu. Esperei que ele dissesse alguma coisa, mas ele ficou em silêncio.

– Então, petiscos? Que tal? – insisti.

– Claro, parece ótimo, Grace – ele assentiu mais uma vez, e voltou para debaixo d'água, terminando a conversa.

– Vejo você no final da tarde, então? – perguntei, ele assentiu mais uma vez para mim, depois voltou para debaixo d'água.

★ ★ ★ ★

– E daí ele voltou pra debaixo do chuveiro! É como se ele tivesse se esquecido totalmente de que todo mundo viria amanhã à noite! – exclamei no espelho, enquanto esperava Holly sair com mais um vestido. Nós estávamos na loja por quinze minutos e ela já tinha encontrado vários que ela simplesmente precisava ter.

– Você tem certeza de que disse a ele pra me ligar? – perguntou ela por trás da porta do vestiário.

– Disse. Disse pra ele checar as mensagens, como você me disse.

– E ele checou? – a cabeça dela emergiu por trás da porta.

– Isso eu não sei. Eu falei pra você, eu só entrego recados. Eu não vou me envolver – beberiquei do champanhe que a loja tão gentilmente tinha oferecido. – Mas o que está acontecendo?

– Pensei que você não queria se envolver – ela deu uma risadinha, voltando com um vestido tomara-que-caia que exalava sexo.

– Não quero; não quero. Esquece que eu perguntei.

– Só está muito difícil contactá-lo agora, e estamos no meio da negociação da sequência de *Tempo*. Não é uma boa hora pra ficar incomunicável – ela ajeitou o vestido. – O que acha?

– Sexy. Sexy demais. Mas pra que todos esses vestidos?

– O Michael vai me levar para algum lugar tropical. Não sei aonde ao certo. Ele só disse pra levar vestidos com babado e tal.

– Babado?

– Imaginei que na língua do Michael "com babado" pode ser traduzido pra "ousados".

– Nem de perto.

– É, sim, com babado significa que tenha o que mostrar, o que quer dizer decote, o que quer dizer usar quase nada. Levei uns cinco minutos e uns desenhos pra adivinhar o que ele queria dizer – ela riu, uma vermelhidão subindo por suas bochechas.

– Estou tão feliz por vocês dois estarem juntos – eu disse de repente. Observei sorrindo no espelho.

– Está?

– Está falando sério? Claro que sim! As coisas deram muito certo.

– Não vou mentir pra você, eu não tinha certeza se você ficaria bem com isso – disse ela, virando-se pra mim.

– E por que eu não ficaria bem com isso? – perguntei, olhando ao redor.

Ela bufou, voltando para o provador. Depois de um momento o vestido subiu para a sua cabeça. – Cala a boca, Grace. Vocês dois têm uma história.

– Claro, com certeza, mas é só isso: história. Honestamente, não poderia estar mais feliz por vocês dois.

Ela enfiou a cabeça para fora da porta.

– Eu também estou muito feliz. Agora a gente só precisa dar um jeito no Jack e meu mundo vai ser todo rosas e uma porra de um conto de fadas.

– Eu estou ficando preocupada, Holly, tipo, muito preocupada – meus olhos encontraram o dela.

Ela assentiu.

– Eu também, docinho.

★ ★ ★ ★

O dia seguinte começou como todos os dias de merda: totalmente normais. Sexo com Jack – maravilhoso. Café da manhã pós-sexo com Jack – delicioso. Entrevistas de rádio por telefone durante a tarde toda – estelares. Mas aquela noite? Rapaz...

Jack ficou fora na maior parte da tarde, o que foi bom para mim. Falar sobre mim mesma era estranho, e falar no rádio – vendo a mim mesma e ao meu show – era difícil de fazer quando se tem um inglês sexy fazendo caretas para você, tentando de todas as maneiras fazer sexo com você. Assim que as entrevistas acabaram, eu saí para dar uma corrida no Griffith Park para arejar e acalmar meus nervos. Não tive essa sorte. Estava pilhada. Eu corri meu circuito de sempre quase dez minutos mais rápida do que o normal, e poderia facilmente ter corrido mais uma rodada sem pensar duas vezes. Estava nervosa, podia admitir isso. Essa noite era o verdadeiro teste. Até agora, somente o pessoal da indústria, da área, tinha assistido ao show, agora dependia do público dizer se ele era bom.

Eu me mantive ocupada a tarde toda: cortando fruta para uma salada, colocando pratos e travessas e prataria para todo mundo, fazendo margueritas em série para serem tomadas com a pasta de guacamole que fiz com os abacates das minhas árvores no quintal, e eu estava dando os toques finais num prato de queijos quando Jack irrompeu.

– Pronta pra hoje, Doidinha? Eu estou pronto. Você está pronta? – gritou ele da porta da frente. Consegui ver um Suburban preto indo embora da entrada de carros. Será que era Bryan? Ou era Adam? Ambos dirigiam o mesmo carro...

Antes que eu pudesse refletir mais tempo sobre isso, Jack me levantou de repente nos braços e começou a me girar. – Ah, senti a falta da minha garota! – murmurou ele, dando beijos molhados por todo o meu pescoço e por cima do meu vestido. – Caramba, Grace, você sabe o que faz comigo quando usa esse avental.

Eu me afastei dele por um momento, rindo enquanto alisava meu vestido. Eu sabia muito bem o que fazia com ele quando usava aquele avental.

É por isso que você o colocou.

E também para proteger meu vestido dos abacates. A mancha verde é difícil de tirar.

Quem você pensa que está enganando?

Ninguém. Eu vesti o avental para deixá-lo louco.

E por falar em loucura, Jack estava olhando ao redor por toda a casa, vendo tudo que eu tinha arrumado para nossos amigos.

– Tudo parece ótimo, parece ótimo. Quando eles vão chegar?

– Hum, a qualquer minuto, agora. Eu acho que Holly e Michael vão...

– Dá tempo de eu tomar um banho? Só vou tomar um banho rápido antes que todo mundo chegue, tudo bem? Tudo bem, Grace? – ele começou a caminhar em direção ao quarto.

Eu o segurei pelo braço antes que ele saísse. Virando-o para mim, estudei-o. Seu rosto estava corado, e seus olhos estavam quase negros enquanto ele me olhava.

– Você está bem? – perguntei, tirando seu cabelo do rosto.

– Claro. Por quê?

– Não sei – respondi, enquanto seus braços me envolviam.

Ele deu um tapinha na minha bunda, as mãos movendo-se rápidas.

– Totalmente bem, Grace. Animada pra essa noite?

– Hum, sim, acho que sim. Um pouco nervosa,mas...

– Vou pro banho antes que alguém chegue, ok? – ele me deu um beijo sonoro na fronte, antes de sair deslizando rapidamente pelo corredor.

Eu olhei à minha volta, perguntando-me que diabos tinha acabado de acontecer. Do canto dos olhos vi o Mercedes de Holly estacionando na entrada. Eu balancei a cabeça para clarear a mente, e então desamarrei o avental e joguei na cozinha, saindo para receber meus amigos. Essa noite era importante para Michael tanto quanto para mim, e eu queria aproveitá-la ao seu lado. Além disso, eu teria a noite toda para me preocupar com esse último acontecimento.

Vinte minutos mais tarde eu tinha Michael e Holly comigo fatiando um pão francês para fazer torradinhas quando ouvi a voz de Nick na porta da frente.

– Grace! Tem um homenzarrão maravilhoso aqui do lado de fora na sua varanda! Deixe-o entrar! – chamou ele. Quando virei pelo corredor, eu explodi em risada. Nick estava sorrindo de orelha a orelha para Lance, que estava parado timidamente com as mãos cheias: literalmente com garrafas de vinho, e figurativamente com Nick e suas sobrancelhas inquietas.

– Tem dois homenzarrões maravilhosos aqui fora! Adoro! Podem entrar, vocês dois! – eu ri mais uma vez, enquanto Nick gesticulava para que Lane entrasse antes, sempre um cavalheiro.

Lane curvou-se para me dar um beijo na bochecha.

– Onde está aquele seu namorado idiota?

– No banho. Daqui a pouco ele sai – dei um tapa em sua bunda enquanto ele passava.

– No banho, você disse? Vou lá chamá-lo, avisar que todo mundo chegou – Nick insistiu, cutucando-me com o cotovelo ao passar por mim a caminho do quarto.

– Nada disso, mocinho. Nada de cobiçar meu homem – eu o segurei pelo braço e o fiz virar. Ele fez uma cara amuada.

– Você não é mais divertida agora que tem seu próprio programa na televisão – bufou ele, indo rumo à cozinha, onde imediatamente começou a brincar com Michael. Ele realmente estava no paraíso entre nossos meninos. E por falar em meninos, onde estava o *meu*?

Eu fui até o quarto, onde eu ainda podia ouvir a água correndo. E por isso fiquei surpresa ao encontrar Jack na cama, dormindo profundamente ainda de roupa. Que diabos?

– Jack – chamei, indo até o banheiro para desligar o chuveiro. – Jack, acorda!

Seus roncos confirmavam que ele estava apagado.

– Ei, acorda! – insisti, mal-humorada.

– Ei, Doidinha, o que foi? – ele sorriu com os olhos sonolentos.

– Eu podia fazer a mesma pergunta – eu disse, e seus olhos se abriram.

– Só descansando um minuto antes de ir pro banho. Você pode ligar o chuveiro pra mim? – perguntou ele, virando-se na cama, afastando-se de mim.

– Você já ligou o chuveiro. Está ligado há trinta minutos! Provavelmente não tem nem água quente sobrando mais, sem falar que estamos com a casa cheia de gente agora. Não dá tempo de tomar banho.

Ele virou-se na cama e olhou para o relógio, então esfregou os olhos.

– Merda. Certo, me dê cinco minutos e já vou.

Eu o vi esfregando o rosto, e ele encontrou meu olhar com olhos confusos.

– Eu já vou, ok? – disse ele, impaciente.

– Ok, Jack. Tanto faz – suspirei, deixando o quarto e sentindo a vontade de chorar.

Uma vez no corredor, hesitei por um momento, ouvindo-o se levantar. Sequei umas lágrimas que tinham escapado, e respirei fundo antes de voltar para a cozinha. Assim que me olhou, Holly acenou para mim para a porta dos fundos.

– Só vou acender as luzes – eu disse antes que ela pudesse dizer qualquer coisa. Peguei o isqueiro e comecei a tarefa de acender as tochas de bambu *tiki*.

– Claro, Grace – disse ela, me observando. Eu me mantive de costas para ela enquanto ia de tocha em tocha. Enquanto olhava na direção do quarto, podia vê-lo parado na janela, também me observando. E dei as costas para ele também.

Ele que se cuide. Você tem uma tocha nas mãos e não tem medo de usá-la.

Pode apostar nisso.

★ ★ ★ ★

O jantar foi... tenso. Jack finalmente apareceu, desgrenhado e com cara de cansado. O que não fazia sentido nenhum, já que ele tinha ido cedo para a cama comigo na noite passada e dormido em casa nessa manhã. Mas ele mal podia manter os olhos abertos. O que também podia ter alguma coisa a ver com o uísque duplo que ele tomou com o jantar, que ele mal comeu.

Como sempre, ele discutiu com Nick, que fez uma piada sobre seus olhos sonolentos. De resto, Jack ficou sentado na sua cabeceira na mesa de jantar, evitando meus olhos e qualquer assunto que tivesse a ver com festa, bebedeira, clubes ou ser um idiota no geral. Holly, sabiamente, nada disse sobre as ligações não atendidas. Ela sabia muito bem não misturar negócios com prazer. Mas só de olhar dava para saber que a estava matando por dentro não dizer nada diretamente para ele. Lane curiosamente estava silencioso também. No começo, pensei que talvez fosse alguma tensão por Holly e Michael estarem juntos, mas, na verdade, Michael e Lane se davam muito bem. Eles até mesmo fizeram planos de praticar *mountain bike* para o próximo fim de semana.

Assim, depois que comemos e estávamos nos reunindo na sala de jantar para assistir ao show, Nick me encurralou na cozinha enquanto eu terminava de limpar.

– Você sabe que você é linda, né?

– Xi, o que você está aprontando, hein? – sorri voltada para o guarda-louça, virando-me com os braços cheios de xícaras de café. Ele as tirou de mim e as dispôs para todo mundo, enquanto eu pegava o creme do freezer. Pensando bem, eu também peguei uma garrafa de *Kahlúa* de debaixo da bancada. Eu derramei um tanto generoso em minha xícara, e ele assentiu quando ofereci para ele também.

– O que está acontecendo? – perguntou ele.

Eu o contornei para pegar o pote de açúcar, peguei a garrafa para o café, e gesticulei para que ele me ajudasse a levar para a sala.

– Como assim? – perguntei.

– Grace, me poupe. Que diabos está acontecendo com o moço bonito? – ele pôs uma mão em meu braço, enquanto eu tentava equilibrar tudo.

– Eu não sei o que você quer dizer – insisti, não querendo entrar nesse assunto no momento.

– Grace, você sabe que eu só quero...

Mas ele foi cortado por vozes em tom alto vindas do jardim. Eu dei uma olhada rápida no relógio. O show iria começar em menos de dez minutos.

– Inacreditável. O que foi agora? – corri para as portas francesas. Pelo vidro, pude ver Jack e Lane, a centímetros de distância e numa situação tensa. Empurrando as portas, eu saí e escutei o fim da discussão.

– Sério, cara, dá um jeito em si mesmo. Isso afeta outras pessoas também, sabia? – a voz de Lane estava cheia de raiva.

– Ah, nem vem. Em que isso afeta você? – perguntou Jack com escárnio.

– Você acha que esses trabalhos aparecem sempre? Você não assinar significa que minha fuça também está em jogo. Você já pensou nisso?

– Sem essa. Você não pode vir com essa pra cima de mim – Jack se afastou, pegando seu copo da mesa do pátio.

Lane o seguiu, falando com as costas dele enquanto Jack secava seu uísque.

– Eu *posso* ir com essa pra cima de você e eu *vou*, se você for o motivo desse filme não ser rodado. Se você acha que pode sair de uma franquia dessas sem afetar ninguém, você é louco!

A essa altura Holly e Michael estavam empoleirados sobre o encosto do sofá na sala de estar, ouvindo por trás das outras portas francesas enquanto Jack e Lane continuavam a discussão nos fundos. Eu queria acabar com isso, eu devia acabar com isso, mas eu não fazia ideia que as coisas tinham ficado tão ruins a esse ponto com a sequência de *Tempo* que até mesmo Lane sabia. Por que eu não sabia disso? Por que Jack não tinha contado pra mim?

Eu não tive mais tempo de seguir essa linha de pensamento, porque Jack virou-se para encarar Lane e nos viu assistindo.

– Já chega! – gritou ele. O copo de uísque que ele estava segurando voou pelo pátio e atingiu a lateral da casa, estilhaçando-se em milhares de pedaços pelo pátio. Eu engasguei, e então...

Silêncio.

Silêncio pesava de todos os lados, pesando em meus ouvidos e por trás de meus olhos. Eu estava vagamente consciente de Michael começando a se levantar do sofá, mas Holly segurou-o. Mais tarde eu pude me lembrar de ver Lane afastando-se de Jack, balançando a cabeça. Eu ainda podia sentir a mão de Nick em meu braço, seu aperto firme.

Naquele momento eu estava completa e totalmente concentrada no olhar de Jack mal conseguindo manter-se de pé e pálido, com as bochechas vermelhas de ódio. Tremendo. Seus olhos procuraram pelos meus, e quando me encontraram pareceram vagos e atordoados. Então, pulsando pelo silêncio de repente tocou o tema de abertura de *Mabel* – animado e saltitante e totalmente inapropriado para o momento. Um lembrete pungente do que se tratava essa noite, do que supostamente deveria se tratar.

– Vão embora – eu ofeguei, em tom tão baixo que eu mal podia me ouvir. – Todos vocês, por favor – eu não tirei meus olhos de Jack. – Você, fique bem aí.

Nick apertou meu cotovelo carinhosamente antes de se afastar. Eu ouvi Holly e Michael discutindo em voz baixa se um deles deveria ficar, mas eles fizeram bem em sair também. Lane tinha ido há um tempo a essa altura. Meus olhos nem por um momento abandonaram Jack. Eu podia ouvir minha própria voz chegando da sala de estar, quando meu show estreava por toda a Costa Oeste. A Costa Oeste teria de esperar. Eu tinha alguém para varrer para debaixo do tapete.

dezesseis

– O negócio é o seguinte, Jack. Eu tentei ser compreensiva. Eu tentei não me envolver. Eu tentei ignorar o que está acontecendo, tentei não ser uma namorada que fica no pé.

Eu andava em círculos à sua volta, mantendo minha raiva sob o controle máximo que podia. Ele apenas me deixou andar em círculos.

– Eu tenho andado acordada à noite me preocupando com onde você estava e com o que você estava fazendo. Eu te deixei mudar o assunto. Eu fingi que as coisas estavam boas e tranquilas. Eu até mesmo fodi com você quando deveria estar conversando – parei diante dele e olhei-o diretamente nos olhos. – Mas não mais, Jack. Você sabe que eu te amo mais do que tudo nesse mundo inteiro, mas a merda acaba agora. Ou você fala comigo, me diz o que está acontecendo...

– Ou o quê? – desafiou-me ele, falando pela primeira vez.

E eu fiquei irada.

– Por que você está dificultando tanto isso? Por que você não pode falar comigo? Que merda é essa, Jack? Não assinar o contrato da sequência de *Tempo*? Eu não fazia ideia que...

– Por que tudo tem que ser uma novela? Meu Deus do céu, Grace, eu sei que você está irritada. Eu sei que você está desapontada. Mas você acha que eu não sei que todo mundo está falando de mim agora? Que você e Holly não estão fazendo nada além de tentar pensar numa maneira de me pôr de volta na linha, de volta ao compasso, de volta fazendo o que uma estrela de cinema tem que fazer? Bom, foda-se isso. Eu não sou um bonequinho que qualquer um pode brincar! – finalmente um pouco de faísca voltara aos seus olhos, que agora estavam cuspindo fogo.

– É isso que você acha que estamos fazendo? Nós estamos preocupadas! Todos os seus amigos estão preocupados...

– Ah, claro. Eles estão preocupados. Deixe-me dizer pra você com o que eles estão preocupados. Lane está preocupado com o seu próximo trabalho, Holly está preocupada em não conseguir a sua parte do contrato, e você está ocupada demais se preocupando comigo para perceber que estar conectada comigo é só...

– Espera um minuto. Espera um minuto, porra! Você acha que a Holly está preocupada só com o dinheiro que ela recebe? Ela nunca fez nada além de ajudar você e pensar sobre a sua carreira. Ela está garantindo que você tenha uma e não estrague tudo como aquele babaca do Adam! E é essa a parte em que você se safa de não ter contado para mim aquilo com que eu devia me preocupar? – gritei, a raiva, a frustração e a preocupação que eu deixei acumulando por meses agora borbulhavam e transbordavam por todo o pátio.

Jack fervia de raiva, o corpo todo tenso, a mandíbula travada.

– Se você olhasse pra isso com clareza você veria que...

– Não se atreva a me dizer o que eu tenho que ver. Eu não posso acreditar que você...

– Para. De. Me. Interromper. Porra – disse ele, a voz num tom baixo emanando perigo. – Eu não posso ir para lugar algum sem ser reconhecido. Eu não posso ir ao mercado sem que um funcionário diga ao *The National Enquirer* que tipo de pizza congelada eu gosto. Eu estou morrendo de medo de abaixar o teto do carro e dirigir pela cidade porque eu posso ser empurrado pra fora da estrada por perseguidores que se preocupam mais em conseguir uma foto minha com a minha *será que é namorada dele ou não* do que se preocupam com segurança, e não posso tomar a porra de um drinque depois de um longo dia tendo que lidar com todo tipo de merda sem que todo mundo fique me enchendo o saco dizendo como estão preocupados com a maneira com que eu estou levando minha vida! É isso, Grace. É essa a minha realidade, e é assim que eu estou lidando com ela, ok? – ele estava berrando a plenos pulmões agora.

– Jack, meu amor, se era isso, eu podia entender – atravessei a distância que nos separava e pus minhas mãos sobre seus ombros, mas ele me afastou. – Mas você *não está* lidando com isso. É por isso que eu estou tão preocupada.

– Você não faz ideia – ele cuspiu as palavras, os olhos tornando-se negros mais uma vez, lembrando-me de quando ele tinha chegado mais cedo nessa noite.

– Drinques no final do dia, até parece. Onde diabos você estava hoje? – eu vi a vergonha perpassar seus traços por um momento, e eu obtive minha resposta. – Eu não ficaria olhando passivamente para isso – sussurrei, minha voz tremendo, e eu observei enquanto seus olhos endureciam, até mesmo para mim.

– Você não precisa – respondeu ele, deixando o pátio. Eu observei em silêncio atônito pela janela, enquanto jogava suas coisas na sua bolsa de viagem, então voltou para fora. Eu ouvia meu show o tempo todo, dando uma trilha sonora surreal para um drama muito real.

– Eu vou voltar para o deserto – ele ficou parado debaixo da porta com a bolsa sobre os ombros, parecendo absurdamente jovem. – Ligo pra você quando puder.

Quando ele puder? Espera, o que está acontecendo aqui?

– O que você quer dizer? Espera, Jack. Não vá. Vamos falar sobre isso.

– Claramente esse não é o lugar em que eu posso estar agora. Além disso, eu tenho que fazer um filme.

A raiva em sua voz era tão dura que quebrou meu coração. Minha mente voltou para uma noite não muito distante, um quintal diferente, mas ainda Jack e eu, e o grande espaço entre nós dois. Mas isso não era algo em que eu poderia ajudá-lo. Ele estava deixando claro que não me queria agora. Ele não queria ninguém. Senti minha garganta se apertar.

– Eu te amo, Jack.

Ele assentiu e sorriu um sorriso pequeno.

– Eu te ligo.

E então partiu. E eu tive de deixá-lo ir.

Quando me sentei no meu assento do amor, com meu querido show ainda tocando no fundo, percebi que essa era a primeira vez que ele não tinha dito que me amava de volta.

★ ★ ★ ★

Críticas vieram a noite toda, e quando acordei na manhã seguinte, o show tornou-se um sucesso literalmente da noite para o dia. E quando digo que acordei na manhã seguinte, quero dizer que rastejei para fora da cama sem ter conseguido nem por um momento fechar os olhos durante a noite. Eu solucei, chorei, atirei algumas coisas, soquei meu travesseiro, e solucei um pouco mais. Mas então, concentrei-me em mim mesma.

Meu celular estava cheio de mensagens de texto de todo mundo que eu conhecia, com a exceção do meu inglês do qual eu queria tanto ter notícia. Holly me deixou sabendo, em não menos do que quatorze mensagens de texto, que cada um dos críticos com os quais ela estava preocupada tinha ido ao delírio, e que eu era o assunto da cidade hoje. Ela também me deixou sabendo que se eu não ligasse logo para ela, ela viria até em casa.

Michael me contou em apenas quatro mensagens de texto que ele já tinha falado com o canal, e que eles estavam perguntando sobre as ideias que tinha para a próxima temporada – próxima temporada? A série ainda não tinha sido oficialmente escolhida, mas o fato de que os executivos estavam agora se perguntando o que ele podia estar escondendo debaixo das mangas era muito encorajador.

Lane me mandou mensagem para dizer que sentia muito ter brigado com meu namorado idiota na minha grande noite, mas que ele tinha gravado o programa, assistido mais tarde e amado. E pediu que Jack ligasse para ele quando pudesse, mas que na próxima vez que ele jogasse um copo ele daria uma surra nele.

Meus alertas no Google eram tantos que não constavam na lista. Os blogs que já gostavam de mim agora *realmente* gostavam de mim. Os blogs que me odiavam pela minha conexão com Jack intensificaram sua raiva contínua. Mas a manchete que mais chamou minha atenção foi do CelebWatch.com, um site conhecido por suas discussões sobre Hollywood e padrão de beleza.

Se Grace Sheridan é tamanho grande,
Hollywood precisa de uma nova escala

A matéria seguia não só elogiando o show e todo o elenco, mas também desafiava qualquer outro site que tinha se insinuado direto para minha calça e para o tamanho que ela deveria ter. Postando uma foto de Marilyn Monroe, eles lembraram seus leitores que, pelos padrões atuais, Marilyn vestiria um número muito alto. Uma comparação lado a lado mostrou como eu era significativamente mais magra do que a diva dos anos cinquenta e, ainda assim, considerada uma atriz curvilínea. Eu ri quando vi as fotos lado a lado. Ela era e sempre seria um mulherão.

E, naquele momento, eu percebi como tudo tinha saído do controle. Grande, pequena, curvilínea, ossuda, beleza era beleza. Eu estava saudável. Eu estava exatamente do tamanho que eu deveria estar, e ponto final.

A coisa mais incrível sobre essa matéria? Não havia menção de Jack, se estávamos namorando ou não. Era inteiramente sobre mim, meu show, e minhas habilidades de atriz pela primeira vez, não sobre aquele homem com quem eu poderia estar tendo um caso.

O homem com o qual eu ainda estava muito preocupada. Mas também o homem que partiu noite passada, deixando-me num pátio cheio de cacos, em vez de ficar e discutir comigo sobre o que realmente estava acontecendo com ele. Eu me recostei na cama, roendo as unhas enquanto nossa conversa voltava à minha mente pela centésima vez. Meu cérebro estava derretendo a essa altura. Eu tinha repassado tudo para frente e para trás e amaldiçoei seu nome por ter partido pela mesma quantidade de tempo que passei me perguntando como eu poderia tê-lo enfrentado tanto a ponto de deixá-lo partir.

Drogas. Merda, ele estava se tornando um clichê hollywoodiano. Minha experiência com drogas era limitada. Holly e eu tínhamos curtido bastante na faculdade, mas somente com maconha. E nós nunca compramos. Sempre havia uns caras que compartilhavam. Na verdade, a primeira vez na vida que fumei maconha foi com Holly e Michael, no chão da sala de estar da casa da irmã dele. Cypress Hill, um *bong* cor-de-rosa, e cerca de dezoito caixas de biscoito depois, eu respirei com sucesso.

Mas foi só isso. Nunca mais fiz nada. Tenho certeza de que drogas mais pesadas corriam por aí, mas eu nunca soube – certamente sem pistas o suficiente para apontar seus efeitos em alguém. De todo modo, eu *sabia* o suficiente para reconhecer que o uso ocasional não levava automaticamente a um lugar com toque de recolher e pulseira de identificação para visitantes.

Então, o que Jack tinha tomado ontem? E será que tinha sido a primeira vez?

Alô, menina ingênua? Tem alguém na linha pra você... Algo sobre um débito a ser pago...

Isso explicava muita coisa. Mas eu estava mais preocupada com um lado de Jack do qual eu não tinha nenhuma pista, e nenhuma pista sobre como ajudar.

O telefone tocou enquanto eu estava imersa em minha própria novela.

– Ele está usando drogas, Holly – eu disse como cumprimento.

– Alô, telemarketing da depressão?

Eu ri, apesar de tudo.

– Jack. Ele está usando drogas.

Ela praguejou no telefone.

– Estou a caminho daí. Vou dar um chute nele.

– Você vai ter que dirigir um pouco mais. Ele foi para o deserto noite passada – suspirei.

– O quê? Depois que a gente foi embora?

– Mais ou menos quinze minutos depois que você foi embora, sim. A maldita música tema de *Mabel* estava tocando durante nossa conversa "Jesus te Chama".

– Ai, merda. Estou a caminho. Quantos bolinhos você quer?

– Nenhum bolinho, mas eu não negaria alguns rolinhos primavera mais tarde.

– Feito. E podemos falar também do sucesso enorme que foi seu show noite passada?

– Eu te amo.

– Eu também te amo, frutinha. Estou a caminho.

Eu saí da cama, arrumei-a, e fui para o banho. Quando Holly chegou, eu estava de vestido, de cachos penteados e lábios brilhosos. No passado, rolinhos primavera seriam o começo de turbulência, uma maneira de enfrentar tudo de difícil que estivesse para acontecer. Rolinhos primavera teriam se transformado em batatas fritas, frango frito, qualquer coisa frita. Isso, somado ao meu sofá, a um rabo de cavalo ensebado que não via um xampu há dias e a uma maratona de *Minha vida de cão*, eu poderia transformar qualquer crise em uma desculpa para ficar no casulo.

Drogas? *Pfft*. Rolinhos primavera eram minha válvula de escape. Mas agora eu podia ter meus rolinhos primavera com yoga e resolver meus problemas com a cabeça limpa. E um programa de TV que era um sucesso...

* * * *

Holly ficou comigo pela maior parte da tarde, durante a qual eu disse tudo que tinha acontecido na noite passada. Ela se censurou também.

Trabalhando há tanto tempo em Hollywood, ela estava convencida de que deveria ter previsto isso. Era tão ridiculamente claro, era como confundir floresta com cocaína. Viciado? Era provável que não. Isso não passaria sem que eu não tivesse percebido por tempo demais. A festança certamente tinha aumentado. Porém, além de nós passarmos um tempo falando sobre o inglês, também falamos sobre a ruiva.

Nós planejamos mais uma rodada de entrevistas – muitas revistas femininas tinham entrado em contato com Holly para tirar algumas fotos para um ensaio e apresentar histórias sobre mim, algo que deixava minha mente pasma, mas que me satisfazia infinitamente. Eu não tinha planejado isso, não podia ter planejado isso, mas eu não recusaria um diálogo tão importante e que precisava acontecer. Então, ensaio fotográfico? Com certeza.

Eu ainda estava nas alturas, aproveitando esse raio de sol, quando finalmente tive notícias da pessoa de quem eu estava esperando ter. Mas não foi uma ligação. Recebi uma mensagem.

Vi as notícias hoje, parece que você é um sucesso.

Agora, não tinha nada maldoso nessa mensagem, de jeito nenhum. E não havia nada nela que devia ter me deixado tão contrariada. Mas quando eu a li, ela me irritou.

Pois é. É o que parece.

Eu apertei ENVIAR, e esperei para ver sua resposta. Eu tenho certeza de que esse era o seu jeito de analisar o terreno, ver em que tipo de humor eu estava depois de ter me deixado noite passada. O terreno estava decididamente tranquilo. Ele me respondeu de imediato.

É assim que vai ser daqui pra frente?

Boa pergunta. Eu me perguntei se estava certa em levá-lo para essa direção. Não havia resposta certa aqui. Eu apenas sabia como eu me sentia, e eu me sentia triste, mas também um pouco traída. Nós tínhamos chegado tão longe nesse ano que tinha se passado, dividido tanta coisa, e passado por tanta coisa juntos. Eu realmente tinha perdido todos aqueles sinais?

A verdade era que não. Eu vi todos eles e conversei com ele sobre tudo com que eu estava preocupada. Mas devia tê-lo forçado mais? Mais cedo? Eu queria ajudá-lo. Céus, como eu queria ajudá-lo. Mas além de ele não querer minha ajuda, ele nem mesmo queria estar perto de mim agora. E assim: irritada de novo.

Vai ser assim porque foi assim que você quis, Jack. Você foi embora. Então vá, siga em frente, fique loucão. Mas como eu disse pra você noite passada, não vou ficar assistindo.

Ele não respondeu. E eu não mandei mensagem para ele de novo. E ainda que ninguém possa planejar isso, esse era o começo do fim.

dezessete

ENT

No intervalo das filmagens de *Jovem soldado*, Jack Hamilton e companhia estavam espalhados pelo saguão do Palms Casino Resort, em Las Vegas, nessa última sexta-feira à noite, depois de, segundo relatos, terem perdido mais de 50 mil dólares nas mesas de pôquer. Hamilton estava bem-humorado, no entanto, algo que você pensaria improvável depois de perder tanto dinheiro. Mas ele parecia estar voando nas alturas, desaparecendo dentro de um Suburban preto com vários outros atores do elenco, incluindo Adam Kasen. Kasen, que tem sido figura carimbada na noite há alguns anos, tem sido companhia inseparável de seu colega de elenco desde que os dois se conheceram na pré-produção. Hamilton parou para dar uns poucos autógrafos, rindo e conversando com seus fãs, embora ele tenha saído pela tangente rapidamente quando nosso repórter perguntou-lhe sobre as novas do seu nunca confirmado e frequentemente negado relacionamento com a atriz Grace Sheridan. Logo antes de Kasen entrar no carro, nosso repórter fez-lhe a mesma pergunta, ao que ele respondeu: "Grace quem?".

De fato, "Grace quem", se aquelas senhoritas seguindo Kasen para dentro do carro fossem entrevistadas para dar sua opinião.

TVRatings.com

Mabel, instável?, escrita e criada por Michael O'Connell, dirigida por David Lancaster, e estrelando a atriz mais comentada das últimas semanas, Grace Sheridan, estreou recentemente para levar os críticos ao delírio e teve uma enorme aceitação! As fofocas antes do show concentraram-se em quem estava namorando quem, e se a atriz não estava se dando bem com o diretor, mas *Mabel, instável?* provou que sexo + canto + Beverly Hills é uma combinação infalível. Quem poderia saber? Bem, a Venue sabia e, segundo relatos, o canal a cabo está negociando com a equipe de criação por trás de *Mabel, instável?* uma temporada completa.

Hamiltoned.com

Graças a todos vocês que têm ficado de olho no nosso cara, nós agora podemos dizer que sim, é verdade. Jack Hamilton foi mandado pra fora do clube de comédia Chuckles pela segurança por ter começado a perturbar os comediantes no palco. Nós ouvimos relatos de várias testemunhas, mas o incidente foi finalmente confirmado nesta manhã por um representante do clube. Jack! Que coisa feia.

Entertainment Tonight

Grace Sheridan está louca da vida, e não vai mais levar desaforos pra casa! Quando apareceram fotos da atriz numa recente difusão de fotos para o Southern California Style, uma revista de moda sobre exatamente este assunto, a atriz curvilínea era decididamente não curvilínea, algo que estava prontamente perceptível. Sheridan tem sido muito eloquente sobre suas lutas passadas com seu peso e as dificuldades que passou para perder alguns quilos para seu papel em *Mabel, instável?*, de fato, foram essas mesmas lutas que chamaram a atenção para ela além do seu relacionamento com Jack Hamilton. Quando a revista foi publicada, sua agente Holly Newman respondeu aos comentários de que suas fotos foram mais do que retocadas. "Como qualquer atriz, a Grace entende que com ensaios fotográficos vêm retoques, mas não reconstrução. A Grace está orgulhosa do seu corpo, ela trabalhou duro para isso, e ela pediu à revista que publicasse as fotos como elas foram tiradas. Pelo amor de Deus, pessoal, ela tem um bundão. Superem isso."

Nós da *ET* tivemos acesso às fotos originais, e você pode ver que extenso trabalho foi feito para reduzir o tamanho não só dos seus quadris como também de suas coxas, braços e estômago. Assim que ficou claro que as fotos foram alteradas, uma enxurrada de apoio, que começou na internet, inundou o escritório de Southern California Style com cartas, e-mails e ligações a favor de Sheridan. Se a revista vai republicar as fotos não sabemos, mas está claro que essa atriz deu o pontapé inicial para um diálogo que vai continuar.

JackedOff.com

Não se preocupe, Jackinho. Nós protegemos a sua retaguarda. Como eles ousam expulsar você de um clube? Será que eles não sabem que a presença de alguém tão famoso e fabuloso como Jack Hamilton é a melhor coisa que poderia acontecer para o seu estúpido clube de comédia?

E qualquer um que ache que aquela vaca da Sem Graça Sheridan vai continuar por perto ano que vem não sabe de nada! Eles nunca vão namorar, pessoal. Poupem-nos! Ela o usou pra conseguir um pouco de fama, e agora ela está fazendo questão de que falem só dela. *Por favor!* Ela é horrorosa, seu show é horroroso, seus fãs são horrorosos, e a única coisa que nós podemos dizer sobre ela é que... na verdade, não podemos dizer nada de bom sobre ela. Nós estamos apenas felizes por nosso garoto ter decidido ficar em Vegas por mais tempo. Ninguém mais pode fingir que eles estão namorando se eles nem ao menos estão na mesma cidade. Nós amamos você, Jack!

CurvyGirlGuide.com

Nós amamos Grace Sheridan! Seu novo show, *Mabel, instável?*, estreou há poucas semanas, e ela é nossa nova paixão. Nós a amamos por sua voz; por sua personagem, Mabel; por suas curvas; e por sua disposição ao opinar sobre o que é belo. Recentemente fotografada usando lingerie para um ensaio que está por vir na revista People, Grace deu para nós, da CGG, uma prévia do ensaio, e ela está *divina*!

Embora Grace já fosse uma sensação antes, sua nova atitude de recusar todo e qualquer retoque em suas fotos foi a coisa mais sensacional de todos os tempos! Certificando-se de que elas serão impressas com cada curva e marquinha de celulite, ela é uma mulher real com quem mulheres reais podem se identificar. Na verdade, é ridículo que essa conversa gire em torno de alguém que *não veste grande, pelo amor de tudo que é mais sagrado*, mas estamos simplesmente gratos que isso esteja acontecendo. Ela sabe em qual lado passar manteiga no pão. Estamos do seu lado, Grace, porque sabemos que você está do nosso!

CelebTracker.com

As filmagens do filme *Jovem soldado*, estrelando Jack Hamilton, foram encerradas nessa semana depois de um bom tempo filmando numa locação que durou semanas além do calendário inicial. Histórias de dentro do *set* de filmagem relataram que houve problemas recentes com o elenco aparecendo tarde para as filmagens, sem decorar as falas, e discutindo com a equipe. Falta saber se o filme vai demorar tanto para ser lançado quanto as filmagens.

Fãs dos atores, em grande parte fãs de Jack Hamilton, apareceram em caravanas quando as locações de filmagem vazaram na imprensa. Barricadas e frotas de Suburbans pretos foram necessárias para cercar o elenco por todos os lados, e a segurança saiu em peso enquanto os fãs se empurravam para conseguir ver um pouco do seu cientista sexy favorito. Embora no passado Hamilton frequentemente tenha se mostrado disposto a posar para fotos e a assinar autógrafos, relatos de pessoas trabalhando dentro do *set* dizem que ter tantos fãs por perto, neste momento, parece realmente ser problemático. Segundo esses mesmos relatos, ele disse que os fãs estavam quebrando sua concentração, e certa vez chegou mesmo ao ponto de exigir que os fãs fossem retirados da locação antes que ele saísse do seu trailer. Mas, com ou sem problemas no *set*, o filme foi finalizado, provavelmente para capitalizar o sucesso já conquistado e o interesse em Jack Hamilton, bem como o renovado interesse em Adam Kasen, o antigo menino de ouro e agora confirmado *bad boy* de Hollywood.

TMZ

A ruiva está na área, mas onde está o seu cientista sexy? Noite passada nossos fotógrafos viram Grace Sheridan saindo de um restaurante em West Hollywood. Relatos disseram que ela encontrou sua agente, Holly Newman, e o roteirista do seu bem-sucedido novo show, *Mabel, instável?*, Michael O'Connell, antes de ir embora sozinha. Ela não respondeu a nenhuma questão, mas quando foi indagada sobre seu namorado-ou-não Jack Hamilton, ficou visivelmente chateada. Relatos de que ele tinha planos de ficar no deserto de Nevada indefinidamente, ainda que as filmagens de seu novo filme, *Jovem soldado*, tenham terminado, certamente fizeram as línguas dispararem acerca do futuro desse casal, o segredo mais mal guardado da cidade das estrelas. Com o novo sucesso solo de Grace Sheridan e suas opiniões bem expressas sobre padrões de beleza, será que ela precisa do cientista sexy?

Na mesma noite em que Sheridan jantou com amigos em Los Angeles, Hamilton foi visto na área VIP de Lush, que parece ter se tornado o lugar preferido das noites do ator. Tendo sido visto quase toda noite pela cidade, o antes discreto ator parece ter mergulhado de cabeça na cultura hollywoodiana segundo a qual a vida é uma festa.

* * * *

Afinal, eles estão juntos ou não? Pois é essa a pergunta cuja resposta todo mundo quer saber, incluindo eu mesma.

Afundei em meu assento, fechando a janela aberta do celular, e prometi mais uma vez nunca, nunca, nunca mais pôr meu nome no Google. Ou o de Jack. Nunca. Ambos. Nunca mais. Eu saí da garagem do estacionamento em Wilshire depois de um treino penoso com Megan, procurando a toda a minha volta pelos sedans. A área estava limpa. Nunca mais pôr nossos nomes no Google.

Quem você pensa que está enganando?

Está bem, nunca mais até amanhã.

Repetindo: quem você pensa que está enganando?

Eu sabia que faria isso mais tarde hoje, então essa era apenas uma mentirinha que eu tinha contado a mim mesma – uma mentirinha que tornava mais fácil racionalizar aqui dentro, onde a loucura se escondia, que de algum modo tinha agora uma vida em que eu podia pôr meu nome no Google. Meu nome no Google!

Delírios fantasiosos à parte, voltemos à questão em pauta.

Afinal, eles estão juntos ou não?

Infelizmente, todas as evidências apontariam para a segunda opção.

Desde a noite em que Jack partiu para o deserto, nós não nos falamos, algo em que eu mal podia acreditar. Mas as coisas são assim mesmo. Um dia se torna dois, dois se tornam cinco, uma semana enlouquecedora se passa, duas, e depois? E então o absurdo se torna real. A essa altura, é só uma questão de semântica. Quem será que vai dar o primeiro passo para voltar atrás? Quem vai ser o mais forte e quem vai ser o mais fraco? Pelo visto, nós dois estávamos firmes na mesma semântica.

Se alguém me dissesse seis meses atrás que Jack e eu terminaríamos sem nem mesmo uma ligação, eu teria dito: até parece. Isso nunca vai acontecer. Não com a gente. Mas estávamos mesmo terminados? Então, esse é o problema. Quando a merda sobe, às vezes você pode estar atolado nela, afogado nela, mas ainda assim não saber. Eu tinha repassado e analisado todos os "ele disse" e os "ela devia ter", mas, no final das contas, eu ainda não sabia. Porém, se eu me afastasse um pouco para um olhar distanciado, eu diria que sim, provavelmente estávamos terminados.

Eu me encolhi só de pensar nisso, então, abri as janelas do carro e respirei fundo, inalando um pouco de fumaça ao tentar conseguir ar puro para clarear minha mente.

Um garoto e uma garota se conhecem, se apaixonam, e escondem seu romance por causa do fã-clube do garoto. A garota quebra o coração dele porque ela é uma idiota. Garoto e garota voltam um com o outro. Garoto e garota fazem sexo, fazem sexo, fazem mais um pouco de sexo. Garota ganha programa de TV; garoto bebe. Garota fica famosa por causa de sete quilos. Garoto bebe ainda mais; garota deixa garoto partir uma noite achando que esse jamais poderia ser o fim. Garota varre os cacos de vidro quebrados. Garoto não volta.

E, nesse meio-tempo, a garota arrasa. Será que a garota está curtindo isso? Ela está tentando.

O show foi um sucesso. Ele continuou a ganhar destaque, e no meio da curta temporada de verão, uma nova temporada completa tinha sido negociada. Mesmo roteirista. Mesmo elenco. Novo diretor. *Hi-hi-hi.*

Nós começamos a produzir a nova temporada quase imediatamente, e eu me joguei no trabalho – criando, me apropriando, ouvindo e respondendo. A escrita de Michael tinha tomado novos avanços, levando Mabel e todo o elenco a lugares aos quais eu como atriz morria de medo de ir, o que tornou tudo ainda mais estimulante quando eu *de fato fui* e não dei pra trás.

Na vida profissional, eu estava arrasando. Na vida pessoal, eu era um fantasma na cidade.

Jack tinha me mandado uma mensagem – duas, na verdade, desde a primeira vez. Na primeira, para me dar os parabéns pelo show ter sido escolhido, que ele não estava perdendo um episódio e que estava orgulhoso de mim. Na segunda, semanas depois, ele me mandou uma foto de uma televisão. Na tela? *Supergatas.*

Eu respondi a ambas, mas ele não me mandou mensagem de volta. O que eu podia deduzir dessas mensagens? Que ele estava de olho no que eu estava fazendo e que ele estava tão feliz quanto eu por *Supergatas* ter voltado a passar na TV Land.

Ele ligou uma noite também, de madrugada. Depois das três. Quando respondi, ele não disse nada. Mas eu podia ouvir a sua respiração.

– Jack? Oi, está aí?

Respirando.

– Jack, você está bem?

Respirando pesadamente.

– Sério? É pra isso que você me ligou?

Gemido.

Sim, eu podia tê-lo deixado terminar. Quer dizer, vamos lá, vai. E eu fiz somente algumas coisinhas do meu lado, só umas coisinhas. Mas nós nunca nos falamos. Ele nunca disse uma palavra sequer. Eu chorei depois.

Então, estamos juntos ou não? Sério, alguém, por favor, me dá uma dica.

Eu fiquei bisbilhotando Jack o máximo que pude, pelo Google e pelo pouco que Holly sabia. Ele finalmente tinha respondido para ela, assinado para fazer a sequência de *Tempo*, e então voltou a não atender o celular quando ela ligava. Ela eventualmente conseguia falar com ele, dizendo que não iria mais trabalhar com ele nessas condições e que, se ele quisesse outro agente, podia procurar um. Ele cedeu, mas a informou em termos bem claros que estava dando um tempo até que a sequência de *Tempo* começasse a ser filmada nesse outono. Ele não queria fazer nenhuma entrevista, não faria nenhuma aparição na TV, e basicamente queria ser deixado sozinho e em paz até que tivesse que fazer a publicidade de *Jovem soldado*.

Ele queria ficar sozinho, queria fazer as próprias coisas e não ter que se justificar por isso, e ponto. Era como se Howard Hughes tivesse se encontrado com Charles Sheen, com uma pitada de Dylan McKay. Então, Holly fez o que ele pediu e não apontou que esse comportamento estava começando a lhe render uma reputação que poderia custar trabalhos futuros. Ela sabia que se ele a demitisse, haveria uma fila enorme de pessoas interessadas em representá-lo – ele ainda era uma estrela de cinema muito cobiçada. E, à sua própria maneira, mesmo que não estivessem conversando, contanto que trabalhasse com ele, Holly poderia manter os olhos nele. E, de certa forma, isso fazia eu me sentir melhor.

Por meio das deixas, eu sabia que ele também estava me informando que não queria que eu entrasse em contato. Ele conhecia Holly bem o suficiente para saber que ela me contaria tudo, me deixaria saber se ele estava bem, mas ela também retransmitiria que ele não queria ninguém entrando em contato com ele. Portanto, eu não entrei.

E isso estava me matando. Porque no meio disso tudo – esse drama em torno de Jack e como ele estava escolhendo lidar com a pressão – eu fui deixada ao relento. Eu perdi meu namorado. Eu estava brava, claro, mas também machucada e, mais do que isso, sozinha.

Seriamente sozinha. Eu sentia uma falta tremenda de Jack. Minha casa parecia grande demais, minha cama, larga demais, e toda vez que eu via um saco de Chex Mix, meu coração se partia um pouco mais. Como torradas no fundo da caixinha, eu estava em pedaços e jogada para escanteio, como os *pretzels* que ninguém queria.

Eu ansiava em poder dividir com ele o que estava acontecendo comigo, como eu tinha minhas próprias pressões e problemas para lidar, sem mencionar a necessidade de ter alguém comigo para celebrar esses sucessos que aconteciam. Eu tinha perdido meu maior torcedor, meu maior parceiro de banho, e o cara que me fazia rir mais alto e gemer mais profundamente do que qualquer um jamais pudera, tudo ao mesmo tempo. E, meu Deus, isso doía.

A rua era um borrão à minha frente enquanto as lágrimas abriam caminho do fundo do meu estômago até meus olhos. Eu estacionei assim que pude, tomada por soluços enquanto me deixava ser inundada pela tristeza esmagadora, misturada com meu medo muito real de que tinha terminado e que meu George não seguraria meus peitões no chuveiro nunca mais. Eu chorei até ficar rouca, até que meus olhos ficassem inchados e saltados para fora, até que parecesse que eu tinha sido acertada no rosto com uma pá e rebocada com uma gosma de rímel.

Mas até mesmo nesse momento, meu radar estava ligado, e quando eu vi um sedan escuro virando a esquina do outro lado da rua, eu engoli minhas emoções e dei partida no carro de volta ao tráfego. Assoei meu nariz na manga como uma criança e esperei como diabos que fosse apenas um sedan escuro cheio de pessoas normais e não de abutres com suas câmeras... que venderiam uma matéria como "A ruiva cai no choro".

Eles estão juntos ou não? É possível estar em pedaços e não saber? É possível estar em pedaços mesmo se você ainda estiver apaixonada por ele e tiver bastante certeza de que ele também está por você? Eu não tinha respostas.

Eu perdi o sedan no meio do tráfego e fiz meu caminho de volta rumo aos *canyons*. Eu buscaria o nome de Jack no Google assim que chegasse em casa, para me certificar de que nada de novo estava acontecendo. Era irônico que os sedans escuros que eu tanto odiava fossem também a única maneira que tornavam possível eu saber o que ele estava fazendo, como ele estava. Eu estava alimentando o sistema que contribuía para as mesmas questões com as quais ele estava tendo dificuldade de lidar. E assistindo à sua deterioração, assistindo a como ele estava agindo como um babaca? Era realmente difícil.

★ ★ ★ ★

Michael veio para o jantar naquela noite. Ele queria repassar mudanças a serem feitas para alguns episódios futuros. Agora que tínhamos uma temporada completa de treze episódios com que trabalhar, ele podia realmente cavar fundo outros personagens, tornando tudo uma peça unida e sólida.

Será que qualquer outra atriz tinha uma relação tão próxima com o criador e principal roteirista do programa? Provavelmente não, mas elas também provavelmente não possuíam a história que eu e Michael tínhamos. Desde que Jack partiu, Michael assumiu ainda mais o papel de irmão mais velho. Ele ligava ou vinha para saber como eu estava às vezes com mais frequência que Holly, que tentava dar uma passada depois do trabalho também. Esses dois. Eles estavam me mantendo ocupada, me distraindo. Era fofo, na verdade.

Enquanto cortava alface para uma salada, Michael me contou sobre um incidente durante suas férias em Fiji, o "algum lugar tropical" a que ele tinha se referido para Holly.

– Então essa pobre menina, que tinha acabado de espirrar uma travessa cheia de *mai tais* por todo o lugar, estava só tentando limpar a bagunça – limpar a mesa, limpar o chão, limpar, bem, meu colo.

– Seu colo? – eu ri, alcançando o pegador de salada ao lado dele.

– Sim, bom, meio que espirrou por toda a minha calça – ele riu, ficando vermelho.

– E deixe-me adivinhar, quando ela se inclinou pra limpar, Holly teve alguma coisa a dizer sobre isso?

– Disse. Disse que não toleraria isso – ele riu e pegou um abacate para cortar para a salada. Eu o observei por um momento, seu sorriso ainda no rosto como se ainda pensasse sobre isso e sobre a mulher por quem estava apaixonado. Céus, como eu sentia falta desse olhar. Pela segunda vez hoje, lágrimas brotaram dos meus olhos, e eu me virei, sem querer que Michael me visse triste. O alarme do forno apitou e, enxugando meus olhos um pouco, peguei as luvas para tirar do forno o frango que eu estava assando.

– Quer ajuda com isso? – perguntou ele.

– Não, pode deixar – eu disse, mantendo meu rosto virado. Eu tirei a travessa, mas, com os olhos borrados, eu bati na beirada do forno, minha mão escorreu e o frango foi para o chão. Eu tentei pegá-lo, mas o perdi, e a travessa despedaçou-se no chão.

– Filho da puta! – baixei os olhos para a bagunça aos meus pés. Jogando as luvas de lado, eu chutei o frango, pisoteando o chão. – Filho da puta! – bati com força a porta do forno e girei em círculo, repetindo o mesmo xingamento insistentemente. Lágrimas correram pelo meu rosto, e o frango agora era um picadinho sob a sola dos meus pés enquanto eu descarregava e explodia e pisoteava. Pobre frango, não era culpa dele.

– É que eu estou me sentindo... tão, porra... desamparada! É como se ele estivesse indo para beira de um abismo, e eu não posso fazer nada em relação a isso – exclamei, cuspindo saliva, afundando-me no chão e olhando para cima para Michael, que segurava a salada e me observava desabar.

Ele depositou a salada sobre a bancada: – Ah, Grace, eu sei – ele me levantou do chão e passou os braços à minha volta. Eu literalmente chorei sobre seu ombro, os pés atolados no frango e na insanidade temporária e num medo de morrer. Entre meus soluços eu ouvi o som de saltos batendo no chão e levantei os olhos para me deparar com Holly. Ela olhou para nós, olhou para a bagunça, e sorriu tristemente.

– Bom, frutinha, pelo visto vamos ter que pedir *delivery* essa noite.

Talvez eu tenha chorado sobre os ombros dela também.

★ ★ ★ ★

Quando me despedi dos dois naquela noite, a cozinha já estava limpa. Michael tinha levado a louça quebrada para o lixo, enquanto Holly e eu passávamos pano no chão. Depois de minha explosão, nós acabamos pedindo pizza e comemos no chão da sala de estar como uma família, assistindo programas bobos de televisão e rindo, mantendo as coisas leves.

Eu tinha extravasado tudo, minhas frustrações e meu medo, e agora eu estava exausta. Apagando as luzes, eu voltei para o quarto, meu olhar indo parar imediatamente para o lado dele na cama. Eu lavei meu rosto, escovei meus dentes, e rastejei para debaixo das cobertas. Fiquei virando de um lado para o outro por alguns momentos, finalmente deslizando até o seu lado, até o seu travesseiro. Os lençóis tinham sido lavados inúmeras vezes desde que ele tinha partido, mas se eu fechasse meus olhos e respirasse profundamente o suficiente, eu jurava que ainda podia sentir um cheirinho do meu inglês.

Empacotada e debulhada em lágrimas, eu caí no sono. Eu não estava nem um pouco preparada para receber a ligação que viria às 2h37 da madrugada.

– Grace?

– Hmmm... – resmunguei, passando as mãos pelo cabelo, tentando acordar. Era Holly no telefone. Às 2h37 da madrugada. Por que diabos Holly estava me ligando às 2h37 da madrugada? Eu me sentei na cama.

– Por que diabos você está me ligando às 2h37 da madrugada? Qual o problema?

– Grace, fique calma.

– Por que você está me dizendo pra ficar calma? O que aconteceu? – o pânico me tomou enquanto eu saltava da cama e começava a andar de um lado para o outro.

– Merda. Eu não sabia se devia ligar ou não. Pra ser honesta, eu não sei o que está acontecendo.

– Holly! Me diz o que você sabe ou...

– Jack se meteu numa briga em uma boate. Ele está todo ferrado.

Eu cobri meu rosto com a mão. Ah, não.

– Uma bagunça, Grace. Policiais, fotógrafos, já tem pessoas da boate postando fotos. Parece um caos. Isso é tudo que eu sei. Um dos caras que estavam com ele me ligou quando o levaram.

– Espera, o levaram? Pra onde?

– Acho que o seu garoto conseguiu ser preso – ela suspirou. – Sinceramente, não sei o que fazer a essa altura.

Eu fechei os olhos com força e respirei fundo.

– Eu sei – comecei a vestir minha calça. – Estou indo pra Las Vegas.

dezoito

Eu parei para pôr gasolina já perto da entrada de Las Vegas. Pus o bocal no tanque e me recostei no carro, olhando para o crepúsculo da manhã começando a se esgueirar pelo deserto.

Eu tinha zarpado da casa aproximadamente sete minutos depois de desligar a ligação com Holly. Peguei minha bolsa, joguei algumas roupas dentro dela e entrei no carro. Saí correndo para fora do carro, voltei para dentro, peguei meus sapatos e, em momentos, já estava na estrada.

Eu não fazia ideia do que encontraria quando chegasse lá, ou que tipo de recepção eu teria, mas eu estava entrando com tudo pela cidade do pecado, com determinação. Algo que Jack tinha dito para mim, quando ele veio me ver em Nova York, ficava martelando em minha cabeça: "Eu estou nessa *com* você, participo porque quero, e você não pode decidir por nós dois".

Cara esperto. Ele estava totalmente certo e, no entanto, eu o tinha barrado e desarmado aquela vez quando tive minha própria crise. Admito, não cheguei a entrar numa briga de bar, mas eu estava com a cabeça tão fora do lugar quanto ele parecia estar. Eu deslizei o dedo pelo meu celular, checando as notificações de todos os sites de fofoca. Ai, estava em todo lugar.

À chegada do café da manhã na Costa Leste, as pessoas que assistiam seus programas matutinos favoritos estavam obtendo o primeiro gostinho dos eventos da noite passada, e foram informadas de que seu cientista superssexy era um brigão de bares. Holly fez o melhor que pôde para administrar esse problema, mas disse apenas que haveria uma declaração mais tarde do dia. Enquanto eu dirigia pelo deserto, Holly tocava em todos os telefones do Departamento de Polícia de Las Vegas, em busca de qualquer coisa que pudesse encontrar.

Ela me ligou para dizer que Jack não tinha sido acusado. Ainda. Ele estava em um hospital local, sendo tratado pelos ferimentos que, ela pôde se certificar, não traziam risco de vida. Mas foi só. Eu não fazia ideia de como ele estaria quando chegasse lá.

Meu celular bipou. Tinha uma nova mensagem de texto de Holly.

Falei com a assessora de comunicação do hospital. Você está liberada para entrar. Ela disse para dar a volta e ir pela entrada de ambulâncias. Sem imprensa lá. Me liga depois, frutinha. Beijo.

Eu terminei de encher o tanque e voltei para a estrada.

★ ★ ★ ★

Meu GPS me levou direto para o hospital, e enquanto eu dirigia para a entrada dos fundos, pude ver um bando de fotógrafos do lado de fora da porta de entrada. Com isso em mente, estacionei o mais perto do estacionamento das ambulâncias que pude, e as usei para me dar cobertura enquanto me dirigia para a porta dos fundos. O fato de eu tentar usar qualquer coisa para me cobrir, em vez de simplesmente entrar no hospital com normalidade, me fez lembrar mais uma vez o quão esquisitas as coisas andavam.

Eu fui reconhecida imediatamente no hospital pelo segurança, e ele me levou até o elevador.

– Seu garoto está no quinto andar. É só dizer pro pessoal na mesa quem você é – disse ele, acenando enquanto a porta se abria.

– Ok, obrigada. Muito obrigada – eu entrei no elevador e sorri para ele, meu estômago de repente ficou muito nervoso ante o pensamento de que Jack estava a apenas cinco andares de distância de mim.

– Ah, e Sra. Sheridan... – disse ele quando eu já apertava o botão.

– Sim?

– Eu sou... Eu sou um grande fã – gaguejou, seu pescoço e orelhas assumindo a cor de pimenta.

A porta fechou, e eu fui deixada com meu próprio sorriso sem graça. Surreal.

Num piscar de olhos, a porta se abriu mais uma vez e eu me deparei com uma mesa cheia de enfermeiras, que me olharam desconfiadas. Imagino que assim que foi dito quem se encontrava no quinto andar, muitas pessoas de repente pareciam ter algo a fazer ali.

Eu andei até a mesa e disse meu nome a alguém. A essa altura minha garganta estava seca, mas as palmas da minha mão não estavam. Eu só queria vê-lo, certificar-me de que ele estava bem.

Andei até o fim do corredor, virei a maçaneta, e entrei em seu quarto. Deitado na cama, o rosto virado para a janela, estava Jack. Seu braço estava numa tipoia, parecia ferido e pálido, no olho esquerdo, uma bola roxa e cinza, esse era Jack. Soltei uma exclamação ao vê-lo, não pude evitar. Ele parecia tão lindo e tão terrível ao mesmo tempo, que meus olhos se encheram de lágrimas.

Ouvindo meu barulho, ele se virou para a porta com um gemido de impaciência, mas seus olhos se arregalaram quando me viu. O sorriso que ameaçava irromper por sua face era luminoso, e meu coração quis saltar pela boca. Mas então a vergonha tomou seu lugar, e ele baixou os olhos para a cama.

– O que *você* está fazendo aqui? – perguntou em um tom baixo, recuando.

Eu fechei a porta atrás de mim e caminhei até a cama. Fiquei parada ao seu lado, até que ele levantasse o olhar para mim. Eu acariciei seu cabelo afastando-o do rosto, o mundo todo parando quando toquei a sua pele.

– Onde mais eu poderia estar, seu pamonha? – sorri para ele, acariciando-o suavemente na cabeça.

Alívio tomou conta da sua expressão, expulsando a vergonha. Ele fechou os olhos, um pequeno sorriso no canto dos lábios, e inclinou-se para receber minha carícia.

– Grace, estou tão...

– *Shiu...* Agora não. Vamos consertar você e sair daqui. Teremos tempo pra isso – sentei-me na beirada da cama. Com meus dedos, percorri o rosto que eu conhecia tão bem, fazendo um caminho da sua testa até as maçãs do seu rosto, descendo por sua mandíbula forte, que estava machucada em dois pontos. Quando levantei meu olhar para ele, seus olhos estavam fixos nos meus.

– Estou feliz por você estar aqui – murmurou ele.

★ ★ ★ ★

O médico que tinha cuidado de Jack veio um pouco depois para nos informar que ele estava recebendo alta. Ele não tinha nenhum ferimento além de um ombro deslocado, um olho roxo, alguns arranhões na testa e um lábio cortado. Com prescrições para analgésicos e instruções sobre cuidados com os cortes e ombros, começamos a preencher os papéis para sua alta. O médico queria que Jack ficasse até depois do almoço, o que também nos daria tempo de fazer alguns planos.

O advogado que Holly tinha contratado chegou, e enquanto ele ouvia o relato de Jack, eu saí do quarto para ligar para ela. Ela respondeu na primeira chamada.

– Ele está muito mal?

– Não muito mal. Ombro deslocado, olho roxo, ele parece pior do que está de verdade.

– Ele teve sorte. Parece que a polícia não vai prestar queixa. Mas pode apostar que vai haver um processo.

– Era o que eu temia. Eles vão deixá-lo ir embora depois do almoço. E a imprensa? – dei uma olhada pela janela para dentro do quarto.

– Boatos e matérias pra todo lado. Mas os fãs o amam. Só querem saber se ele está bem. Ele precisa fazer uma declaração.

– Não, ele não precisa. Você pode fazer isso por ele. Ele está bem, está descansando. Só uns arranhões, mas está bem. E ponto.

– Claro, claro. Posso fazer isso. Você vai ficar feliz em saber da fofoca que eu ouvi, a fonte foi aquele publicitário vulgar dele, de que Adam está no mesmo hospital.

– Ótimo! Vai ter um médico por perto quando eu deixar aquela cara mais roxa do que já deve estar – esbravejei. – Sem brincadeira, Holly. Não quero nem encontrar aquele...

– Calma, frutinha. Ele está ocupado demais tuitando pra se preocupar com você. Esse tipo de publicidade é ótimo pra ele. Impulsiona a imagem de *bad boy*, sacou?

Eu bufei de raiva.

– De qualquer maneira, pedi pro Bryan voar até vocês. Ele vai chegar logo. Ele pode tirar vocês daí, mas pra onde vocês vão?

Virei-me para o quarto para dar uma olhada nele. Ele parecia exausto.

– Nós vamos voltar para o hotel dele. Ele precisa dormir um pouco. Isso vai dar tempo para o advogado ver o que precisa ser feito e decidir se Jack pode sair da cidade. Está tudo um caos – suspirei, encostando-me na parede e bocejando. A noite e a viagem estavam começando a pesar.

– Sim, mas a gente dá um jeito. Eu falei com o diretor do hospital, e eles sabem jogar o jogo. Já tiveram pessoas VIP aí antes, então sabem lidar com esse tipo de coisa. E eu lido com a imprensa desse lado de cá.

– Entendido. E, Holly?

– Sim?

– Obrigada por me ligar noite passada.

– Claro. Além disso, você ia me matar se eu não a acordasse pra isso, não ia?

– Matava. Com certeza – ri.

Nós nos despedimos quando vi Bryan vindo pelo corredor. Ele e eu entramos no quarto de Jack e começamos a planejar exatamente como o tiraríamos de lá com o mínimo de estardalhaço e atenção.

No fim das contas, foi Adam quem criou a distração perfeita. O idiota pediu uma conferência de imprensa bem em frente ao hospital, enquanto nós escapávamos pelos fundos num caminhão da lavanderia. Sério, às vezes era como se estivéssemos dentro de um filme...

★ ★ ★ ★

– *Uau!* – ofeguei, largando minha bolsa no chão. À minha frente tinha uma vista panorâmica de Las Vegas, vista de uma janela absurdamente alta da suíte de Jack, que vinha do chão até o teto. Esse quarto parecia de um *sheik*, ou de um chefão muito poderoso: sala de jantar, sala de estar, dois quartos... Santa mãe de Deus, era um palácio! – *Uau* – disse mais uma vez, recebendo um sorriso embaraçado de Jack enquanto ele passava por mim e entrava.

Ele não tinha dito uma palavra sequer desde que deixamos o hospital, exceto um xingamento quando bateu o ombro enquanto corríamos do caminhão da lavanderia para dentro do Suburban de Bryan. Agora ele caminhava pela suíte enorme, primeiro sentando-se no sofá, depois indo até a mesa de jantar, parando na sacada, mas sem sair para fora. Ele parecia aflito e inquieto, incapaz de ficar parado, mas ainda assim morto de cansaço. Nervoso. Ele estava nervoso. Os olhos dele encontraram os meus, depois se desviaram, então se voltaram de novo para mim quase imediatamente, cheios de perguntas.

Sem estar preparada para isso, eu disse rapidamente:

– Certo, vamos deixar você confortável e na cama. Você precisa dormir um pouco – e fui até ele, puxando-o pelo seu braço bom. – Vem, campeão, qual dos quartos gigantes é o seu?

Ele revirou os olhos, mas começou a caminhar em direção a um dos quartos. Assim que entrou, me deixou ajudá-lo a despir a jaqueta, que estava um pouco difícil de tirar por causa da tipoia no braço. Tirando as cobertas, eu ajeitei o travesseiro.

Ele finalmente quebrou o silêncio.

– Você acha que um cochilo vai fazer as coisas melhorarem?

– Acho que é um começo, sim. E depois a gente vê.

– A gente? – perguntou ele.

– Sim – assenti. – A gente. Agora, pra cama.

Ele parecia querer dizer mais alguma coisa, mas, sabiamente, foi para a cama. Enquanto eu ajeitava as cobertas, vi em seu rosto um olhar de gatinho sem dono.

– Seria melhor com você aqui comigo...

– Durma, Jack – eu disse, ao que ele bufou, deitando-se.

Eu fui ao banheiro para lavar o rosto, e quando terminei, ele já dormia profundamente. Eu saí para a sala de estar, sentei-me sobre minhas pernas no sofá e comecei a pensar no que faria a seguir.

Numa cidade em que se joga com a sorte, eu esperava muito que não tivesse apostado tudo numa só jogada...

Sério, mesmo? Metáforas de jogo, agora?

Cala a boca.

dezenove

Jack dormiu o dia todo, seguindo noite adentro até a manhã seguinte. Ligações chegaram quase que constantemente – todo mundo queria ficar atualizado, todo mundo queria saber o que estava acontecendo. Com a exceção do advogado, que nos deu carta branca para voltar para L.A. quando Jack estivesse pronto, eu parei de atender ligações, precisávamos de tranquilidade.

Holly fez uma declaração reconhecendo que, de fato, houve incidentes envolvendo Jack Hamilton, mas que ele estava bem e saudável, e não havia mais nada a ser declarado para a mídia no momento.

Adam, por outro lado, aproveitou-se ao máximo do interesse, usando a imprensa para contar sua própria história. Ele tagarelou uma história que impulsionava sua imagem de *bad boy*: que tudo foi apenas ele e seus amigos pela cidade para uma noite de bebedeira. Confirmando relatos de testemunhas anteriores, Adam deixou a imprensa deduzir que foi Jack quem começou a briga, que tinha começado uma discussão que tinha terminado em pancadaria, e que Adam tinha apenas entrado na briga para "dar uma força pros meus irmãos".

Sim. Ele tinha ligado também. Eu peguei o telefone, então rapidamente o desliguei, depois liguei para a recepção para me certificar de que mais nenhuma ligação passasse, e para informá-los de que Adam Kasen não estava autorizado a subir sob quaisquer circunstâncias. Jack podia discutir comigo por causa disso depois, mas eu não deixaria aquele cara chegar perto de mim.

Eu dormi também, no sofá. Um sono leve. Não muito mais que um cochilo, na verdade, então quando Jack enfim saiu da cama, esfregando os olhos, imediatamente me sentei. Muito desperta.

– Oi – disse ele.

– Oi pra você – respondi.

Ele olhou ao redor pelo quarto, olhou para a luz lá fora.

– Estou morrendo de fome.

– Eu imagino que sim. Você ficou um século dormindo.

– Isso explica por que me sinto um século mais velho – ele sorriu, contraindo-se de dor quando sua expressão se repuxou e esticou seus pontos.

– Você precisa comer, depois tomar seu remédio pra dor. Você estava dormindo na primeira dose – eu me dirigi para a mesa onde tinha deixado tudo que trouxemos do hospital. – Vem, Jack, você deve estar realmente faminto, e a gente provavelmente devia...

Ele me parou com uma mão sobre meu braço enquanto andava passando por ele.

– E então a gente vai conversar, Grace – disse ele, seus dedos roçando em minha pele enquanto ele me mantinha parada. – Então a gente vai conversar.

Eu fiquei sem fôlego.

Ele lambeu os lábios.

Eu lambi os meus em resposta.

A barriga dele fez barulho.

Eu sorri.

– Certo, a gente come, depois conversa – disse ele, sorrindo um pouco também.

Eu torci o nariz.

– Que tal um banho, depois a gente come, depois a gente conversa? – sugeri.

– Combinado – nós fomos pegar o menu de serviço de quarto.

Ele quer conversar? Isso é uma novidade.

Isso é uma coisa boa.

★ ★ ★ ★

Um banho, dois *cheeseburgers* e três *milk-shakes* de chocolate depois, nos sentamos à mesa, de frente um para o outro. Sobre o ombro dele eu podia ver as luzes da Strip, a noite fazendo toda a cidade faiscar.

– Então... – começou ele, me alarmando um pouco.

– Então... – respondi.

Você realmente devia voltar a escrever discursos...

– Eu não sei direito como começar. Não tenho total certeza por onde começar – disse ele, brincando com o saleiro, cabeça baixa e sem me olhar nos olhos. A tensão estava crescendo. Eu podia senti-la mesmo a três metros de distância de madeira de carvalho entre nós.

– Ei, sou eu. Só fale – encorajei, desejando muito ir para o seu lado da mesa. Seria tão mais fácil me aproximar dele, subir em seu colo, segurá-lo junto de mim e sentir sua respiração em minha pele e mostrar que estava tudo bem. Mas não podia. Ele tinha muito a explicar, e ele precisava desembuchar. Mas isso não significava que a tentação não era grande, no entanto, e cerrei os punhos sobre os braços da cadeira para me impedir de levantar e fazer exatamente aquilo. Principalmente vendo-o apertar aquele saleiro como se o sufocasse.

Ele apertou o saleiro, segurou-o firme, e então olhou para mim.

– Eu odeio a minha vida – disse ele, com os dentes cerrados, e eu empalideci. Vendo minha reação, ele emendou: – Não, não, veja, é o seguinte, algumas coisas da minha vida são incríveis, *eram* incríveis, até que eu fodesse tudo. Droga! Não consigo nem explicar isso direito! – exclamou, sua frustração borbulhando. – Tudo... estava tudo ficando tão perto, sabe? Todo mundo querendo alguma coisa, sem ser capaz de tomar alguma decisão só porque eles achavam que seria a coisa certa. Tudo tinha que ser tão calculado, tão bem planejado, e isso era... Merda, eu odiei isso!

Eu acenei com a cabeça para que ele continuasse, observando seus dedos tornarem-se quase brancos enquanto ele apertava o frasquinho de vidro.

– E era tão fácil apenas sair, deixar rolar, fechar a conta, e não se importar, sabe? No começo, foi bem assim. Mas então isso começou a ficar frequente, e meu Deus, você sabe como é ter pessoas literalmente se curvando até o chão, dispostas a fazer coisas por você? Quer dizer, ninguém fazia nenhuma maldita ideia de quem eu era dezoito meses atrás, e então de repente todo mundo quer conhecer você, quer beijar seu traseiro e dar o que você quiser, e isso, tipo, é normal? É assim que as coisas são? Caralho, como isso pode ser normal? – ele gritava agora, levantando-se e andando pelo quarto.

– E depois, o que acontece? Você fode com tudo, é isso o que acontece. Meu Deus do céu, que cuzão que eu fui... Com você, com todo mundo! Era como se... Caramba, era como se tudo estivesse acontecendo debaixo d'água, sabe? Eu vi isso acontecendo, você viu isso acontecendo, mas era tão mais fácil não lidar com nada! Não admitir que era demais, cedo demais, rápido demais, bom demais. Só demais, demais pra caralho – ele continuava andando de um lado para o outro enquanto se enfurecia.

– E a bebida? Essa também era uma questão. Eu sempre me controlei, mas então foi como se, quanto mais a gente saía, mais fácil ficava, esquecer de toda a merda. E as outras coisas? Cocaína? Eu consigo entender como as pessoas conseguem ingerir isso, deixar isso entrar e tomar conta. Aquela merda é incrível. Eu só cheirei algumas vezes... Foi demais para mim. A última vez que eu fiz isso foi naquela noite, na noite de estreia do seu show. Aquela foi a última noite...

As lágrimas corriam dos meus olhos a essa altura. Eu não podia evitar. A emoção crua que se derramava dele era assombrosa.

Ele se virou, viu minhas lágrimas, e parou congelado.

– Eu nem consigo acreditar que você está aqui, na verdade – disse ele depois de um momento, sua voz não era mais do que um grito. – Depois de como eu te tratei, por que diabos você está aqui? Merda. Eu queria tanto ligar pra você. Eu queria me desculpar, mas, merda, estava tudo tão bagunçado! E eu odiava o modo como as pessoas estavam tratando você por causa de mim! E as coisas que eles escreveram sobre você! As coisas horríveis que eles disseram só porque você talvez estivesse namorando um fedelho como eu, porque você não teve o bom senso de ficar o mais longe de mim que você podia...

– Jack! – eu corri dando a volta em torno da mesa para ficar diante dele. – De jeito nenhum. Você não pode assumir tudo aquilo, não sozinho. Nada que tenha sido escrito sobre mim, nada que um idiota qualquer tenha escrito num site, ou que um repórter tenha fofocado, nada podia ser tão ruim a ponto de me fazer pensar em desistir de você. Você não sabe disso? Como você pode não saber disso?

Sua respiração estava pesada, suas próprias lágrimas agora brilhando em seus olhos.

– Eu assisti ao seu show, sabe. Eu assisti toda semana – disse ele, a voz rouca enquanto ele lutava para se controlar. – Eu li cada artigo, assisti a cada entrevista, vi cada foto. Meu Deus, Grace, você sabe o quanto eu queria ligar pra você, falar com você? Você parecia estar tão bem. Você parecia feliz, e eu estava aqui todo bagunçado. E tanto tempo tinha passado. Eu não achava que pudesse voltar pra casa... Eu não sabia se você ainda me...

– *Eu estava pirando!* Você está falando sério? – gritei, estapeando seu peito. – Eu ia toda noite pra cama me perguntando onde você estaria e o que estaria fazendo, e eu acordava cedo toda manhã pra entrar na internet e me certificar de que você estava bem, e ver em que tipo de encrenca você tinha se metido na noite anterior. E quando não tinha notícia nenhuma, eu passava o resto do dia tentando não entrar em pânico, esperando não receber uma ligação como a que recebi outra noite dizendo que alguma coisa tinha acontecido! Que você esteve num acidente de carro ou qualquer uma das milhões de coisas que eu imaginava na minha cabeça porque eu não sabia, Jack! Eu não sabia o que estava acontecendo, e o pior era que eu não podia te ajudar! Então não vem pra cima de mim com "Eu parecia feliz" ou "Você parecia estar bem" quando é você, de todas as pessoas, que deveria saber, nem sempre as coisas são o que parecem – eu me interrompi, trêmula. – E é claro que eu ainda te amo, Jack. É claro que eu te amo.

Nós nos encaramos, ambos com lágrimas nos olhos e fungando.

– Eu sinto muito, eu sinto muito, muito – sussurrou ele.

Obrigada.

– Vem cá – sussurrei, arrancando o saleiro da sua mão e enroscando meus dedos nos dele. Lentamente eu me aproximei, e ele abriu seu braço saudável para me receber. Eu me aninhei nele, uma nova onda de lágrimas surgindo quando senti seu cheiro e aconcheguei meu rosto em seu pescoço.

Deus. Do céu. Como eu senti a falta desse homem. Suspirei em sua pele enquanto ele me apertava para mais perto, um gemido vindo das profundezas da sua garganta enquanto ele me segurava o mais apertado que podia. Levantando a cabeça, deixei meus olhos viajarem pela linha do seu pescoço até seus lábios macios, até sua mandíbula forte e as maçãs do seu rosto, que agora trazia as cicatrizes do que ele tinha passado. E, finalmente, até seus olhos, aquele verde que redemoinhava e se aprofundava, anunciando seus pensamentos.

– Eu sou tão apaixonado por você, Grace – ele baixou os olhos para mim, meu doce, ferido, maravilhoso garoto. – E eu estou morrendo de vontade de beijar você.

Eu me ergui na pontinha dos pés enquanto ele se inclinava sobre mim.

– Eu meio que estou morrendo de vontade de beijar você também.

Seus lábios se abriram como asas contra os meus, experientes, gentis, mas quentes. Eu sorri contra sua boca, sabendo que essa não seria a última conversa que teríamos sobre tudo que tinha acontecido, mas também sabendo que esse tampouco seria o último beijo.

★ ★ ★ ★

Nós nos beijamos. Se nos beijamos por dois minutos ou duas horas, não sei dizer. Beijamo-nos longa e profundamente, doce e sensualmente. Beijamo-nos até que eu tivesse cãibra na perna e seu braço dormisse na tipoia. E então nos beijamos um pouco mais. Eu me apaixonei por essa boca toda de novo, desejando entrar dentro dela e viver lá por uma quantidade indeterminada de tempo.

Deve ter um clima úmido, como viver na Flórida.

Não estrague esse momento. Eu mereço.

E quando sua boca começou a se mover, percorrendo meus olhos com os lábios no mais pequenino dos beijos, roçando contra minhas sobrancelhas, esgueirando-se para mordiscar minha orelha de um jeito que fazia minhas pernas tremerem, eu sabia que não havia, que jamais poderia haver outro homem que conheceria meu corpo tão bem. E eu sabia para onde isso estava caminhando. E isso seria bom, tão, tão bom. E por isso fiquei tão completamente surpresa quando sussurrou em meu ouvido:

– Vamos pra casa, Doidinha.

Meus olhos se estalaram, meu pescoço disparou para algum lugar atrás de mim, onde tinha caído quando ele tão de repente ele tinha feito minha coluna derreter.

– Você quer ir pra casa agora? Fazer todo o caminho de volta até L.A.? – perguntei enquanto se aconchegava em mim.

– *A-ham* – disse ele exatamente no ponto abaixo de minha orelha.

Eu olhei ao redor, olhei para trás dele, para fora pela janela. A cidade toda ainda estava estirada diante de nós, as luzes queimando intensamente. Ele estava certo. A gente podia aguentar luzes brilhantes, a cidade grande. Nós morávamos numa cidade construída sobre luzes, sobre estrelas. Mas nós éramos um casal do *canyon*.

– Sim, vamos dar o fora daqui – assenti, segurando sua mão e dando mais um beijo em seus lábios, agora inchados de tanto amor.

Era quase meia-noite, enfiamos as coisas dele nas malas o mais rapidamente que pudemos, pagamos sua conta enorme lá embaixo, e antes da uma da manhã estávamos de volta em meu carro. Ele dirigiu, e nós baixamos o vidro da janela e deixamos o vento entrar, voltando para casa.

Eu ri, enquanto ele acelerava pela rodovia deserta, lembrando-me de um filme que eu tinha visto há muito tempo.

– Está rindo do quê? – perguntou ele, levando minha mão até seus lábios.

– Eu estava me lembrando daquele filme, *Abaixo de zero*, já viu? Robert Downey Jr.? Andrew McCarthy? Eles eram melhores amigos. O personagem do Robert arruma encrenca em Vegas, e o Andrew tem que dirigir até lá no meio da noite para levá-lo de volta pra casa – respondi, dando risadinhas.

– Não. Nunca vi – ele negou com a cabeça, enquanto eu ria de novo.

– Bom, digamos apenas que eu estou feliz por não ter encontrado você chupando um pau pra poder pagar o seu *crack* – ri debochada quando o carro deu uma guinada.

– Grace! – ele praguejou, trazendo o carro de volta entre as linhas da nossa mão na rodovia.

Ficou em silêncio por um momento, enquanto eu tagarelava.

– Eu jamais usaria *crack* – disse ele impassível, enquanto eu ria mais uma vez.

Era bom rir com ele, ter um ataque de risos e ser boba.

– E como o filme termina? – perguntou ele, quando eu estava sob controle de novo.

– Hum, não muito bem – eu olhei pela janela para o deserto, frio na noite.

– Não muito bem?

– Não – eu subi o vidro da janela. – Ele morre. Overdose.

Nós dois ficamos em silêncio.

– Você sabe que não foi isso que aconteceu, certo? Quer dizer, eu só fiquei um pouco loucão. Ninguém está viciado em nada. Você sabe disso, certo? Eu só fiz o que a sua geração chamaria de "cair na gandaia" – ele ilustrou as aspas com os dedos.

– Minha geração? – eu disse com desdém, revirando os olhos. Fiquei em silêncio por um momento, então virei-me no meu banco para encará-lo. – Então você não acha que é um problema? Eu não estou fazendo pressão, só estou perguntando para poder entender com o que estamos lidando aqui – ergui minhas mãos para mostrar-lhe que eu não estava julgando.

– Não, eu sei por que você está perguntando. Você tem todo o direito de perguntar. E a resposta é não, não é um problema, era só o modo errado de lidar com o que estava acontecendo. Eu preciso aprender a lidar melhor com isso, sem sair tanto e ficar bêbado. Eu não prometo que vou ser uma pessoa fácil de conviver de tempos em tempos, mas eu estou disposto a tentar lidar com isso de uma maneira diferente.

– Bem, eu podia tentar lidar com isso de uma maneira diferente também. Não sou nenhuma expert.

– Sei não. Você parecia estar lidando muito bem com tudo isso. Não pense que eu não percebi como a minha garota chegou e ficou toda famosa. Logo mais eu vou querer um autógrafo também – provocou ele.

– Autografa isso aqui, ó. E olho na estrada – eu avisei quando ele tentou se inclinar para um beijo. – Só promete que vai conversar comigo na próxima vez que você se sentir assim, ok? Pressão? Só me dizer. A gente vai dar um jeito, mas você tem que me dizer, ok?

Ele ficou em silêncio, observando a estrada. Um lento sorriso se abriu em seu rosto, e ele olhou de volta para mim.

– Você sabe que você é a pessoa mais madura nesse relacionamento agora. Como diabos isso foi acontecer?

– Sou uma garota, Jack. As garotas sempre foram mais maduras – eu disse meticulosamente, recostando-me de novo em meu assento.

Ele bufou, murmurando alguma coisa sobre maturidade e idade enquanto passávamos por uma placa que dizia:

Los Angeles 150 km

Eu roubei sua mão do seu colo e a segurei durante o resto do caminho até em casa.

★ ★ ★ ★

Estava quase amanhecendo quando ele estacionou na nossa entrada, o céu acima de nós começava a se tingir de rosa nas beiradas. Nós pegamos nossas bolsas e nos dirigimos até a porta da frente. Eu girei a chave e entrei, mas ele vacilou, prestes a entrar pela soleira da porta.

– O que você é, um vampiro? Precisa de um convite pra entrar?

Ele olhou para os próprios pés, um pouco embaraçado.

– Obrigado por ter ido me buscar.

Eu peguei sua mão e o puxei para dentro como se a qualquer momento ele fosse voltar para lá.

– Sério, Grace. Obrigado – disse ele mais uma vez, antes de entrar e trancar a porta.

– De nada – eu levei meu corpo junto ao dele, enquanto pegávamos nossas malas e nos dirigíamos para o quarto. Ele estava uma bagunça, exatamente como eu o tinha deixado. – Eu saí voando na outra noite, quando a Holly me ligou. Na verdade eu tive que voltar pra dentro pra pegar meu par de tênis, porque eu estava saindo descalça – dei uma risadinha, tirando os tênis agora e jogando dentro do closet. Eu estava tão cansada, meu cérebro doía.

Ele seguiu minha deixa, tirando seus sapatos, e eu me sentei no seu lado da cama. Com uma familiaridade confortante, voltamos para a nossa rotina. Rolei até meu lado da cama, ele deitou-se no dele, e nós nos encontramos no meio. Puxando-me para seu canto, ele me aninhou sobre ele, seu braço em torno de mim, o nariz afundado em meu cabelo enquanto beijava minha cabeça.

– Te amo, Grace.

– Te amo também, Jack.

Com minha cabeça sobre seu peito, subindo e descendo suavemente enquanto nós caíamos no sono, eu enviei aos céus mais um silencioso agradecimento por tê-lo de volta no lugar a que ele pertencia. E quando o dia amanheceu, nós dormíamos profundamente em nossa cama. Jack estava de volta.

★ ★ ★ ★

Eu acordei em algum momento da tarde, considerando-se o modo como a luz se infiltrava pelas janelas. Eu sorri enquanto me espreguiçava sob os lençóis, sentindo o corpo quente junto ao meu e sabendo a quem pertencia aquele calor. Virando-me, deparei-me com verde, verde, verde. Meus olhos sonolentos encontraram seus olhos sonhadores, aqueles sonhadores olhos verdes, cheios de amor. Ah, assim eu fico sem jeito...

– Oi.

– Oi pra você – murmurou ele, inclinando-se para baixo para me fuçar com o nariz, seguindo a linha do meu pescoço, e então substituindo-o com os lábios. Eu respirei fundo ao sentir sua boca sobre mim, a ponta dos meus dedos enroscando-se em seu cabelo, que agora estava longo o suficiente para que eu pudesse afundar a mão nele. Sentindo uma cosquinha logo abaixo do meu queixo, soltei uma risadinha enquanto sua boca começava a se mover mais para baixo, descendo pela minha clavícula.

– Ei! Ei, você! – eu o ergui pela cabeça e segurei seu rosto entre minhas mãos. – Consegue fazer isso?

– Se eu consigo fazer isso? – ele revirou os olhos, murmurando qualquer coisa enquanto voltava pelo caminho que tinha abandonado.

– Não, não, não. Não perguntei se você *consegue* fazer isso. Perguntei se você consegue fazer isso, com esse braço? Você não tem que ter cuidado?

Em resposta, ele virou-se de costas, levando-me com ele. Enquanto as cobertas desciam e eu subia em cima dele, eu senti sua resposta pressionada exatamente onde eu necessitava dele.

– Você só tem que ficar por cima, Doidinha.

Ele abriu minha camisa, botão por botão, enquanto eu aconchegava meu quadril no dele.

– Pelo visto você pensou em tudo, George.

– Você não faz ideia do quanto eu pensei nisso – seu olhar ardeu intensamente quando ele abriu minha camisa e me revelou. E o verde escureceu...

– Olá, meninos. Senti a falta de vocês – ele sorriu malicioso, roçando a ponta dos dedos sobre meus seios, provocando e claramente deleitando-se ante a sensação de suas mãos em mim, em minha pele.

Curvando-me para suas mãos, com minha camisa caindo baixa em meus braços, eu deixei a ponta dos meus dedos descer e se mover pelo seu corpo, familiarizando-me mais uma vez com seu torso longilíneo e definido, os cabelinhos salpicando aquele abençoado caminho da felicidade, os músculos que se flexionavam enquanto eu me aproximava mais do Senhor Hamilton.

– Hum... Grace... – ele gemeu enquanto eu me esfregava nele, indo rapidamente mais para trás na cama e me afastando de suas mãos. Ele se apoiou em seu braço sadio enquanto eu arrancava suas boxers, erguendo-se o suficiente para que eu pudesse puxá-las de vez. Eu ofeguei ante a visão dele, macio e rígido e exatamente onde eu precisava.

Eu percorri com as mãos a parte interna de suas coxas, ouvindo sua respiração mudar quando me aproximei mais. Debrucei-me sobre ele para dar os mais sutis dos beijos na sua pontinha. Ele quase pulou da cama, gemendo ao menor dos toques. Eu sorri comigo mesma, e então livrei a nós dois do nosso sofrimento.

Quando o tomei todo dentro da minha boca, as palavras pronunciadas por ele entre os dentes cerrados eram igualmente obscenas e sem sentido. Era bom saber que eu não tinha perdido o jeito. Sua mão se afundou em meu cabelo, urgentes, me apressando enquanto eu o engolia de novo e de novo, girando minha língua e prestando atenção especial àquela área beeeem... ali...

– Caralho, Grace. Caralho.

Exatamente.

Arrancando minha calcinha mais rápido do que o tempo de dizer "Tira", eu subi de volta em seu corpo, abrindo-me sobre seus quadris enquanto ele segurava em minhas curvas e me guiava para descer sobre ele.

Jack. Dentro. Perfeito.

Congelada bem naquele ponto peculiar, eu o deixei me preencher, tomei-o todo e o senti tocando cada parte de mim. Nós dois estávamos parados, deixando que o momento tomasse conta. Seus olhos penetraram os meus, sua mão apertava firme a minha cintura enquanto ele deslizava mais profundamente, centímetro por perfeito centímetro, para me penetrar completamente.

– Brilhante – sussurrou ele, seu sotaque rompendo o silêncio e fazendo-me faiscar de volta à vida.

– Brilhante – concordei, e comecei a me mover.

Indo e voltando sobre ele, deixando que os sons que ele fazia me guiassem, eu o deslizei para dentro e para fora, pressionando e empurrando-o para dentro de mim. Nós dois gemíamos igualmente de prazer e tesão, enquanto eu curvava minhas costas ao cavalgá-lo, primeiro devagar depois mais rápido conforme a tensão crescia. Sua mão enfiou-se lá embaixo, entre nós dois, girando e procurando e fazendo os pontinhos por trás de minhas pálpebras começarem a se borrar em um redemoinho de fogo.

– Incrível. Sentir. Você – eu gemi, os dedos dele agora segurando firmes com aquela pressão gostosa que explodia em algum lugar profundo dentro de mim, lançando-me adiante sobre o peito dele enquanto eu me dividia em milhares de pedacinhos e vinha abaixo. E enquanto eu caía, vi o rosto que eu amava, aquele lindo rosto contorcido de paixão.

Mandíbula apertada, testa franzida, lábios derramando meu nome de novo e de novo enquanto ele explodia dentro de mim.

Jack. Dentro. Perfeito.

Quando enfim pude erguer a cabeça mais uma vez, meu corpo cansado e deliciosamente dormente, ele me rolou para o meu lado da cama, aconchegando-se por trás de mim e lançando seu braço por cima, escapando da tipoia apenas o suficiente para que ele pudesse encher a sua mão.

– Eu senti falta disso – sussurrou ele em meu ouvido, deixando escapar um suspiro de satisfação.

Eu me aconcheguei ainda mais nele, envolvida e aquecida.

– Eu também.

Agora, sim, Jack estava de volta.

vinte

Jack estava de volta, mas nem tudo eram flores e buquês na nossa vida. Ele tinha feito um belo papel de idiota, e tinha muito do que se redimir. Durante os dias seguintes, todas as batatas já vieram assadas, e ele tinha mais problemas que ele esperava.

Ele teve que começar com Holly que, embora feliz que ele estivesse bem e aparentemente longe dos vícios, tinha ficado com a pior parte das consequências do seu mau comportamento, e fez questão que ele soubesse disso. Ela veio até em casa na noite em que voltamos de Vegas, e saí correndo da sala quando percebi o que estava por vir. Mas ele bem que merecia ouvir; precisava saber como suas ações tinham afetado as pessoas. E ele sabia disso. Ele me disse depois que não se importava de escutá-la gritando com ele, pois sabia que merecia isso. Sabia, também, que ela não gritaria com ele se não se importasse.

Eles entraram em acordo sobre as futuras promoções de filme: que ele teria mais controle sobre eventos e entrevistas que aceitaria. Ele faria o que fosse necessário para promover seus projetos, mas teria a palavra final sobre até onde iria.

A conversa com Lane foi muito mais tranquila, como conversas entre dois caras quase sempre são. Lane veio alguns dias depois que Jack voltou, deu uma olhada no olho roxo e nas feridas, que a essa altura já desapareciam, e começou a rir. Dando-lhe um tapa nas costas, Lane seguiu Jack para fora até o pátio, e eu podia ouvi-los trocando insultos dentro de minutos. Francamente.

A encrenca real em que Jack havia se metido foi com a lei, e na verdade foram muitas desse tipo. O dono da boate, os sócios do cara e pelo menos metade das pessoas que estavam lá naquela noite processavam-no por danos. Contas de hospital, perdas e danos, difamação – eles se depararam com a oportunidade de ir atrás de uma celebridade, e foram atrás dele. Mas ele lidou bem com tudo. Ele se encontrou com seus advogados e começou o processo de acertar juridicamente a maioria das acusações. Ele não teve de enfrentar nenhuma acusação criminal, e a isso nós temos de ser gratos. Nenhum julgamento embaraçoso, nenhum circo para a mídia. Tudo pôde ser resolvido do modo o mais privado possível.

A mídia? Eles deitaram e rolaram. Publicaram relatos de pessoas que estavam lá naquela noite e postaram o máximo de fotos que puderam de todas as noites em que Jack aparecia bêbado e todo bagunçado. A maior parte dos fãs ficou ao lado dele, no entanto, postando mensagem atrás de mensagem em salas de bate-papo e plataformas de mensagens. Disseram-lhe o quanto o amavam e como eles esperavam que as coisas melhorassem.

Era engraçado como pessoas que nunca o conheceram, que provavelmente nunca o conheceriam, sentiam que o conheciam. E embora sempre fosse haver fãs que pensavam que ele de algum modo pertencia a elas, que elas estavam designadas a saber tudo sobre ele não importa o quão pessoal fosse, a maioria delas simplesmente o adorava e desejava que ele fosse feliz. Elas amavam seu cientista superssexy, claro, mas agora tinha ficado claro que amavam Jack Hamilton tanto quanto. Nem todas as celebridades conseguiam uma segunda chance como ele. Fãs podem ser volúveis e mudar num piscar de olhos. Mas elas o amavam, e o reanimavam.

E por falar em celebridade, Adam estava por todos os lados: ainda saindo toda noite, sempre onde as câmeras pareciam estar, e sempre disponível o suficiente para falar diante delas. Jack tinha falado com ele algumas poucas vezes, e os advogados de ambos tinham se falado algumas vezes, já que compartilhavam a responsabilidade por algumas das ações daquela noite, mas Jack não o vira desde que tínhamos voltado para L.A.

Certa noite, pulando de canal em canal antes de ir pra cama, Jack passou por um programa de fofoca, e lá estava Adam, do lado de fora de uma boate em Hollywood com três garotas e um bando de câmeras, totalmente à vontade. Ele ficou assistindo por alguns minutos enquanto eu permanecia à porta, sem dizer uma palavra. Ele olhou para mim, depois de volta para a TV.

– Esse cara é um babaca – disse ele, e então mudou de canal.

Ele nem ao menos viu o travesseiro voando quando eu o lancei na direção de sua cabeça.

Jack permaneceu muito tempo em casa dessa vez, não necessariamente encasulado, mas apenas... tomando fôlego. Ele leu roteiros, ajudou-me a passar minhas falas, e retomou lentamente a tentativa de amizade com Michael, que sempre tinha sido, no máximo, tênue. Michael continuava a ser superprotetor comigo, e não voltou a falar com Jack tão tranquilamente quanto Lane. Mas depois de uma semana, e depois mais outra, as coisas começaram a voltar ao normal.

Mas éramos nós dois, afinal de contas, e o normal nunca era de fato normal. Um ponto que foi provado mais uma vez por uma ligação de Holly, certa tarde. Uma ligação à qual ela pediu que nós dois atendêssemos.

Aconchegada sobre o colo de Jack, eu atendi a ligação com ele no pátio. À sombra dos limoeiros, nós trocamos gracejos com ela até que ela foi direto ao ponto.

– Então, Jack, eu recebi uma ligação hoje perguntando se você estaria interessado em apresentar o *Emmy* desse ano.

Senti Jack congelar debaixo de mim. Ele não tinha saído desde aquela noite em Vegas, tinha recusado a todos os pedidos de entrevista, e praticamente não tinha sido visto desde que tudo aquilo explodiu. Eu acariciei um pouco sua cabeça, deixando que ele me sentisse. Ele deu palmadinhas distraídas na minha perna, respirando fundo.

– Hum, bem... Não tenho certeza se é uma boa ideia. E você?

– Na verdade, eu acho que é uma ideia brilhante – rebateu Holly. – É um bom modo de você reaparecer. Você é um ator de cinema, e os *Emmys* sempre têm alguns atores de cinema. Eles vão adorar se você topar. Você pode acenar para os seus fãs, o tapete vermelho é sempre algo tranquilo... sem perguntas pesadas. Além do mais, você fica muito bem de terno.

Ele olhou para mim. Eu dei de ombros como se dissesse: "Você que sabe".

– Vou pensar. Quando eu preciso dar uma resposta.

– Logo. É meio que um pedido de última hora, mas pode ser uma ótima maneira de trazer você de volta.

Ele revirou os olhos para o que ela disse, mas não parecia mal-humorado. Ele tinha permanecido em casa, mas já estava ficando um pouco louco com isso, eu podia perceber. Era hora da estrela de cinema voltar para Hollywood. Mas em seus próprios termos. Ele tamborilou os dedos na minha coxa, pensativo.

– Quer saber? Foda-se. Eu vou – e sorriu.

– Bom, espere um pouco aí, bonitão. Tem mais uma coisa que você precisa considerar – ela pausou por um momento, e os dedos na minha perna pararam. – Eles querem que a Grace apresente também.

Como é que é?

– Desculpe, Holly, eles querem que *eu* apresente?

Eu estava surpresa por ter me lembrado simplesmente de como falar.

– Claro. Seu show é um sucesso. Eu estou surpresa por eles terem demorado tanto para pedir, mas isso faz parte da indústria.

Puta merda. Eu tamborilei com os dedos na minha maldita coxa.

– Mas, espera, então Jack e eu estaremos no mesmo evento? Isso não é o mesmo que estarmos numa festa, no mesmo lugar, na mesma hora e...

Jack começou a se enfurecer. Eu pus um dedo sobre seus lábios para que ele ficasse quieto. Eu queria escutar isso. Era algo que tínhamos que considerar.

– Bem, essa é a questão, não é? – disse Holly. – Como você quer lidar com isso? Você sabe como eu me sinto. Eu ainda acho que não é uma boa ideia vocês dois assumirem em público. O Jack é uma enorme atração, e as garotas querem saber tudo e qualquer coisa sobre ele. Descobrir que ele está oficialmente fora do mercado? Não vai ser bom.

Jack estava prestes a saltar do assento. Que bom que eu estava sentada em cima dele.

– Só pra constar, Jack, porque eu sei que você está prestes a dar um pulo de onde está sentado, eu estou pensando na Grace também. Sair em público como sua namorada vai afetá-la. Você viu como a odiaram quando as pessoas começaram apenas a pensar que talvez você não estivesse solteiro. E se você deixar que saibam que é nela que você dá uns amassos, vai ser outro nível de ódio voltado a ela.

Jack levantou-se. Eu gesticulei ao telefone.

– Holly, a gente liga de volta pra você, ok?

– Claro, claro. Ele já está andando de um lado pro outro?

– Já.

– As narinas dilatadas?

– Um pouco.

– Grace, isso é algo grande pra você. Não importa o que vocês escolham fazer, você sabe que eu vou apoiar. Eu trabalho para você. Não se esqueça disso. Mas, se você quer saber minha opinião profissional, acho melhor não assumir em público. Pura e simplesmente.

– Entendo.

– O *Emmy*, Grace. Eles querem que você apresente. E no próximo ano? Você vai ser indicada a um. Isso eu prometo.

Senti meu coração abandonar meu corpo, voar pelo quintal e começar a colher limões das árvores. Caramba, por essa eu não esperava.

– Me liga de volta e me diz, frutinha.

– Tá – suspirei, e desliguei o telefone sem tirar os olhos de Jack, que tinha parado de andar de um lado para o outro e agora estava parado diante de mim, tenso. – No que você está pensando? – perguntei.

– Acho que você deveria fazer isso. Tenho cem por cento de certeza de que você deveria – disse ele instantaneamente.

– E você? Vai topar?

Ele balançou a cabeça.

– Não sei. Eu acho que talvez isso seja algo que você deva fazer sozinha.

– Ei, espera aí. Nós dois deveríamos fazer isso –puxei-o pela parte de baixo da camisa colocando entre minhas pernas enquanto me recostava no assento do amor. – Eu aposto que Holly tem um plano pronto para nós dois irmos e ainda assim mantermos as aparências. Você sabe que ela deve ter pensado nisso sob todos os ângulos possíveis.

As mãos dele dirigiram-se automaticamente para os meus quadris, e ele brincou com um fio solto no final da minha camiseta enquanto diferentes argumentos lutavam pelos traços do seu rosto, tudo sem dizer uma palavra.

– Como posso dizer isso sem parecer um babaca pomposo? – ele respirou fundo. – Eu não quero fazer com que uma noite dessas, uma noite grande para você, seja sobre mim. E se eu estiver lá, tenho medo de que seja isso que aconteça. Eles vão transformá-la nisso – os olhos dele estavam tristonhos.

– Ah, é só isso? *Pff*, eu consigo lidar com isso – segurei suas mãos e aconcheguei mais em torno da minha cintura. – Eu vou estar no *Emmy*, George, tipo, a sério. Eu vou estar no *Emmy*. Apresentando. No *Emmy*... Já contei essa parte?

Ele deu um sorriso forçado, deixando que eu o puxasse para mim.

– Você disse algo do tipo. Acho melhor eu ir também, pra garantir que você não se meta em problemas.

– Problemas. Há. *Eu*? – provoquei, erguendo minhas sobrancelhas enquanto ele passava seus braços fortes ao meu redor e me erguia, passando minhas pernas em torno de suas costas. – Que bom que você está fazendo isso. Na verdade, acho até que vou usar um vestidinho bem ousado nessa noite, só pra deixar você doidinho.

– Doidinha da porra – gemeu ele, correndo comigo em seu colo pelo jardim até a casa.

– Eu preciso ligar de volta pra Holly. Espera, espera, calma, calma, espera... Santa mãe de Deus, que gostoso...

★ ★ ★ ★

Como era de se esperar, Holly de fato tinha um plano pronto para o evento ao qual nós dois dissemos sim. Relutantemente (alguns de nós mais relutantes que outros), todos nós concordamos que o melhor para os envolvidos seria que Jack e eu continuássemos a manter nosso relacionamento em segredo e não para o consumo do público. Jack não gostou. Não gostou nem um pouco, mas, quando olhou para isso de maneira objetiva, ele percebeu que era o melhor a fazer.

O plano era notavelmente simples: nós levaríamos Michael e Holly como acompanhantes extras. Holly chegaria com Jack, o que fazia sentido. Atores levavam seus empresários para estreias e premiações o tempo todo, e desse modo ela estaria ao lado dele para ajudar a controlar as perguntas que lhe seriam feitas no tapete vermelho, só para o caso de algum repórter se esquecer de como se comportar. Michael viria comigo, o que, de novo, era algo totalmente dentro do plausível. Como criador e roteirista principal de um show de sucesso, um show que eu estrelava, e que me levou a ser convidada ao *Emmy*, para representá-lo, sem dizer que éramos amigos de longa data, e o fato de ele andar pelo tapete vermelho comigo não apenas faria perfeito sentido, como também daria a eles uma ótima matéria.

Nós dois podíamos ir. Separadamente. E juntos. Tipo isso?

Então nos vimos juntos na fila de carros para a maior premiação da televisão – apenas em limusines separadas. Mandamos mensagem um para o outro.

Nervosa?

Eu sorri ao baixar os olhos para suas palavras no meu celular.

Um pouco, e vc?

Eu olhei a fila de carros pela janela, perguntando-me o quão perto da entrada nós estávamos.

Jack e eu tínhamos passado o dia no hotel Península nos arrumando, e com isso eu quero dizer que levei o dia inteiro para fazer cabelo e maquiagem, muito *spray* e puxa cabelo aqui, puxa cabelo lá, e então me enfiei num vestido e pus tudo em seu devido lugar, enquanto ele só precisou vestir um terno dez minutos antes de sairmos.

E caramba, como ele estava bem. Ele percorreu a mão pelo cabelo, gostou do que viu, e estava pronto para partir. Cada uma das mulheres na sala suspirou quando o viu. Era impossível estar tão perto da encarnação do próprio sexo e evitar dar um suspiro ou dois a mais.

Mas parecia que tudo o que ele podia enxergar era eu, no meu vestido não tão ousado assim, afinal de contas.

Vestida por um estilista, que adorou poder trabalhar com uma atriz com curvas, fui enrolada por seda verde que tremeluzia e deslizava a cada passo. Eu era a Hollywood antiga que encontra o século XXI, e minhas orelhas faiscavam com esmeraldas que não saíam do cofre desde o mandato de Eisenhower, um empréstimo da Van Cleef & Arpels. As gemas eram grandes o suficiente para fazer um cavalo se engasgar, pesadamente penduradas, gotejadas por diamantes. Uma esmeralda do tamanho de um ovo de codorna repousava na minha mão esquerda, jorrando luz.

E embora eu pudesse ter pendurado uma corda do mesmo tipo em torno do meu pescoço e interpretado *Dinastia* como gente grande, eu me mantive com o de sempre. Enquanto os olhos de Jack subiam e desciam por mim de novo e de novo, meus dedos percorreram pela corrente que ele tinha me dado, sentindo as palavras que ele tinha gravado ali.

Depois de um momento, ele sorriu aquele sorriso malicioso.

– Brilhante – disse, tomando minha mão e levando-a aos lábios para um beijo. Minha equipe de cabelo e maquiagem suspirou em coro atrás de mim. – Uma pedra e tanto você tem aí – comentou ele, pressionando seus dedos em torno do anel, sentindo a dureza. Ele virou minha mão e deu um beijo no centro da palma, ainda cutucando o anel com os dedos.

– Tem um guarda ali que trouxe a joia. Ele vai empurrá-lo contra a parede em segundos se você tentar roubar minha pedra – brinquei, enquanto ele olhava por cima do meu ombro. Olhando de volta para mim, ele disse numa voz baixa o suficiente para que somente eu ouvisse: – Por falar em empurrar contra a parede...

Devo ter gemido mais alto do que pensei, pois toda a sala explodiu em risadinhas contidas.

– Certo, vocês dois, parem já com isso – avisou Holly, entrando voando no quarto, pinta de empresária séria, mas usando um vestido vermelho e brilhante que dizia o oposto disso. Talvez por isso os olhos de Michael estivessem quase saltando para fora das órbitas.

Balancei minha cabeça para afastar as imagens que Jack tinha plantado em meu cérebro. Eu encostada contra a parede, suas mãos deslizando sob meu vestido, deslizando pelo meu corpo e pressionando sua língua em minha...

Ding dong.

Que vulgar.

A campainha me trouxe de volta ao presente, ao presente em que Jack dava risadinhas, sabendo exatamente aonde minha mente tinha ido parar.

– Certo, pessoal. A primeira limusine chegou. Michael, você leva a Grace. Jack e eu seguiremos daqui a pouco – instruiu Holly, movendo-se eficientemente pela sala em direção à porta.

Nessa ordem, eu estaria chegando bem na frente de Jack. E provavelmente já teria passado pela imprensa e estaria lá dentro antes mesmo que ele chegasse, tornando praticamente impossível a chance de nós dois sermos fotografados juntos.

Movendo-me o mais rapidamente que podia em meu vestido, que era literalmente somente um respirar menor do que eu era, eu fui me despedir.

– Vejo você lá, mas sem ver você lá, sacou? – depositei um beijo em sua bochecha.

– Mal posso esperar para vê-la naquele palco, Grace. Você está deslumbrante – respondeu, dando um beijo comportado em meus lábios.

– Ela vai matar você – ri enquanto Holly vinha correndo para cima de nós.

– Ai! Você borrou o batom dela! E você, com uma marca enorme de beijo na bochecha? É como se vocês não tivessem a mínima ideia do que eu estou tentando fazer aqui – disse ela, fazendo um estardalhaço para cima de nós dois, surpreendendo Jack quando lambeu os próprios dedos e começou a esfregá-los na sua bochecha.

– Eca! – exclamou ele.

Rindo alto, deixei que Michael me guiasse para fora do quarto para descermos até a limusine.

Que era o lugar no qual eu me sentava agora, a alguns momentos de andar sobre o tapete vermelho com meu querido amigo, que tinha escrito algo tão incrível a ponto de me levar até aqui. Isso era tanto um reconhecimento para ele e seu trabalho, quanto para mim.

Meu fone vibrou mais uma vez, outra mensagem de texto de Jack.

Nervoso, não. Só queria que já fosse o final da noite. Pra ter você todinha pra mim de novo.

Senti um novo arrepio, encantada mais uma vez ante suas palavras maliciosas. Se o mundo ao menos soubesse, segundos antes de estar pisando no tapete vermelho, das mensagens safadas que voavam de um para o outro.

Meu rosto esquentou, e eu ergui os olhos para Michael, que também enviava mensagens de texto.

– Holly? – perguntei.

Ele assentiu.

– Sim. Eles acabaram de chegar, provavelmente estão a uns vinte carros atrás da gente na fila – ele guardou o celular e inclinou a cabeça na direção da porta do carro. – Parece que é a nossa vez.

Eu respirei fundo, ou o mais fundo que podia dentro da minha segunda pele de seda verde, quando ele abriu a porta. Saindo primeiro, ele se virou e ofereceu-me a mão para me ajudar a sair do carro, e os sons da multidão explodiram sobre mim.

Uau.

Um sorriso que eu não precisei forçar espalhou-se pelo meu rosto, enquanto eu baixava os olhos para aquele caminho vermelho, que se estendia cortando o lindo caos. Enquanto meu vestido dançava ao meu redor, sob o efeito de uma brisa repentina, eu via *flashes* piscando por todo lado. De mim! Eles estavam tirando fotos de mim.

Eu podia ouvir meu nome sendo chamado por todo lado, e me virei para ver as legiões de fãs, pessoas que tinham vindo para assistir e torcer por suas estrelas favoritas. Eles diziam meu nome! Eles estavam gritando por mim, *por mim*.

Eu senti a energia tomar conta de mim, vindo em ondas de todas as direções. Era inebriante. Sentindo a mão de Michael em minhas costas, amigável e dando-me suporte, eu segui adiante, e juntos caminhamos, cercados pela multidão. Eu sorri para rostos que reconheci – rostos que percebi somente porque eram famosos! Caramba! Para todo lado que eu olhava eu via alguém conhecido que, ou eu tinha crescido assistindo na televisão, ou assistia hoje nos meus programas prediletos.

Tomei o braço de Michael, apertando-o de leve, tentando manter minha expressão sob controle e resistindo à vontade selvagem de ficar pulando de um lado para o outro, dançando e girando e gritando: "Alguém me acorda! Como essa pode ser a minha vida?".

Ele pareceu me entender por completo, e respondeu com um aperto, aproveitando esse momento comigo, sob o mesmo nível de histeria. Acho que nos saímos bem. Nós nos misturamos e cumprimentamos, parando vez ou outra para fotos com alguns dos maiores nomes da indústria do entretenimento.

Organizadores me levaram até um degrau para posar de novo para os fotógrafos. Eu fiquei parada lá, a luz de centenas de câmeras faiscava e disparava para todas as direções, e fiquei apreciando a sensação da seda sussurrando contra minha pele. Eu me sentia bem, eu estava bonita, e eu estava loucamente feliz.

Assim que minha vez acabou, voltei para a fila com Michael, que continuou me acompanhando adiante pelo tapete vermelho. Era como uma máquina soltando faísca, mas bem lubrificada, com repórteres e câmeras alinhados e esperando para falar com todo mundo enquanto eles seguiam para dentro.

Respirando fundo, eu dei um passo na direção da primeira repórter.

– Grace Sheridan, que bom ver você aqui essa noite! – gracejou ela. – Você está fabulosa! O que você está vestindo?

Eu sorri, assenti e entrei no jogo. Respondi às perguntas sobre meu vestido, minhas joias, o tempo, quem eu estava ansiosa para ver essa noite, que prêmio eu iria apresentar, o que estava para vir na próxima temporada de *Mabel, instável?*, com quem eu tinha vindo. Com quem eu tinha vindo? Essa foi a pergunta que eles fizeram do modo o mais retórico possível. Um deles até mesmo chegou a perguntar: "Jack Hamilton também vai apresentar essa noite. Tem alguma coisa a dizer sobre isso?".

Eu abri um largo sorriso, mostrando os dentes.

– Eu estou feliz em ver todas as estrelas aqui essa noite. Quanto mais, melhor.

Eu estava ficando muito boa nisso.

Michael seguiu comigo pela fila, e alguns repórteres fizeram-lhe algumas perguntas quando perceberam que ele era o roteirista por trás de *Mabel, instável?* Nós tínhamos quase terminado quando ele se afastou de mim para atender uma ligação. Mais um último repórter na fila, e então eu estaria livre para entrar. Mas assim que pisei na frente dela, eu ouvi a multidão rugir mais alto que nunca naquela noite. Eu me virei e o vi.

Em frente à sua limusine, lá estava Jack Hamilton. Ele acenava para a multidão, e o caos que se orquestrava tornou-se uma explosão sônica. Garotas gritavam e berravam, pulavam e se sacudiam, e aquelas que tinham trazido cartazes com mensagens para ele os agitavam freneticamente. Ele ria, e os fotógrafos foram à loucura, disparando flashes. Jack passeava entre um pedido e outro de autógrafo. Sozinho.

Sem Holly.

Eu me virei para onde Michael tinha ido atender à ligação, e quando encontrei seus olhos, ergui a sobrancelha. Ele voltou para o meu lado, ainda no celular.

– Querida, está tudo bem. Não, sério, está tudo bem. Eles vão ficar bem. Você não tinha como controlar isso – disse ele no telefone, então o cobriu com a mão, inclinando-se em minha direção. – Ela ficou enjoada na limusine pouco antes de estacionarem, teve que ficar no carro.

– Ah, não. Ela está bem? – eu disse, enrugando meu nariz só de pensar. Ficar enjoada em traje formal? Aposto que ela não estava muito confortável.

– Está bem. Está mais brava do que qualquer outra coisa, mas o que se pode fazer? Fazer o que se o enjoo da manhã veio à tarde – ele sorriu e voltou para a conversa ao celular com Holly. – Sim, tem uns sais na sua bolsa. Eu os coloquei aí para o caso de isso acontecer...

Se você estivesse assistindo em casa naquela noite, foi do seguinte modo que minha entrevista saiu, segundos depois de ter recebido essa notícia:

– Estamos com Grace Sheridan conosco aqui nesta noite, estrela do sucesso *Mabel, instável?* Tudo bem, Grace?

– Hã, o quê?

– Tudo bem com você, Grace? Você parece ótima. Feliz por estar aqui essa noite?

– Feliz? Espera, o quê?

– Hã, isso, bem, você *parece* feliz. Até um pouco fora de si, talvez, sem poder acreditar? Acontece com os melhores de nós, não é? Então, de quem é o seu vestido?

– O quê? Ah, da Van Cleef and Arpels.

– Certo, e essa foi a Grace Sheridan. Pode continuar seu caminho para dentro. Grace Sheridan, pessoal!

Eu saí tropeçando do pedestal e de volta para Michael, que nesse momento desligava a ligação.

– A Holly está grávida? – perguntei. Eu ainda estava de boca aberta, então as palavras saíram balbuciadas.

Ele congelou de repente

– Droga, achei que ela tinha contado pra você! Ela me disse que iria contar. Ah, eu sou um homem morto – ele balançou a cabeça enquanto um sorriso gigante dividia seu rosto fofo em dois.

Eu podia sentir as lágrimas formando uma massa em minha garganta.

– Ela vai ter um bebê? – eu podia sentir meu próprio sorriso brotando no rosto. *Um bebê?*

– Bom, sim, vamos – ele assentiu. Um papai já todo orgulhoso.

Minha nossa. Antes que eu pudesse dizer mais alguma coisa, uma mulher com uma prancheta se aproximou e me conduziu para a entrada:
– Por aqui, Srta. Sheridan.

Um bebê. E olha como ele estava feliz. Estava com a pessoa que amava.

O mundo se estreitou, tornou-se concentrado. A multidão silenciou num só rugido ecoando em meus ouvidos. Olhei para o rosto de Michael, ainda sorrindo. Vi a mulher com a prancheta acenando para que eu continuasse andando. Mas me virei, avistando Jack na outra extremidade do tapete vermelho. Havia inúmeras pessoas entre nós dois: encarregados, estrelas, repórteres, câmeras, equipe da organização com suas pranchetas, mas, passando por todos eles, eu podia ver Jack.

Com uma repórter. Ele estava meio escondido, mas eu podia vê-lo. Sua mandíbula estava tensa, e ele passava repetidamente a mão pelo cabelo, preocupado. Ele estava vermelho, parecendo prestes a explodir.

Holly não estava com ele. Não havia ninguém para interferir.

A repórter se inclinou sobre ele, um sorriso insípido no rosto. A linguagem corporal dela era predatória, faminta. Todos os repórteres atrás dela também estavam olhando para ele, disputando um ângulo. Jack seguiu até a próxima parada, sorrindo nervosamente, mas quase imediatamente pareceu na defensiva de novo. Ele cruzou os braços sobre o peito e fez uma careta.

Que diabos eles estavam perguntando? Ele parecia arrasado.

Eu olhei de volta para Michael, radiante por ter soltado a língua, transbordando felicidade por cada poro. A expressão em seu rosto transparecia em cada detalhe, tão brilhante e esplêndida quanto todas as joias emprestadas nesse tapete vermelho. Olhei de novo para Jack, sozinho e sob ataque.

Eu disparei, meus pés me levando o mais rápido que aqueles sapatos chiques permitiam, desviando-me dos rostos famosos e curiosos. Eu pude ver que os fotógrafos perceberam, e vários deles começaram a andar junto a mim, na medida em que eu me aproximava. Eu estava perto o suficiente para ouvir o repórter perguntar:

– Então, Jack, nós ouvimos falar da bebedeira, da jogatina, das noites muito loucas pela cidade, e agora você está sendo processado por todos os lados. O que está acontecendo? O que você pode nos falar sobre isso?

Bem quando ele vacilava, sua postura se contraindo enquanto ele lutava entre a briga e a fuga, eu cheguei ao lado dele. Eu pus minha mão sobre seu ombro, então a passei pelo seu braço. Ao chegar no seu cotovelo, virei-o para mim de modo muito sutil. Quando ele percebeu que era eu, seus olhos se abriram mais, as sobrancelhas ergueram-se em surpresa. Aproveitando a oportunidade, eu deslizei minha mão descendo mais pelo seu braço para enlaçar meus dedos com os dele, e segurei sua mão com firmeza. Tirando meus olhos dele por apenas um segundo, eu sorri para o repórter. Parecia que só agora ela percebeu quem eu era e o que sua câmera tinha presenciado.

Abafando uma risada, olhei de volta para Jack, que agora estava mordendo o lábio inferior, com toda a sua expressão de repente iluminada. Eu pisquei para ele, dando um aperto em sua mão, e o conduzi adiante.

Nós andamos pelo tapete vermelho juntos, e as fãs nas arquibancadas perderam a cabeça. Enquanto as câmeras rodopiavam e os fotógrafos quase caíam um em cima do outro, eu olhei para ele sorrindo, enquanto ele relaxava e apertava minha mão. Nós paramos perto da entrada e deixamos a imprensa tirar suas fotos.

– Grace! Jack! Olhem pra cá, Jack e Grace! Aqui!

Por três longos minutos, eu nada via além de *flashes* – exceto quando virei-me para a esquerda e vi Jack. A cada vez que olhávamos um para o outro e sorríamos, os fotógrafos deliravam ainda mais. Seus gritos eram cada vez mais ensandecidos. Eu ri, enquanto Jack me puxava para junto dele. O sorriso no seu rosto desabrochou ainda mais quando passou seu braço em torno da minha cintura. Em público.

Ele se inclinou para sussurrar em meu ouvido.

– Você faz ideia do que você acabou de fazer, Doidinha?

Eu abri um largo sorriso enquanto ele puxava um cacho para trás da minha orelha.

– Pensei rápido demais, para uma garota que nem calcinha está usando.

As fotos de capa de quase toda revista na semana seguinte me mostravam rindo, com Jack ao lado de queixo caído.

vinte e um

Entertainment Tonight

As estrelas estavam à solta em Hollywood noite passada na entrega anual dos prêmios *Emmy*, mas foi um casal em particular que roubou a noite. O eterno casal estão-juntos-ou-não, a megaestrela Jack Hamilton e a atriz recém-chegada à televisão Grace Sheridan, calaram todas as perguntas sobre o status do relacionamento dos dois na noite passada, quando andaram pelo tapete vermelho juntos, e surpreenderam a todos ao se assumirem como um casal pela primeira vez em público.

Como isso foi acontecer? Vamos contar tudo para você.

Grace chegou antes de Jack, andando pelo tapete com Michael O'Connell, o roteirista e criador da sua série de sucesso *Mabel, instável?*, que agora está produzindo sua segunda temporada. Programada para apresentar um prêmio, o mapa dos assentos mostrava que Grace se sentava várias fileiras atrás de Jack, que também estava programado para apresentar. Em uma transmissão anterior pudemos mostrar para você onde ele estaria sentado, na fileira da frente ao lado de sua agente, Holly Newman, que também é a agente de Grace Sheridan.

Voltemos agora para a noite passada, quando Jack Hamilton chegou, logo antes da premiação começar. Foi especulado que ele faria exatamente isso – chegaria perto do começo da premiação, de modo que pudesse pular a maior parte da fila da imprensa, evitando perguntas sobre suas recentes questões legais. Mas quando ele chegou, chegou sozinho, assinou alguns autógrafos, e foi lançado para a fila da imprensa.

E, logo depois, Grace de repente apareceu ao seu lado e os dois juntos posaram para as fotos. De mãos dadas, sussurrando no ouvido um do outro, os dois pareceram muito um casal depois disso. Eles sorriram para os fotógrafos enquanto entravam, e Grace sentou-se na fileira da frente, bem ao lado de Jack, durante toda a premiação.

Mesmo enquanto o show começava, o casal permaneceu sendo o assunto na boca de todos. O anfitrião da noite até chegou a comentar que era ótimo ver Jack de volta à cidade, e com uma ruiva tão sexy. Cada um apresentou um prêmio e ficou perto um do outro a noite toda. O casal foi visto mais tarde dirigindo-se para a festa pós-premiação, acompanhado por O'Connell e a agente em comum, Holly Newman, que também fez alguns pescoços virarem, usando um Oxford branco sobre o que parecia ser um vestido vermelho brilhante.

Então, senhoritas, seu cientista superssexy parece finalmente ter respondido às suas perguntas... O que dizem agora vocês?

Hamiltoned.com

Ele está de volta! Está de volta! Está de volta! Depois de ficar fora dos holofotes e dos radares por semanas, noite passada nós pudemos ver nosso garoto favorito, Jack Hamilton, e até mesmo pudemos vê-lo sendo carinhoso com sua finalmente assumida namorada, Grace Sheridan.

Jack estava incrível com terno e gravata pretos. Ainda continua lindo como nunca. *Ele nunca mais pode se afastar por tanto tempo de novo!* E ainda mais quente era seu braço em torno de Grace. Acho que temos uma foto em que você pode vê-lo quaaaase tocando a bunda dela. OMG!

A gente adora...

JackedOff.com

Mais uma vez, Grace Sheridan fez questão de ficar em cima do nosso garoto, bem quando ele estava tentando falar sobre o que andava acontecendo na sua vida! Depois de ter sumido por, tipo, uma eternidade, nosso inglês sexy apareceu no *Emmy* noite passada, e aquela vaca chamou a atenção pra cima dela, *de novo*!

Ela ficou toda saidinha pra cima dele, segurando sua mão, passando seu braço em volta dela. Ele parecia tão desconfortável. Estava na cara que ele só estava tentando ser educado.

Que fique bem claro, agora e para sempre, que nós nunca vamos comprar isso. Ele jamais poderia amar alguém como ela. E mesmo que eles fiquem juntos, o que nem por um segundo acreditamos, isso jamais duraria. O que ele poderia ter em comum com uma mulher tão mais velha que ele?

Estamos felizes que você esteja de volta, Jack querido, mas esqueça a ruiva. Sério.

Fashionwatch.com

Como você já esperava, nós temos nosso *flashback* anual dos melhores e piores visuais do *Emmy Awards*, e, fazendo sua primeira aparição na lista dos Mais Bem-vestidos do ano está a atriz Grace Sheridan. Claro, todo mundo está falando sobre sua companhia, mas também estamos interessados no que ela estava vestindo! Fabulosa em seda verde, suas curvas deslizavam flutuando pelo tapete vermelho. Sua silhueta é uma inspiração.

TMZ

Depois de surpreender a todo mundo na entrega dos prêmios *Emmy* mês passado, Jack Hamilton e Grace Sheridan foram vistos por todo lado em Los Angeles, e com isso queremos dizer literalmente por todo lado. Nossas câmeras os flagraram fazendo compras no Whole Foods, comendo no Fatburger, no Century City Mall, no cinema, eles estavam por todos os lados. Seja de mãos dadas ou trocando carinhos enquanto tomavam sorvete no Top of the Glen, o casal antes tímido de repente não tem problema algum em demonstrar afeição em público.

Jack irá começar a trabalhar no novo filme de *Tempo* em locais de filmagem em Vancouver e Berlim, enquanto Grace está em meio à produção da segunda temporada de *Mabel, instável?* aqui em L.A. Vamos ver por quanto tempo eles conseguem se manter como casal, assim que tiverem que viajar a trabalho. Será que vai ser um namoro a distância?

CurvyGirlGuide.com

Começando esse mês, Grace Sheridan estará sendo anfitriã numa sala de bate-papo mensal com leitores da revista *BodyChange*, uma nova revista voltada para mulheres curvilíneas que desejam viver uma vida mais saudável. Encorajada pelo interesse na sua luta pessoal, Grace entrou em parceria com a revista numa tentativa de lançar luz sobre as lutas que as mulheres têm com autoimagem, confiança, a própria sexualidade, e tudo o mais que uma mulher moderna enfrenta. Não poderíamos estar mais felizes em continuar a apoiar organizações que impulsionam a discussão sobre saúde na América, e o que realmente significa ser saudável.

CelebTracker.com

Adam Kasen foi despedido do *set* do filme de ação *Cretino particular*, depois de semanas de tensão entre elenco e equipe. A companhia de produção disse simplesmente: "Nós precisávamos seguir em outra direção".

★ ★ ★ ★

Mais uma vez eu vi a mim mesma na praia, ao lado de um oceano, sem a parte de cima do biquíni.

Deitada na areia quente, deixei meus dedos mergulharem na areia, encaixando a fina casca de uma concha em suas extremidades. Eu a tirei dentre os grãos e a examinei sob a forte luz do sol. Era cheia de remoinhos cinzentos e rosa iridescente, descendo espiralada em círculos, fina o suficiente para que se pudesse enxergar através dela. Sobre meu ombro, uma sombra tomou forma na areia.

– Você não pode levar toda concha que encontrar pra casa com você. Eu mal tenho espaço na mala com todas as coisas que você comprou pro bebê.

– Ei, aquele bebê vai precisar de tudo que eu comprei – protestei, enquanto ele caía na areia ao meu lado.

– Você não acha que Holly já não vai comprar tudo que tiver pra ser comprado e um pouco mais? Assim que ela descobriu que era uma menina, tudo que era rosa sumiu das lojas de bebê desse lado de Mulholland! Michael disse que foi como uma explosão cor-de-rosa na casa deles – ele riu.

– Bom argumento – abri um largo sorriso, enquanto ele espiava debaixo do meu enorme chapéu de aba mole.

O nariz cheio de sardas de sol de Jack apareceu primeiro, depois aqueles doces lábios. Eu beijei esses mesmos lábios, e eles me beijaram de volta. Eu me deitei mais uma vez sobre a toalha, puxando-o para junto de mim. Grudentos de sal e suor, nossas peles grudaram-se quentes e ásperas de areia. Lábios famintos encontraram os meus de novo e de novo, parando apenas quando eu ouvi um motor se aproximando.

– Eles estão perto – avisei, alcançando a parte de cima do meu biquíni.

– Eu também estava – suspirou ele, relutantemente amarrando meu biquíni e escondendo meus peitões – dele e das câmeras.

De férias mais uma vez em Seychelles, nós rapidamente percebemos que as coisas tinham mudado desde a última vez em que estivéramos lá. Nós não podíamos mais fazer travessuras pelados numa praia no Oceano Índico sem nos preocuparmos com nada. Bem, até podíamos, mas então meus peitões estariam espalhados em todo e qualquer veículo de fofoca do mundo ocidental, e Jack não estava preparado para compartilhá-los.

Por sorte, nossa ilha era isolada o suficiente para que eles somente pudessem se aproximar pela água, e nós podíamos ouvi-los chegando perto.

E eles podiam me ouvir chegando perto, também, algo que Jack também era cuidadoso em manter sob lençóis, depois de uma sessão particularmente safada na ducha, que me fez gritar seu nome de novo e de novo. Eu tentei fazer menos barulho, eu juro que tentei, mas santa mãe, foi duro.

E ele também estava duro...

E ele também.

Sorri para ele, deixando-o me levantar da areia para ficar de pé ao lado dele e fitar o profundo azul do mar. Amarrando minha canga mais seguramente em torno da minha cintura, apertei os olhos na direção do horizonte, procurando.

– Eu consigo ouvir, mas não consigo encontrar.

– Eles estão lá. A gente devia entrar.

Ele me colocou na frente dele, com suas mãos ao meu redor, espalmadas na minha barriga. Apoiando o queixo em meu ombro, segurou-me com firmeza.

Nós estávamos curtindo nosso último restinho de tempo juntos, antes que ele partisse para trabalhar no seu próximo filme. Houve tempo suficiente apenas para uma pausa antes das festas de fim de ano, e quando ele me perguntou se queria fazer uma viagem, imediatamente concordei. Eu queria voltar para nossa adorável casa de praia.

Ouvindo o ronco dos motores dos barcos um pouco mais próximo agora, ele deu um tapa em minha bunda e me apressou para dentro de casa.

– Vamos, Doidinha. Eles já têm fotos suficientes suas de biquíni.

E realmente tinham. Antigamente, eu ficaria horrorizada em ver fotos minhas com meus trajes de banho de costas enquanto me abaixava para cavar conchas na areia ao lado do meu namorado, com as mãos em cima da referida retaguarda. Mas agora? Quem se importa? Era simplesmente assim que as coisas eram.

Ele parou enquanto nos arrastávamos pela praia a caminho de casa e começou a desenhar com os pés na areia.

– Você está me escrevendo outra mensagem, George?

Eu ri parada nos degraus, tirando areia das pernas.

– Aham.

– Outra prova de amor?

– Aham.

Ele sorriu de ponta a ponta, sua língua saltando para fora da boca enquanto ele escrevia com o dedão do pé.

– Você tem que inventar outra coisa. Isso aí já é velho. Você precisa de uma nova prova de amor – provoquei, tirando meu chapéu e deixando meus cachos soltos na brisa do oceano.

Ele terminou e estendeu a mão para mim.

– Porque você não fica quieta e vem aqui ler – desafiou ele, com o olhar travesso.

Homem sapeca e safado.

Eu desci de volta os degraus, sentindo a areia quente entre os dedos dos pés, e dei um salto correndo no último minuto para lançar-me sobre ele. Pegando-me em pleno ar, ele soltou um *uff*, cheio de sotaque britânico, bem lembrado, e me deixou dar a volta como um macaco em seu torso para me pendurar em suas costas, passando minhas pernas em torno da sua cintura.

Enquanto eu mordiscava sua orelha, com minhas mãos eu quase o sufocava pelo pescoço, ele se inclinou vacilante sobre sua obra-prima. Que ele tinha feito com os dedos do pé.

– Está bem, vamos ver essa prova de amor.

Dei uma risadinha, espiando por cima dos seus ombros e dando tapas em suas mãos, que tentavam erguer minha canga.

Casa comigo?

Eu congelei, parando com os tapas. Minhas pernas, no entanto, se apertaram.

– *Uou, uou*! Doidinha, *ei, uou*! – exclamou ele, destravando minhas pernas e pondo-me no chão. Comigo agora diante dele, ele levantou meu queixo e riu da expressão em meu rosto.

Eu estava chocada.

Pondo a mão no bolso, ele tirou uma caixinha. Pequena, preta. Era real.

Ele tomou minha mão e abriu meus dedos, que estavam congelados num tipo de garra terrivelmente romântica. Depositando a caixa na minha palma, ele a abriu para exibir um perfeito, brilhante, diamante redondo. Apenas um diamante perfeito num aro de platina. Gigante. Faiscante. *Uau*.

Ele se inclinou para aninhar seu rosto ao meu, distribuindo beijos pelo meu rosto – pálpebras, nariz, bochechas, aquele maldito ponto logo abaixo da minha orelha. E no inglês da Rainha da Inglaterra, naquele mesmo ouvido, ele disse:

– Casa comigo.

Eu olhei em seus olhos enquanto as lágrimas brotavam e derramavam--se pelos meus. Elas tiveram que contornar um imenso sorriso antes de completarem seu caminho até a areia abaixo.

Sim.

Este livro foi composto nas fontes Adobe Garamond Pro, Riddle Regular, Courier e Bodoni
e impresso em papel *Norbrite* 66,6 g/m² na Assahi.